台湾現代文学の考察

台湾現代文学の考察

——現代作家と政治——

小山三郎著

知泉書館

凡　例

一　本書で引用した邦訳文は、用語の統一を図るために一部改訳した個所がある。また作品、論文、新聞記事、宣言等は原文を用いているが、邦訳されているか、日本語に定着している場合、日本語表記を用いた。

一　本書で使われている国民党政府等々の表記については、第六章の付記（二〇〇 - 二〇一頁）を参照。

一　各章での用語の省略。例えば、中国共産党—中共・中共政権、左翼作家連盟 - 左連、統一戦線工作 - 統戦工作と表記した。

一　各章に使われ、説明が必要な用語については、付記および注で説明した。

目次

凡例……v
第一章　問題の所在――作家と政治の関係から見る台湾現代文学……三
第二章　魯迅と梁実秋――かれらの論争に表れた作家と政治の関係……三三
一　問題の所在……三三
二　魯迅と梁実秋のプロレタリア文学の是非をめぐる論争……三九
三　魯迅の眼に映った梁実秋の文学的立場……五七
四　結語――魯迅、梁実秋の文学観に内包される文学精神とは……六三
第三章　国共関係のなかの政治と文学――梁実秋批判について……七一
一　問題の所在……七一
二　抗日民族統一戦線と魯迅そして梁実秋……七五

三　国共関係のなかの梁実秋批判……八三
四　結　語……九三

第四章　『自由中国』知識人の政治と文学……九七
一　問題の所在……九七
二　現代作家の文学精神と「極権政治」……一〇〇
三　現代作家の中華文化批判……一一一
四　結　語……一一八

第五章　柏楊投獄事件に関する考察……一二一
一　問題の所在……一二一
二　柏楊はなぜ、投獄されたのか……一二四
三　柏楊はなぜ、釈放されたのか……一四八
四　結　語……一六二

第六章　統戦工作のなかの台湾映画『苦恋』について……一六五
一　問題の所在……一六五
二　中国映画『苦恋』とは……一六九
三　台湾映画『苦恋』とは……一八三
四　結　語——統戦工作が生み出した文学現象……一九九
第七章　政治と台湾現代映画——甦る「三十年代文学」……二〇三
一　問題の所在……二〇三
二　台湾映画『苦恋』の政治的背景と「三十年代文学」……二〇九
三　『苦恋』批判事件を語った白樺……二二三
四　結　語……二二九
あとがき……二三三
注……二四三
各章関連年表・第七章関連新聞資料……9
索　引……1

台湾現代文学の考察

——現代作家と政治

第一章　問題の所在
――作家と政治の関係から見る台湾現代文学――

台湾で魯迅の作品が解禁されたのは、一九八九年頃の事であった。この年に台北の谷風出版社が『魯迅全集』十六巻を刊行していることからこのことがわかる。しかもこの『魯迅全集』は、北京で八二年に人民文学出版社が刊行した『魯迅全集』十六巻本の正体字版であった。

この時期より少し前の国民党政府による国内の戒厳令の廃止が台湾社会に変貌をもたらし、台湾文学にも大きな影響を与えていたことが魯迅の作品の解禁となった要因と考えられる。大きな変化は、台湾映画『悲情城市』に国民党政府がこれまで公に語ることを禁じていた一九四七年の二二八事件が描かれ、国内で上映されるまでに文学芸術の自由が拡大したことを意味している。

魯迅作品の解禁は、台湾現代文学にどのような意味があったのであろうか。この問いに答えるには、つぎのような視点による問いかけが重要であろう。

第一に魯迅の作品が解禁される前に、一九七〇年代末に魯迅が「肯定的」に語られるようになった事実があるということである。一九七八年に刊行された鄭学稼の『魯迅正伝』は、四三年に中国大陸で出版されていたものであり、翌年に刊行された夏志清の『中国現代小説史』は、一九三〇年代の左翼文学運動と作品を詳細に分析したものであり、六〇年に米国で出版されていた研究書の中国語版である。前者は魯迅に批判的な見解を著したものであるが、これまで国民党政府が魯迅ら「三十年代文学」に向けた否定的見解をのべたものではない。後者は米国の中国近現代文学研究の領域で高い評価を与えられている研究書である。

このような一九三〇年代文学運動を含めた魯迅再評価の状況は、この時代の中国と台湾の間に中国近代文学史の解釈権をめぐる対立が存在していたことを表していた。この対立の背景には、米中国交正常化へ向かう過程で、双方の政治権力者が自らの正統性を主張する状況が生じていたのであり、このため文学・学術の領域でも文学史を含めそれぞれの領域で自らの政権の正統性を主張し、激しく対立していたのである。

このような文学潮流の存在を確認するならば、それから十年後に魯迅の作品が解禁されたことは、その延長線上の出来事と考えられるであろう。しかし魯迅が肯定的に評価されていたこととかれの作品が自由に読めることの意味には、大きな違いが存在している。それは国民党政府が一九七〇年代末頃に掌握していた魯迅解釈を八〇年代末に自由に読者に委ねたことを意味するからである。ここからは、作家と政治の関係が大きく変化してきたことが確認できるのである。

第二に作家と台湾政治の関係を考えるならば、台湾現代文学史を概観するなかでそれを考察する必要がある。そこには作家と政治との確執が存在し、それぞれの時代に特有の事件が発生していたからである。例えば、一九六〇年代初頭に観察できる雑誌『自由中国』知識人と国民党政府の軋轢、六八年に発生した柏楊投獄事件、七〇年代後半に生じた郷土文学論争、八〇年代初頭の台湾映画『苦恋』の制作から観察できる「三十年代文学」への肯定的評価等々は、作家と政治との関係が鋭く問われた出来事であった。

したがってこうした歴史の背景をたどることが魯迅作品の解禁の意味を明らかにすることにつながるであろう。

第三に台湾現代文学の時期区分に係わる問題がある。国民党政府が台北に遷都してから台湾での中華民国の時代が始まるとするならば、台湾での国民党政府の時代の始まりは、大陸から移ってきた多くの現代作家が台湾を舞台に活躍し始めたということでもある。したがって作家と政治との係わり方は、一九四九年以前の作家と政治の関係を引き継いでいるものであろう。

こうした歴史には、つねに作家と政治の軋轢を引き起こす原因となってきた作家の文学姿勢に内包される「リアリズム精神」がその時代の作家と政治との係わりかたを示してきているのである。

そこで本章は、こうした視点から台湾現代作家のリアリズム精神が政治と向き合いつつも政治からの干渉を受けることがなくなっていく一九七〇年代後半の台湾現代文学の状況を検証することを目的としている。言葉を換えれば、魯迅作品の解禁の源流を一九七〇年代後半に政治と文学の係わりかたに大きな変化が現れたことに求め、作家と政治の関係が変化することになった現象を分析することが目的になる。

まず第三の視点、つまり時代をさかのぼり一九三〇年代の魯迅と梁実秋の論争から近代中国での作家と政治の係わりかたを考察し、ここにあらわれた作家の共通した文学姿勢が一九四九年以降に台湾現代文学のなかで政治との確執を生み出していく状況を概観していくことにしよう。

現代作家のリアリズム精神の起源をたどると、一九一〇年代半ばの新文化運動にたどりつくことになるであろう。そしてリアリズム精神が政治領域で明確に政治との摩擦を引き起こすのは、一九三〇年代の左翼文学運動のなかに観察できるのである。作家にとってリアリズムとは、社会の現実を観察しその社会に向き合い、その現実に関与する姿勢にほかならない。したがって作家が社会の底辺にいる人々を代弁し社会の暗黒を暴露する使命感を発揮するならば、政治権力者との間に軋轢が生まれることになるのである。

一九三〇年代の左翼文学運動は、そうしたリアリズム精神を発揮した左翼作家が現実の政治に関与していくことから生まれたものと定義できよう。その時、中国の政治は、全国を統一して間もない国民党政府と広大な農村地域に革命根拠地を形成していた中国共産党が激しく対決していたのである。

この状況のなかで左翼文学運動は、上海を舞台に勃興していた。そして左傾化した作家は、国民党政府からの弾圧のなかで国民党政府と対決する姿勢を示すに至るのである。このような現象は、この時期の魯迅に代表される「進歩的」知識人の共通した姿であった。

この左翼文学運動は、一九三〇年にそれを指導した左翼作家連盟が中共の指導によって成立したことを考えると中共の政治路線の一部であり、そのなかに左傾化した作家が組み込まれることになる。つまり中共の統一戦線工作が国民党政権の弾圧の対象となっていた作家に向けられ、中共は大衆動員政策をおこなうための方式として左傾化した作家を組織し利用しようとしたのである。この時、魯迅は中共党員作家と「大同団結」し、左翼作家連盟の盟主として迎えられていたのである。

この左翼文学運動の勃興した時期に、政治と文学の関係を問う論争が魯迅と梁実秋の間で発生した。左翼作家連盟成立と前後する時期に起こったこの論争は、プロレタリア文学が存在すると考える魯迅とプロレタリア文学の存在を否定する梁実秋の間で激しくおこなわれたものであり、「人性（人間性）論」の解釈をめぐり文学のあり方を双方が問う性格のものであった。しかし左翼作家連盟に属する中共党員作家からの集中した梁実秋批判が存在していたことからわかるように、プロレタリア文学の解釈をめぐるこの論争は、当初から文壇の指導権をめぐるはなはだ政治色の濃い論争であった。

このような状況のなかで魯迅は、かれの独自の文学運動を左翼作家連盟を通じておこなおうとしていたのである。このことは魯迅が梁実秋との論争を通じてかれの文学観を鮮明に表し、左翼文学運動の方向性を明らかにしていたことからうかがい知ることができるのである。

その一方で梁実秋は、どうであろうか。かれは論争を通じて「新月派」の国民党政府に近い政治的立場を批判されつつも、国民党政府内の「開明的」なグループと関係をもちつつ、国民党政府の言論弾圧に抗議するなかでかれの文学のあり方を主張していたと考えられよう。

この魯迅と梁実秋の論争には、注目すべき一つの特徴が観察できる。それは双方の文学的立場が異なっていたというよりも作家としての共通する文学姿勢が存在していたことである。確かに双方がプロレタリア文学の是非をめぐって激しく対立していたことは事実であるが、かれらの文学観にはプロレタリア文学に係わる独自の認識があった。それは文学が政治の道具となり、作家が政治の従属物に成り果てることへの嫌悪感であったということである。

このことは、梁実秋がプロレタリア文学を否定する根拠をプロレタリア文学理論の誤りが文学を階級闘争の道具にしてそれ自体の価値を否認することにあること、文学の題材を一つの階級の生活現象の範囲に限定するのは、文学をはなはだ狭隘にみている行為であること、作品が大多数の人々に理解されないとしてもこの欠点は作品そのものにある訳でなく、大多数の人々の鑑賞力の欠乏にあること、プロレタリア文学者を称するものは宣伝という一点に力をそそぎ、個人の情感の表現を極力抑えようとし階級意識を鼓吹することに力をそそごうとすること、に置いていたことからわかるであろう。そして梁実秋は、人生の現象は多方面で階級を超えているものであり、資本家と労働者の人間性はなんら異なっていないと断言していたのである。

梁実秋のこの主張に対して、魯迅はプロレタリア文学の存在理由を梁実秋が文学の読者の対象としてはずした「石炭がらを拾い生計を立てている北京の老婆」や「飢えた土地の人間」を喩えにだして、そうした人々のもつ人間性の観点から反論したのである。この時魯迅は、プロレタリア文学の存在理由を作家が「その属する階級性を絶対に免れられない」ことに求め、現在は読者の鑑賞力が幼稚であり、りっぱな作品を要求することは不可能であるが「プロレタリア文学とは、自分たちの力で自分たちの階級および一切の階級を解放するための闘争の一翼であり、それが要求するのは一切合財であって、片隅の地位ではない」とプロレタリア文学の将来の可能性を語ったのである。

ここで観察できることは、プロレタリア文学の是非をめぐる対立にあらわれた人間性に係わる解釈の違いは、梁実秋が労働者と資本家の共通した人間性を重視し、魯迅がプロレタリア階級には資本家の理解し得ない人間性があると考えたことに起因していたということであり、それゆえ双方の文学には異なる読者が存在していたということである。

しかしこのような見解の違いから双方が対立していたにもかかわらず、作家の創作の自由に関しては、魯迅も梁実秋も共通した見解をもっていたことがわかるのである。なぜならば、この論争で魯迅は梁実秋がプロレタリア文学の文学への「束縛」を問題視していたことに対して、「われわれの目にしたプロレタリア文学理論のうち、ある階級の文学者に、王侯貴族のお雇いになるな、プロレタリア階級の威嚇のもとでその功績や徳行をたたえる文章を作れ、などと述べた人間は一人もいない」とのべ、プロレタリア文学が文学に「威嚇」を加えていると考える梁実秋の見解を糾していたからである。魯迅は、むしろ大衆を除外する梁実秋の文芸理論こそが「ブルジョア階級の闘争」の道具になっていると考えていたのである。

魯迅のこの見解は、左翼作家連盟成立時にかれが中共党員作家と「大同団結」していたとは言え、左翼作家連盟成立直前まで魯迅を批判していた中共党員作家たちの文学観とは相容れないものであることを示していた。このことは魯迅が左翼作家連盟成立時に「一昨年来、中国には、スローガンや標語をつめこんでプロレタリア階級を気取った詩や小説が確かにたくさん現れた。だが、それらは、内容も形式もともにプロレタリア風ではないところから、スローガンや標語でも使わないことには『新興』ぶりを表現するすべがなくてしたことで、実際にはプロレタリア文学などではない」とのべ、梁実秋との論争のなかでも銭杏邨らに対して「梁先生と同様で、プロレタリア階級理論に対して、どうも『意のままに解釈する』という誤りに陥っているきらいがある」と指摘していたことからわかるのである。

この魯迅の発言は、かれが左翼作家連盟に加わってもかれの文学姿勢になんら変化がなかったことを示し、かれと左翼作家連盟の関係を表していたものと考えられるのである。つまりここで魯迅は、梁実秋の指摘したプロレタリア文学の弊害が左翼作家連盟のなかに存在している現実を直視していたのである。しかし魯迅にとって左翼作家連盟は、この時、かれの文学運動を実践する重要な砦として位置づけていたことから、中共党員作家との見解の相違を越えて「大同団結」していたものと考えられる。

このように魯迅と梁実秋の論争を通じてかれらの文学的姿勢を考えてみるならば、プロレタリア文学に対して作家の自律性を固守する立場からそれに向き合っていたことが理解できるのである。梁実秋が示したプロレタリア文学が政治の道具となっていることへの嫌悪感は、魯迅の文学観に共通していたのである。ここでの魯迅のプロレタリア文学観には、それが存在する前提として文学と政治の対等な関係、つまり政治から文学へ介入することを厳しく拒絶する文学精神が存在していたのである。

魯迅と梁実秋の論争をその後の文学潮流から観察するならば、一九三〇年代の左翼文学が勃興する時期にかれら二人は、文学を政治から独立した存在として認識していたことがわかる。しかしこの時代に国民党政府と共産党との政治的対立が文芸領域でも上海の文壇を舞台に激しく出現していたことで、作家は政治と密接にかかわらざるを得ない状況におかれていたのである。

したがって魯迅の文学姿勢は、左翼作家連盟に中共の政治路線が反映され文学が中共の政策の一環として組み込まれる過程で、中共党員作家との間に摩擦が生じるようになる。こうした現象は、一九三六年に左翼作家連盟が解散されるまでの間に魯迅が左翼作家連盟内部で孤立する状況を生み出していくことになった。中共の政治路線が左翼作家連盟に貫徹するなかで魯迅の文学観が批判される状況が生まれたことは、中共の政治路線の変更による左翼作家連盟の解散が国防文学論争を引き起こしたことで明確にされていくことになる。

一九三六年の春に発生した国防文学論争は、抗日民族統一戦線に文学が果たす役割をめぐり魯迅と中共党員作家が真っ向から対立した事件であった。この論争は、左翼作家連盟成立直前に魯迅と中共党員作家との間に発生していた革命文学論争の再燃であり、その時に批判されていた魯迅の文学観が再度批判の対象とされたということである。しかし国防文学論争は、二八年の時期と違い上海の左翼文壇を二分する論争となって発生していたのである。この時期の中共党員作家の主張には、三〇年に魯迅が梁実秋との論争で厳しく中共党員作家に忠告していたプロレタリア文学の弊害が存在していたのである。

国防文学論争を通じて観察できる魯迅の文学姿勢は、この時期に中国共産党が提起した抗日民族統一戦線政策を否定するものではなかった。魯迅は、左翼作家連盟が抗日民族統一戦線の結成で解散を余儀なくされる状況に反発したのである。魯迅は、ここで左翼作家連盟の解散を通じてのかれの文学運動が中共党員作家に否定されることを憤ったのであり、中共党員作家の主張が抗日民族統一戦線政策のなかで左翼作家の社会を観察する自由を奪うものになると考えたということである。この時の魯迅の主張は、作家が自らの意思で主体的に文学を武器に抗日民族統一戦線に参加することにあり、抗日民族統一戦線の政策によって中共党員作家が一方的に文学のあり方、つまり創作方法、テーマを決定し作家を組織することに反発したということであった。

魯迅がこの論争で表した文学姿勢は、その後の中国近現代文学史の潮流から見るならば、作家と政治との関係を直接問うものであり、作家は政治に対して対等な立場にいることを主張したものであった。つまり魯迅は、文学に向けられる政治からの干渉を拒絶する創作の自由な精神と現実の社会に関与していく作家の主体性を作家の使命と考え、中共党員作家と対立していたのである。

しかし魯迅の自らの文学に固執する立場は、中国共産党の抗日民族統一戦線政策とは相容れない性格のものであった。階級闘争を標榜していた左翼作家連盟は国民党政府を主要敵とし成立した組織であり、新たな抗日民族統一戦線政策のもとではその政治的役割は終了していたからである。中共党員作家の目には、魯迅の立場は明らかに反党的行為として映じていたのである。

国防文学論争は、一九三六年十月に魯迅が死去したことと日中戦争が上海に拡大し、多くの作家が上海から離れたことで終息した。しかし中国共産党の上層部の指導者が国防文学論争を調停しようとしていたことは、魯迅が中国共産党にとって依然として重要な存在であったことを意味していた。言い換えれば、魯迅の文学姿勢は紛糾を招いたものの容認されていたということである。この時、この論争を見ていた梁実秋は、魯迅が再び態度を変えたと思ったという。

国防文学論争で魯迅が提起した作家と政治の関係を問う問題は、かれの生存中に結論を得ることはなかった。しかし魯迅と対立した中共党員作家の提唱した文芸界の抗日民族統一戦線は、国民党系の作家を含みすでに組織されつつあった。国共合作を経た一九三八年三月に漢口で中華全国文芸界抗敵協会が結成されたのは、その帰結点であった。しかしながら文芸界の統一戦線は、さまざまな立場の作家を含むものであり、これまで対立してきた問題を内包していたために再び梁実秋から左翼文学運動への不信感が表出することになるのである。その問題は、一九三〇年の中共党員作家による梁実秋批判によって生まれたものであり、梁実秋のプロレタリア文学へ向けた不信感である。

この双方の軋轢が一九三八年十二月に梁実秋が『中央日報』副刊「平明」に「編者の話」を掲載したことを契機にして、中共党員作家がそれを批判することで梁実秋との間に論争となって発生したのである。中共党員作家の批判の根拠は、梁実秋の主張が「抗戦と無関係」であると断定したことにあった。

しかしここでの梁実秋に向けた中共党員作家からの批判には、国防文学論争での魯迅に向けた批判と同一の論理が観察できるのである。同時に中共党員作家の示した批判の論理は、魯迅と梁実秋がともに問題視した左翼文学運動の潮流そのものから生み出されたものであった。このことは、梁実秋と中共党員作家との論争に国防文学論争時と同様に抗日民族統一戦線に果たすべき文学の役割が、中共党員作家によって厳格に規定されていたということを意味していた。

そもそも梁実秋が発言したのは、『中央日報』副刊「平明」の主編の立場から読者に向けてだされた原稿募集に係わる投稿の条件であった。かれは、ここでつぎのように語っていた。

いま抗戦がすべての物事の上に置かれているので、ペンをもつと抗戦を忘れることのできない人がいる。わたしの意見は少々違っており、抗戦に関係する題材を最も歓迎するが、抗戦に無関係な題材でも、真に流暢なものであれば、それもよい。無理に抗戦をその上に載せることはない。内容のない「抗戦八股」は、だれにとっても有益でない。

この発言から梁実秋と中共党員作家の間に中国現代文学史で語られる「抗戦無関係」論争が始まり、中共党員作家から梁実秋は「今日の抗戦の偉大な力量を抹殺し、今日の抗戦という実際の存在を抹殺し、今日の全国の愛国的文芸界がともに努力している目標である抗戦の文芸を抹殺している。それに反してかれは人生のなかで抗戦と関係のない題材を探し、かれの読者に抗戦と関係のない文章を読ませ、抗戦という現実の闘争を忘れさせようとしている」と批判されたのである。

この論争の背後には、この時期に徐々に亀裂が生じ始めた国共関係が投影され、中国共産党が国共関係のなかで「独立・自主」路線を打ち出し文化、文芸領域に積極的に関与していた事実が存在していた。その中国共産党の方針は、一九三八年十月に発表された毛沢東の「新段階論を論ず」であり、このなかで「階級社会が存在する条件の下では、階級闘争は消滅し得ないし、また消滅しようもなく、階級闘争の理論を根本的に否定しようと企てることは、歪曲された理論である」と語られていた。

この毛沢東の見解は、知識人が「しっかりした正しい政治的方向を身につけることについていえば、とりわけこれが必要である。ということは、抗戦に不利な、混乱した、雑多な、誤った思想は、すべてただされるべき」であるという中国共産党の知識人政策になって出現していたのである。ここでは、「反共分子」とは「階級を超越していると自認している」人物であると定義され、否定の対象とされていた。

梁実秋の主張に貼られた「抗戦無関係」というレッテルは、この論理から解釈するならば、かつて「階級を超越している」文学を提唱したとして批判された梁実秋は抗日民族統一戦線に対して「立場が定まっていないか」、「いわゆる王道楽土を夢見る虫けら」のどちらかであると結論するものであった。

これまで中国大陸の中国現代文学史は、「抗戦無関係」論争を「一九三八年末、国内外の形勢に顕著な変化が生じ、国民党は抗日に消極的になり、積極的に反共姿勢を暴露しはじめた。これら妥協投降的な危険性は、文芸戦線にも反映し一陣の反動的思潮が出現し、国民党御用学者と資産階級文人が文芸は抗戦に服務すべきか、の根本的問題をめぐり革命文学運動に新たな進攻を発動したのである」と語ってきた。この表現には国共合作下の重慶の文学界に発生した梁実秋批判が、中国共産党の政策に重要な役割をもっていたことが説明されていると言えよう。

梁実秋が『中央日報』の副刊「平明」の主編に任命されたのは、当時の中華全国文芸界抗敵協会が左翼文人に掌握されていたため、反「左翼文人」であったかれが選ばれることになったと当時国民党に近い立場にいた文学者は回想している。こうした見解を異にする二つの中国現代文学史の記述と回想は、この時期の国共合作下の文壇に中共の文芸政策が浸透しつつ国民党側の作家がそれに反発していた状況を説明するものである。

一九四二年以降毛沢東の延安革命根拠地での「文芸講話」が国民党支配地区の重慶に波及する段階になると、延安解放区で解釈されていた作家と文学の絶対的基準が重慶の文芸領域に大きな影響を及ぼすことになり、「文芸講話」の論理から抗戦無関係論者は批判され、かれらには「正確な意識形態」、つまり思想改造が要求されることになるのである。

以上で一九三〇年の魯迅と梁実秋の論争、三八年末の「抗戦無関係論争」による梁実秋批判を概観した。この二つの論争は、その間に三六年の国防文学論争を介在させると一つの文学潮流を形成していることに気がつくのである。それは、中国革命が進展するなかで文学と政治が密接に絡み合いながら、政治からの文学領域の介入が顕著に出現していたということである。

政治から文学への介入を一九三〇年のプロレタリア文学論争で魯迅と梁実秋が共に拒絶していたことを考えると、その傾向はすでに左翼文学運動の勃興期にかれらが認識していたということである。しかし四二年の延安革命根拠地で発表された毛沢東の「文芸講話」は、魯迅と梁実秋の共通した文学姿勢をすべて否定するものであった。これによって中国共産党の文芸政策が確立し、作家に対する政治の絶対的優位な関係が政治権力を背景に築かれていくことになる。しかし魯迅と梁実秋の提起した文学姿勢は、その後中国大陸と台湾の文芸領域でつぎの世代の作家に受け継がれ、政治権力と作家の軋轢が繰り返し生まれていくことになったのである。

中国大陸では、中華人民共和国建国前夜の一九四八年に蕭軍文芸思想に向けた批判運動が東北地区で起こり、建国直後の五一年に映画『武訓伝』批判が発生する。ここから中国現代作家は、批判と粛清の政治潮流に巻き込まれることになるのである。この過程で多くの作家の文学観は、「文芸講話」を基軸に据えた中国共産党の文芸政策のなかで否定されていくことになる。

こうした批判運動は、文芸工作者によっておこなわれたが、かれらはかつて魯迅と論争をした中共党員作家であった。しかし、建国後二十年にもならない一九六〇年代半ばから始まる文化大革命では、そうした文芸政策を実行していた文芸工作者も「文芸講話」から逸脱しているとして批判され、文壇から姿を消すことになった。つまり六〇年代半ばに「三十年代文学」の伝統のすべてが否定されるという現象がおこるのである。

こうした一九五〇年代の中国大陸での作家批判は、国民党政府とともに台湾に移った知識人に大きな衝撃を与えた。国民党政府にとって、大陸に残った左翼作家は中国共産党の統戦工作に加担した人々であり、それゆえかれらの文学は否定の対象とされていた。しかし左翼作家批判を内包する国民党政府の唱えた「反共」政策には、厳格な定義が存在していたわけではなく、そこには西欧社会の「自由主義」的思想をもつ知識人も多く加わっていたのである。そうした知識人や作家は、当時台湾で刊行され始めていた雑誌を舞台に言論、創作活動をおこなっていた。

そのような言論、創作活動の場となった雑誌の一つに『自由中国』がある。一九四九年に創刊され六〇年九月までに全二六十期が発行された『自由中国』は、現在の台湾の歴史書には在野での言論、民主自由を追求し「野党創設」を主張した雑誌であり、国民党政府と対立したことで発行責任者雷震が逮捕投獄され、歴史上のものとなったと解説されている。

この雑誌『自由中国』は、民主憲政を唱えた一方で、多くの優れた作家を育て作品発表の場を提供していた。ここで活躍していた作家の多くは、政府当局によって作品の執筆を強制されていたわけではなかった。かれらは、かれらの「自由主義」の理想をもち、反共意識を表した自発的、独立した思考のもとで作品を発表していたのである。

したがってかれらは、台湾国内で蒋介石の独裁政治が強められていくとそれに反発していくことになるのである。ここに現れた特徴的な現象は、『自由中国』に集まった知識人たちが中国大陸で繰り広げられている作家批判、粛清運動が拡大するなかで、中国文学それ自体の存続に憂慮を示していたことである。

同時にかれらは、蒋介石の独裁政治の脅威がかれらの身辺に出現するなかでかれらが一貫して忌み嫌ってきた独裁的体質をもつ政治に直接、対峙していくことになったのである。「自由主義」

的体質をもつかれらは、中国大陸の文学現象に批判を投げかけながら国民党政府が文学芸術領域に思想統制を加えようとした時に、中国大陸と台湾国内の文学現象に表裏一体の関係、つまり独裁体質の政権の類似性を見出したのである。

一九五〇年代後半の中国大陸と台湾で同時に一党独裁体制が強化され、双方の作家、知識人の文学精神がそれに鋭く反応を示していたことは、興味深い現象である。そのなかで『自由中国』知識人は、一九五八年前後から「五・四精神」を前面に押し出し「民主文化の培養」と「反対党創設の必要性」を唱え始めるのである。ここでは「学問の自由」が主張され、国民党政治の基盤に「父権意識」を濃厚に持つ文化形態の危険性が存在していると主張されていた。かれらにとって「父権意識崇拝」の危険性は、中国大陸と台湾の政治形態が基本的に同じであると認識することから出されたものであった。

これらの『自由中国』知識人の主張は、これまでの国民党政府へ向けた政策提言の性格をもつものであった。しかしかれらの提言が国民党政府に最終的に拒絶され、政治的弾圧が強化されると、かれらの文学精神はより高いレベルの批判へと向かっていくことになる。かれらは、国民党政府の「『父権意識』が政治領域に拡大しているが、それは外部から飛来したものではなく、中国固有のものである。中国が真に希望をもてるとするならば、これらの中国文化伝統の影響から脱却しなければならない」とのべ、国民党政府の文化的基盤である中華伝統文化を徹底的に批判したのである。このような『自由中国』知識人の中華文化批判は、一人の人物にすべての権力を付与する「定於一尊」を退け、在野党創設の必要性を要求する主張に結びついていた。

しかしこうした主張は、一九六〇年代初頭に編集発行人雷震が「中国民主党」の組織工作に参与したことでいわゆる「雷震投獄事件」が発生し、『自由中国』の発行が禁じられたことで終焉したのである。

こうした主張をおこなった『自由中国』知識人の存在は、明らかに一九四九年以前の作家と政治の関係を引き継いでいたものである。また同じ時期に同じように中国大陸でも作家と政治の関係が厳しく問われ、政治の文学への介入がおこなわれ、作家批判運動がおこなわれていた。このことは、中国大陸と台湾の現代作家の文学精神が一党支配を強化する政治体制と相容れない性格のものであり、一九三〇年代初頭の魯迅と梁実秋の表した政治に対する作家の姿勢が政治権力と対立し現れていたことを意味していた。

『自由中国』知識人が最終的にかれらが認識していた中華文化の「悪弊」を問題視したことは、

魯迅文学が提起していた「国民性の改造」の問題に通じるものであり、それを糾す作家の使命感からだされたものと考えられる。この現象は、一九五〇年代の台湾現代文学で『自由中国』のなかに一九四九年以前から引き継がれてきた作家と政治のかかわりかたが問われていたということでもあった。

そのなかで台湾の現代作家は、一九六〇年代以降も国民党の政治と摩擦を引き起こしていくことになる。ここでかれらに幸いしたことは、「文芸講話」に挑戦する文芸思想をもつ作家へ徹底的な思想改造を強要した中国大陸の文学状況とは違い、「雷震投獄事件」の原因は在野党創設を主張したことにあり、『自由中国』知識人の文学精神が問われることがなかったことである。

しかし一九六八年に「反共」作家として著名な柏楊が「親共」の罪名を与えられ投獄されたことは、この時期にかれの文学活動が国民党政府の文化政策に抵触し、新たに作家と政治の関係を問う事件が発生したことを表していたのである。

この事件の発端は、一九六八年一月に柏楊訳による『中華日報』に掲載された米国の漫画ポパイのふきだしの一こまが「蔣介石総統を侮辱した」嫌疑によるものであった。しかしかれが台湾警備総司令部軍法処で「反乱罪」で起訴された時、事件の発端となった漫画ポパイについては言及されず、逮捕の罪状は「親共」の嫌疑によるものであり、その根拠は「文学でもって政府の腐敗と無能を描き、人民の政府への感情を遠ざけようとし、中国伝統文化を侮辱した」ことにあった。

かれが「親共」の嫌疑をかけられ、九年二十六日に及ぶ投獄を余儀なくされた原因は、この時期に中国大陸で起こった文化大革命の台湾への波及を怖れた蔣介石が中華文化復興運動を提唱していたことと関係していた。蔣介石は、大陸時代の新生活運動での経験を踏まえ、中華文化を顕彰することによって大陸で起こっていた文化大革命の中華文化破壊に対抗し、同時に中華文化が内包する家父長的体質を助長させ、自らの政権強化を図ろうとしたのである。

柏楊投獄事件は、かれがこの時期に一九六〇年代初頭から執筆を開始していた雑文で、社会の底辺にいる大陸から移ってきた人々の立場に立ち、不条理な台湾社会を生み出した原因を中華文化の負の側面に求め、告発していたことにあった。つまり一九六八年の台湾と中国大陸の関係を考えた時、かれの雑文に賛同する多くの読者を獲得していた柏楊の作家活動が大陸の文化大革命に直面していた国民党政府の政治への挑戦として考えられたということである。

柏楊の投獄事件は、台湾国内で報道されることがなかった。しかし警備総司令部軍事検察官の

「起訴書」とかれの「答弁書」が外部世界に知れ渡ることになると、米国の華人社会で柏楊救援活動がおこなわれ、米国議会でも人権問題として取り上げられることになるのである。しかしこの時期を通じて、柏楊逮捕を命じたとされた蔣経国は、こうした海外での動向に反応を示さなかった。

一九七七年の柏楊の出獄は、刑期満了による法律上の措置によるもの、または米国の人権外交の成果である、とさまざまに語られているが、実際には六八年の逮捕時と同様に中国大陸の政治動向が国民党政府の外交政策に影響をおよぼし、かれの釈放に大きく作用していたことが観察できる。国民党政府は、ここでかれに再度反共作家としての地位をとりもどさせることで、米中国交正常化に向かう国際政治のなかで「自由中国」中華民国を国際世論に訴えかけようとしたのである。そのために柏楊の存在は、国民党政府に人権外交を標榜している米国政府に向けての外交戦略のなかで利用価値があると認識され、これまでの「親共」の罪状は不問に付され、逮捕前のかれの反共姿勢が評価される奇妙な現象が生まれたのである。

こうした柏楊投獄から釈放にいたる九年の年月は、米中関係の変化が台湾と中国の関係に変化を生じさせ、それにともない国民党政府の「反共」の概念に大きな変更を生じさせていたのである。その「反共」の概念の変化は、柏楊の文学を「愛国的」と評価する変化であった。つまり米中国交正常化による東アジアの国際情勢の移り変わりが台湾政治の反共政策に影響をおよぼし、柏楊の存在を浮き上がらせる結果となっていたのである。なによりも柏楊の中華文化批判の根底に西欧の民主主義の理念に通じる発想が存在するからである。

以上のように柏楊事件を考察するならば、作家と政治の関係が一九六八年と七七年では、台湾をめぐる国際政治の変動にともない変化していることがわかるであろう。しかしこの現象は、台湾の中国との政治的対立関係のなかから生じたものであり、かれの文学活動を無条件に認めるものではなく、かれの言論は八八年まで監視され続けたのである。

しかし作家と政治の関係を考える場合、もう一つの現象が生まれていることに注目しなければならない。それは文化大革命終焉以降、中国国内に出現しつつある三十年代左翼作家のリアリズム精神の復活に国民党政府は注目し、これまでの「三十年代文学」評価に変更を加えはじめたことである。

中国大陸の文化大革命の終焉は、中国現代作家に作家と政治の係わり方に大きな反省をもたらすことになった。三十年代左翼作家のみならず一九四九年以降に中国共産党の文芸政策に抵触し姿を消していた多くの作家が名誉回復し、かれらは再度かれらの粛清の原因となったリアリズム精神を発揮し、文化大革命の現実を暴くことになったのである。

鄧小平の時代は、このような文壇の状況を毛沢東の時代に決別する手段として利用することから始まった。しかし復活した「三十年代文学」のリアリズム精神は、徐々に鄧小平政権とは異なった文化大革命の歴史解釈をおこない、中国近現代史を語り始め、中共政権の権威を傷つける作品を生み出したのである。

国民党政府は、この状況に大きな関心を示すことになる。ここで国民党政府が注目したのは、一九八一年に中国大陸で発生した人民解放軍の専属作家白樺の映画作品『苦恋』が全国的規模で批判されたことである。国民党政府がこの映画批判に注目したのは、米中国交正常化以降、祖国統一を唱える中国共産党政権からの統戦工作に直面するなかで、米国に留学中の台湾人学生が中国大陸からの「祖国回帰」の呼びかけに呼応する危険性に頭を悩ませていたからである。

この時期に中国大陸に出現した映画『苦恋』が米国から帰国した中国知識人の悲惨な人生を描き、しかもこの映画は全国的に批判されたのである。この事件は、国民党政府にとっては、中国共産党の統戦工作の実態を暴露するものであり、中国政治が文化大革命の時代と決別していない証拠として中共の人権と言論の自由への弾圧を糾弾する機会となっていたのである。国民党政府がここで注目したのは、米国の華人社会の反応であり、各国のジャーナリズムの映画『苦恋』批判に向けた厳しい論調にあった。このことが国民党政府に台湾映画『苦恋』を制作させる契機となったのである。

台湾映画『苦恋』は、一九八一年後半に制作が決定され、八二年十月に米国の各都市と台湾国内で上映された。この間にこの映画は、「反共教育」映画として台湾国内の新聞でさまざまに報道され、この過程で一つの顕著な現象が出現するのである。顕著な現象とは、「三十年代文学」の特徴である「リアリズム精神」に高い評価を与えた文学評論が出現したということである。

三十年代左翼作家のリアリズム文学への肯定的な評価は、この時期に初めて出現した訳ではなく、すでに柏楊が出獄する一九七七年頃に現れ始めていた。しかしこの傾向は、台湾映画『苦恋』の一連の報道のなかに白樺原作の脚本が掲載され、香港の評論家、米国の研究者の作品に係わる見解が紹介されることで明確になるのである。この見解は、いずれも白樺の文学を五四文学の系譜のなかでとらえ、「三十年代文学」のリアリズムの伝統を白樺が現代によみがえらせたと考察するものであった。

つまりリアリズムの復権に与えた高い評価は、台湾映画『苦恋』の公開時に映画鑑賞の手引きとして観客に解説されたということである。このことを裏付けるのは、一九八二年十月に台湾訪問中のソビエトの反体制作家ソルジェニツインが映画『苦恋』を鑑賞し、その描かれた共産主義の世界の悲劇はその世界に住んだことのある人間にしかわからないものであると発言したことが報道され、『苦恋』の世界のリアリズムがソルジェニツインのリアリズム文学と同一視されていたことにある。そしてこのリアリズム文学の評価は、「三十年代文学」の評価に結びつき、「三十年代文学」のリアリズム精神は左翼作家の強い「愛国心」から生まれたものであると解説されるに至るのである。ここではソビエトの反体制作家ソルジェニツインは、強い愛国心をもっていたために祖国を追放されたのであり、映画『苦恋』の主人公も同じ運命をたどっていたと解説されていた。

国民党政権の中国近現代文学のこうした解釈は、もう一つの対立を中国共産党政権との間に生み出していた。一九八二年と八四年に中国大陸では台湾文学をテーマに大規模な討論会が開催され、台湾文学は中国文学の支流であると結論づけられていたのである。このことは中国映画『苦恋』の脚本が台湾映画『苦恋』となった時、国民党政府は中国近代文学史を台湾現代文学史と結び付けていたことへの反論と考えられるのである。

つまり中国と台湾の政治的対立は、その域を越えて政権の基盤となる文化領域での正統性をめぐり対立していたということになる。こうした状況下で国民党政府は、作家のリアリズム精神を国民党政権と対立する否定の対象からはずし、それが左翼作家の「愛国心」から生まれたと解釈することになったのである。

冒頭でのべた一九八〇年代末の魯迅文学の解禁は、「三十年代文学」のリアリズム再評価から始まるものであり、それは一九七〇年代後半に用意されていたものである。一九三〇年に魯迅と梁実秋が提起した作家と政治の関係は、政治によってゆがめられてきたが、七〇年代末になると中共政権と国民党政府の政治的対立がかれらの主張を容認する方向へと向かい、台湾では作家と政治の関係が変貌していくことになるのである。

では以下の各章において、これまでのべてきた作家と政治の関係を台湾現代文学のなかで考察することにしよう。その対象とする時期は、一九四九年から一九八〇年代初頭までであるが、現代作家が政治に対して示した文学姿勢を四九年以前の二つの事例、つまり一九三〇年の魯迅と梁実秋の論争と三八年末の梁実秋批判のなかで観察することから始めることにする。

第二章　魯迅と梁実秋
――かれらの論争に表れた作家と政治の関係――

一　問題の所在

毛沢東は、一九四二年五月、延安解放区でおこなった「延安文芸座談会での講話」（以下、「文芸講話」）で「文芸の階級性」と「人性（人間性）論」について、つぎのように語っている。

「たしかに、搾取者圧迫者のための文芸というものはある。文芸が地主階級のためであれば、それは封建文芸で、中国封建時代の統治階級の文学芸術はつまりそういうものであった。今日になっても、この種の文芸はなお、中国ですこぶる大きな勢力をもっている。文芸がブルジョア階級のためであれば、それはブルジョア階級の文芸で、魯迅が批評した梁実秋などの如く、かれらは口では文芸は超階級的なものだと言ってはいるが、実際上においては、ブルジョア階級の文芸を主張して、プロレタリア階級の文芸に反対しているのである。[1]」

「いわゆる『人類の愛』なるものに至っては、人類がすでに分裂して階級になってから後は、そういう統一的な愛はなくなっている。統治階級はそういうものを提唱し、孔夫子もそういうものを提唱し、トルストイもまたそういうものを提唱したが、誰だって本当に実行したことはないのである。かれが階級社会のなかにいるために、実行することが不可能なのである。真正の人類愛というものもあり得るが、それは全世界の階級が消滅した後のことであり、階級が、社会を分裂に帰せしめた階級が、消滅した後、社会が統一に復帰すれば、その時には完全な人類愛があるのである。しかし、現在はまだない。[2]」

毛沢東のこの見解は、延安革命根拠地での左翼作家に向けて提出されたものであり、延安解放区を「人性論」でもって批判した左翼作家の文芸論の「誤り」を徹底して糾したものであった。ここで毛沢東は、はっきりと「階級社会のなかには、階級性を帯びた人間性があるのであって、超階級的な抽象的な人間性などというものはない[3]」と結論したのである。

文芸理論で語られる「人性論」は、このようにして完全に否定された。その後、毛沢東の「文芸講話」は中国共産党の文芸政策の根幹に据えられ、それによって「人性論」を提起する作家は、ことごとく「ブルジョア階級」文芸理論を信奉する作家として批判の対象とされることになったのである。

この「文芸講話」で注目したいことは、魯迅が毛沢東によって「プロレタリア革命文学運動の旗手」として神格化されたという事実である。このことは、「人性論」の解釈をめぐって魯迅と論争をした梁実秋が、毛沢東の名指しによる批判によって、中国現代文学史で否定されなければならない「ブルジョア階級反動」文人として位置づけられたことを意味した。

このように「人性論」は、中国革命の渦中で「反動的」文学観として否定されたが、そもそも中国現代文学史で語られる魯迅と梁実秋との間の「文芸の階級性」、「人性論」をめぐる対立は、一九三〇年を前後する上海の文壇での出来事であった。この論争は、中国現代文学史上、魯迅らプロレタリア文学を標榜する左翼作家と自由主義知識人の「新月派」との対立として位置づけられるが、論争の経過は二七年に梁実秋の論文に魯迅が反発し、左翼文学の潮流が勃興する過程で左翼作家連盟に属する作家が梁実秋を「新月派」知識人の代表として批判し、その後魯迅、梁実秋の論争は、「新月派」が解散してからも魯迅の死去直前に至るまで続いていた。この論争は、「人性論」のみならず、プロレタリア文学運動と自由主義文学運動の間で中国革命と文学のあり方をめぐってさまざまに議論が交わされていたのである。

そのような経過からわかるように、魯迅と梁実秋の論争では、「文芸の階級性」「人性論」を通して、中国文学と革命の関係が問われていた。そして冒頭の毛沢東の「文芸の階級性」と「人性論」の解釈は、その後の中国現代文学史のなかで「絶対的」権威をもつ見解として位置づけられることになった。

本章は、以上のように毛沢東の「文芸講話」で結論をだされた魯迅と梁実秋の論争を考察するものである。考察にあたり、以下の視点を設定する。

まず魯迅と梁実秋の論争は、プロレタリア文学の是非をめぐる論争であったが、正面から対立した双方の見解には、一致する文学観も存在していた。つまり論争の過程でプロレタリア文学の存在を認めない梁実秋の根拠をプロレタリア文学の「誤った解釈である」として批判した魯迅は、左翼作家連盟のなかに梁実秋の指摘したプロレタリア文学潮流の存在を認め、それを批判していたということである。

この魯迅の文学姿勢は、その後中国共産党の政治路線が文芸領域に浸透する過程で、中共党員作家のグループと「文学のあり方」をめぐり対立する要因になるのである。一九三六年春に上海の左翼文壇で起こった国防文学論争がそれである。ここでは、魯迅は抗日民族統一戦線のなかで文学の果たす役割をめぐり、中共党員作家の文学観を批判していた。この論争は、日中戦争の上海への波及と魯迅死去により中断したが、論争の論理は、つぎに国共合作下の三八年末の国民党支配区重慶の中華全国文芸界抗敵協会のなかに出現した。これによって引き起こされたのが梁実秋と中共党員作家のあいだの「抗戦無関係」論争である。ここに観察される中共党員作家の立場は、三〇年代初頭のかれらの梁実秋批判の延長にあり、国防文学論争のなかの魯迅と対立したかれらの文学的立場であった。

このように考えるならば、魯迅と梁実秋に見られる共通したプロレタリア文学に向けた文学姿勢が一貫して中共党員作家によって批判の対象にされていたことがわかるのである。この対立関係に結論を与えたものが、毛沢東の延安における「文芸講話」ということになる。その後「文芸講話」が中華人民共和国成立後に文芸政策の根幹に据えられたことで、作家の文学姿勢に政治論理が一方的に介入していくことになる。このことは魯迅と梁実秋の共通した文学観が毛沢東によってねじまげられ否定されたことを意味している。

しかし政治によって否定された文学観には、無視できない文学精神が内包されていた。それは、その対立からわかるように文芸領域にどのような政治勢力も介入することを忌み嫌う文学精神であった。魯迅と梁実秋は、プロレタリア文学観の相違により、政治的批判の対象を異にしていたものの同一の文学精神を共有していたのである。このことは、かれらのみに限定したものでなく、時空を超えて受け継がれ、中国大陸では一九四九年以降、執政党の文芸政策と現代作家の確執として繰り返し出現し、台湾では『自由中国』知識人と国民党政府の対立、その後の柏楊投獄事件のなかに観察できる。一九五〇年代以降の中国大陸と台湾では、「一党独裁政治」を忌み嫌う現代作家の共通した文学姿勢が表れ、それぞれに現代作家によって作家と政治の関係が問われ、特有の文学現象を生み出していたのである。

以下において、魯迅と梁実秋の論争を考察し、そこに見られるかれらの文学精神が作家と政治の関係をどのように位置づけ、その後の現代作家の文学にどのように影響を及ぼしていったのか、を跡付けてみることにしよう。

二　魯迅と梁実秋のプロレタリア文学の是非をめぐる論争

魯迅と梁実秋の論争は、左翼陣営では論争の渦中およびその直後に、論争のもつ意義が確定していた。(4)このことは、梁実秋が魯迅との論争についておおむねつぎのように回想していたことによって明らかである。

梁実秋は、まず「新月派」の性格をつぎのように語る。

国民革命軍の北伐が成功したその年に、多くの文人が上海に集まった。わたしは幾人かの友人と書店を開き、雑誌を刊行する相談をした。最初の発起人には、徐志摩、胡適之、余上沅、潘光旦、劉英士らがおり、その結果、『新月』が生まれた。「新月」のグループは、一つの共通点があるだけで、メンバーは多かれ少なかれ自由主義の信徒であった。文学面では、なんら具体的主張はなく、「健康」と「尊厳」の二点を標榜するだけであったが、当時の一部の潮流に対して消極的抗議もしていた。(5)

当時の文芸界のいわゆる「プロ文学者」、「左翼作家」から見れば、この自由主義小集団はまさに格好の攻撃目標となり、すぐさま一つの帽子――「新月派」を被せたのである。その罪名は、「ブルジョア階級的」「妥協的」「反動的」「落後的」であり、かれらは、と言えば「プロレタリア階級的」「徹底的」「革命的」「前進的」であった。魯迅先生は、この時期に「プロ文学者」と「左翼作家」の陣営に入ったのであり、無形の盟主となっていた。(6)

そして梁実秋は、魯迅との論争の直接の契機を『新月』(二巻六・七期合刊)に掲載した「敬告読者」「文学是有階級性的嗎?」「論魯迅先生的硬訳」にあるとのべ、それに反論した魯迅が『萌芽月刊』(一巻三期)に「硬訳与文学的階級性」を発表し、論争が開始したと語り、さらに「主要な論争はこの一回だけであったが、それ以降幾らかの接触はあった」、「魯迅先生とかれの盟友は『遊撃戦』に励み、わたしを一つの目標に定めた(7)」とのべ、この攻撃が「資本家的走狗」のレッテルから始まり、「自家用車で大学の講義に通っている」とする類いの「ねつ造された」「個人攻撃(8)」にまで及んだと語ったのである。

梁実秋のこの見解には、さらに「わたしが上海を離れ青島に着いた時には、『プロ文学』も急激に消滅した。（中略）作品のない空宣伝は、当然ながく続くものではない」と考える左翼文芸運動に対するかれの持論と魯迅死去に接して「魯迅先生の思想は最近また変わり、プロ文学を堅持せず、上海の各派の文学者（礼拝六派を含む）と手を携えて連名で自由を勝ち取るための宣言を発表している。しかし、彼はこの時死去したのである(9)」と当時左翼文壇の紛糾のなかにいた魯迅への認識が示されている。

以上は一九四一年の梁実秋の回想であるが、ここから魯迅と梁実秋の論争が梁実秋の「敬告読者」「文学是有階級性的嗎?」「論魯迅先生的硬訳」を魯迅が「硬訳与文学的階級性」でもって反論したことから始まっていた事がわかるのである。しかし、すでに指摘したように魯迅と梁実秋の論争は、それ以前にさかのぼることができ、それ以降魯迅の死去直前まで論争が継続していたことを考えれば、魯迅の「硬訳与文学的階級性」の発表は、これまでの相互の文学観から派生した対立が頂点を迎えた結果と考えられる。

ここで双方の主張をその時代背景(10)のなかでみるならば、梁実秋の「敬告読者」「文学是有階級性的嗎?」「論魯迅先生的硬訳」が一九三〇年一月十日刊行(11)の『新月』（二巻六・七期合刊）に掲載され、この時期が左翼文壇のつぎのような動向と一致していることは、梁実秋のこれらの論文にとって重要な意味を持っていた。

この時期に魯迅主編『萌芽月刊』が創刊され、魯迅の「流氓的変遷」「新月社批評家的任務」、A・法兌耶夫、魯迅訳「潰滅」が掲載され、ほぼ同時に蒋光慈主編『拓荒者』月刊が創刊され、銭杏邨の「中国新興文学中的幾個具体的問題」、馮乃超の「文芸和経済的基礎」、之本訳「再論新写実主義（藏原惟人著）」が掲載されていた。

政治面では、二月十五日に中国自由運動大同盟が上海に成立し、三月に入ると、国民党三期三中全会が南京で開催され、汪精衛の党籍の剥奪が決められた。この時期、『大衆文芸』（二巻三期）は、「新興文学専号（上）」として「文芸大衆化問題座談会」を掲載し『萌芽月刊』（一巻三期）も「上海新文学運動者底討論会」を掲載し、このなかで魯迅は「習慣与改革」、「非革命的急進革命論者」、「〝硬訳〟与〝文学的階級性〟」を発表していた。こうした状況のなかで、中国左翼作家連盟は三月二日に成立し、当日魯迅は「対於左翼作家連盟的意見」と題して講演をおこなっていた。

このような左翼文壇の状況をみるならば、この時期の梁実秋の言論からは左翼文学潮流への批判の意図が読みとれるはずである。梁実秋は、「敬告読者」で二巻二期以降の『新月』が「純文芸雑誌」から「胡適、梁実秋、羅隆基先生らの文章を掲載するようになり」「政治を語る」編集方針に変更したことを読者に告げている。しかし、ここでかれが強調したことは、「われわれの月刊編集に参加しているメンバーは、なんら組織をもたず、現在まで散漫な友人の集まりにすぎず、なんら団体と言えるものではない」という主張であり、このメンバーの「思想は完全に一致している訳でなく、ある者はこの主義を信じ、ある者はあの主義を信じている。しかしわれわれの根本精神と態度には幾つかの共通点がある。われわれは〝思想の自由〟を信仰し、〝言論出版の自由〟を主張し、われわれは〝寛容〟の態度をとり（〝不寛容〟の態度を寛容できないのを除いて）、われわれは穏健な理性に合う学説を歓迎する[12]」と主張するかれら『新月』の立場であり、それを原則にする編集方針にあった。梁実秋がこの号から『新月』の編集責任者となったことを考えると、「敬告読者」は梁実秋の文学的社会的姿勢を広く社会一般に示し、購読者層の拡大を図っていたと言えよう。

このような梁実秋の姿勢は、同時に掲載された「文学是有階級性的嗎？」「論魯迅先生的硬訳」として左翼文壇そして直接に魯迅に向けられていた。これらの『新月』は胡適、羅隆基らの政論を掲げ、「思想の自由」「言論出版の自由」を標榜し[13]国民党政府への直接的批判を意図したものであったが、その主張には、当時勃興していた左翼文学潮流への警戒も表れていたのである。このなかで、梁実秋の論文は左翼文壇にむけた痛烈な批判であり、これまでの魯迅との確執から生じた一つの帰結点であったと考えられる。

「文学是有階級性的嗎?」には、魯迅の名前は言及されていない。しかし、ここでのプロレタリア文学への批判の論点は、「論魯迅先生的硬訳」へと直接結びついていた。ここでプロレタリア文学批判の根拠となったのは、つぎのような見解である。

資産制度が時に不公平の現象をつくりだすことをわれわれも認識している。資産をつくることは、本来個人の聡明さと才能によるものであり、元来資産は身心ともに労働の報酬である。しかし資産が制度となってから、往々に富める者はますます富み、貧者はますます貧しくなっている。(中略)このような人為的な不公平の現象はある。しかしわれわれはこのような現象を冷静に観察しなければならない。人の聡明さと才能は、平等ではなく、人の生活も当然平等ではない。平等は美しい幻夢であり実現できない。経済は、生活を決定する最も重要な要因の一つであるが、人類の生活は決して至るところで経済の支配を受けている訳ではない[14]。

この立場から、梁実秋はプロレタリア階級の運動について「プロレタリアートは本来、階級的自覚などもっていない。過度の同情心に富み、はなはだ過激な幾人かの指導者がこの階級観念をかれらに伝授するのである」、「プロレタリア階級の暴動の主要な原因は、経済的なそれである。旧統治階級の腐敗、政府の無能、真の指導者の欠如などもプロレタリア階級を立ち上がらせる原因になっている。こうした革命の現象は永続するものではない。自然進化の後、優勝劣敗の法則が証明するように才能に勝った聡明な人は優越した場所にいて、プロレタリアートは相変わらずプロレタリアートのままでいる[15]」と語るのである。

そして梁実秋は、プロレタリア階級の運動から生じる「プロレタリア文学」を「一、この種の文学の題材はプロレタリア階級の生活を主体とし、プロレタリア階級の情感、思想を表現し、プロレタリア階級の生活状況を描写し、プロレタリア階級の偉大さを賛美しなければならない。二、この種の文学の作者は、必ずプロレタリア階級に属しているか、あるいははなはだプロレタリア階級に同情する人でなければならない。三、この種の文学は、少数の人々（資産をもつ少数の人たち、高等教育を受けた少数の人たち）が読むものでなく、大多数の労工労農、いわゆるプロレタリア階級の人々が読むものである」と定義し、「この三つの条件は、同時に備わることでプロレタリア文学になる[16]」と認識していた。

ここから、梁実秋のプロレタリア文学への批判がつぎのように語られた。

われわれはすぐにこの種の理論の誤りを発見するであろう。誤りはどこにあるのか。誤りは階級の束縛を文学に加えることにある。誤りは、文学を階級闘争の道具にして、それ自体の価値を否認することである[17]。

—文学の国土は最も広大であって、根本的に理論の上では国境はない、まして階級の境界などない。資本家と労働者には確かに違いがある。遺伝、教育、経済上の環境は異なる。このため、生活状況も違う。しかし共通するところもある。かれらの人間性は、なんら異なっていないのである。かれらは誰もが老いや病、死の無常を感じているし、愛の欲求をもち、憐憫や恐怖の情緒をもち、人倫の観念をもち、身心の悦楽を求めている。文学は、これらの最も基本的な人間性を表現する芸術である。プロレタリア階級の生活の苦痛は、もとより描くに値するが、この苦痛が真に深刻なものならば、必ずや一つの階級のみに属するものとはならないはずである。人生の現象は、多方面で階級を超えているものである。例えば、恋愛（わたしは恋愛そのものを言うのであって、恋愛のやり方ではない）の表現は、階級で分けられるであろうか。山水草花の美を詠じることにおいて階級の別はあるのだろうか。それはない。[18]

—われわれもプロレタリア文学にはそれなりの理論的根拠があることを理解する。しかし文学はこのように浅薄なものではなく、心のなかの最も奥深いところから発せられる声なのである。「煙突よ」「汽笛よ」「エンジンよ」「レーニンよ」というようなものがプロレタリア文学だとしたら、プロレタリア文学には理論もなにもあったものではない。そのようなものは自然に消滅させればいいのである。わたしは文学の題材を一つの階級の生活現象の範囲に限定するのは、実際のところ文学をはなはだ浅薄な、たいそう狭隘にみていることであると考える。[19]

—文学家は創作の後、一般の人々がそれを理解することを当然望むものである。理解する人が多ければ多いほどよい。しかし、もし作品が大多数の人々に理解されないとすれば、この欠点は必ずしも作品そのものにある訳ではなく、大多数の人々の観賞力の欠乏にあるのである。よい作品は永遠に少数の人々の専有物であり、大多数は永遠に文学とは無縁である[20]。
——われわれは如何なる人も文学をほかの目的のために利用することに反対するものではない。このことは文学自体に無害である。しかしわれわれは宣伝式の文章が文学であるということを承認できない。（中略）プロレタリア階級の暴動が最も重視するのは組織である。組織がなければ力量がない。それゆえプロレタリア文学者を称するものは、宣伝という一点に力をそそぎ、個人の感情の表現を極力抑えようとし、階級意識を鼓吹することに力をそそぐのである[21]。

梁実秋は、以上のようにプロレタリア文学運動を批判した。ここでは、「文学には階級の区別はない。『ブルジョア文学』『プロレタリア文学』は、どちらも実際に革命家が作り出したスローガンであり、文学には決してこのような区別はない。最近のいわゆるプロレタリア文学運動はわたしの調べるところ、理論上成立しておらず、事実成功していない[22]」し、それゆえプロレタリア文学者の「小ブルジョア階級」「有閑階級」「紳士階級」「正人君子」「名流教授」「ブルジョア」等々の標語によって、「ブルジョア文学」を攻撃するのは「実際には虚しい行為である[23]」と断言したのである。

この文脈のなかで、梁実秋の「論魯迅先生的硬訳」を読むならば、かれは単に魯迅の翻訳上の問題点を指摘した訳ではなかったことがわかる。のちに梁実秋は魯迅が翻訳した文献について「寿命はそれほどながくなかった。その後ソ連の文芸界は、大きな粛清を受けたのである。ルナチャルスキー、プレハーノフ、マヤカフスキーは、最も悲惨な運命に遭遇した[24]」と語っている。梁実秋が「魯迅の翻訳が『死訳』に近い」と語ったのは、ルナチャルスキーの「芸術論」、「文芸与批評」等であった。

梁実秋は、ここで魯迅の翻訳のなにを問題にしたのであろうか。かれは、魯迅の訳書から幾つかの具体例を抽出し「このような書物を読むのは、地図を読むようなものであ」り、「このような奇々怪々の句法は誰が読んでわかるというのだろうか」、「『硬訳』と『死訳』にはどのような区別があるというのか[25]」と疑問を投げかけた。ここには、「中国語文体のもつ欠点」として外国語のある種の句法が中国文に存在しないこと、ロシア語からの日本語への重訳の問題点等々が議論されている[26]。

しかし、梁実秋のこうした批判を魯迅が「文学的階級性」と結びつけて考えていたことは重要である。魯迅は、翻訳自体に向けられた批判というよりも、ソ連の「文芸理論」およびそれを紹介した魯迅の意図に向けた批判と受けとめていたのである。ここに、魯迅と梁実秋の文学にかかわる見解の相違が明確に表れ、左翼文学と自由主義知識文人の文学的政治的立脚点の違いが示されていた。その立脚点の違いは、魯迅が冒頭でつぎのようにのべたことのなかに表われている。

新月社の声明ではなんらの組織も持たないとのべ、論文中でもプロレタリア階級流の「組織」、「集団」といった言葉を深く憎んでいるようだが、実際には組織的なので、少なくとも政治に関する論文は、この一冊のなかで互いに「呼応」しあっているし、文芸に関しては、くだんの一篇は、それより前におかれたおなじ批評家の作にかかる「文芸に階級性はあるか」の余波である。(27)

—梁先生の文章に、二か所も「われわれ」が使われていて、どうやら「多数」と「集団」の気配が感じられる。（中略）すなわち「われわれ」がいれば、われわれ以外に「かれら」もいることになるのである。かくして、新月社の「われわれ」は、わたしの「死訳の風潮は断じて野放しにすべきではない」と考えるものの、そのほかに、読んでみて、「得るところはなかった」訳ではない読者も存在するのである[28]。
—わたしも新月社が言う「かれら」の一人である。なぜなら、わたしの翻訳と梁先生がもとめる条件とは、まるで違っているからである[29]。

魯迅のこの発言は、梁実秋が「すべての中国人の代表を自認し、これらの書物は自分に理解できないのだから、すべての中国人にも理解できないしろものだ」と断定し、「そこで、中国においてはその生命を絶つべしとして、やおら『かかる風潮は断じて野放しにすべきでない』との告示を出すにおよんだ[30]」とのべることで、新月社の文学的傾向と左翼文学潮流の違いを明確に示したものであった。したがって、魯迅は、かれの翻訳に読者がいる限り「地図は決して死図ではない[31]」と断言したのである。

ここからプロレタリア文学運動にかかわる魯迅の見解は、逐一、梁実秋への反論を通して、つぎのように語られた。

わたしの思うに、伝授する人間は決して同情心からそうするわけではなく、世界を改造しようという思想にもとづいてそうするに違いない。おまけに、「もともとそのものがない」のであれば、自覚しようも、かきたてようもない。自覚でき、かきたて得ることで、それがもともと存在することがわかる。もともと存在するものは、隠蔽してもながくはもたない[32]。

革命家と大衆の階級意識に関するこの見解から魯迅は、梁実秋が文学を労働者と資本家の共通した人間性を重視し、「これらもっとも基本的な人間性を表現する芸術である」と考えるのは、人間性に関するつぎの観点から「矛盾し、かつ空虚である[33]」とのべた。

文学も、人間性を借りなければ「性」を表現するすべはないが、人間を使うとなれば、それもこの階級社会でのこととなれば、その属する階級性を絶対に免れられない。なにも「束縛」を加える必要はなく、まったく必然のなりゆきである。むろん、「喜怒哀楽は人の情なり」。だが、貧乏人には取引所で元手をする悩みはありえず、石油王に石炭がらを拾う北京の老婆のつらさがわかるはずもない。飢えた土地の人間は、分限者の大旦那のように蘭の花を植えたりするようなことはまずなかろうし、賈のお邸の焦大が林妹妹を好きになることもない。「汽笛よ」、「レーニンよ」は、むろんこれぞプロレタリア文学というわけではない。だが、「すべての人よ」、「めでたいぞ、さあ祝おう」も、「人間性」「そのもの」を表現した文学ではない。かりに、ごくあたりまえの人間性を表現した文学こそ最高だというなら、もっとも普遍的な動物性――栄養、呼吸、運動、生殖――を表現した文学、もしくは「運動」は除外して、生物性を表現した文学は、当然さらにその上に位置すべきであろう。かりに、われわれは人間だから、人間性の表現をその範囲とするというなら、プロレタリア階級は、プロレタリア階級だからプロレタリア文学を作ろうとするのである。(34)

魯迅は、ここでプロレタリア文学の存在理由を「貧乏人」や「飢えた土地の人間」のもつ人間性の観点から語ったのである。魯迅はプロレタリア文学の存在理由を作家が「その属する階級性を絶対に免れられない」ことに求め、現在は読者の観賞力が幼稚であり、りっぱな作品を要求することは不可能であるが、「プロレタリア文学とは、自分たちの力で自分たちの階級および一切の階級を解放するための闘争の一翼であり、それが要求するのは一切合財であって、片隅の地位ではない(35)」とプロレタリア文学の将来の可能性を語っていたのである。

このように魯迅と梁実秋の見解には、「プロレタリア文学の存在」をめぐる対立が存在し、人間性の解釈の違いは、梁実秋が労働者と資本家の共通した人間性を重視し、魯迅がプロレタリア階級には資本家の理解し得ない人間性があると考えたことに起因していた。つまり魯迅と梁実秋の文学には、異なる読者が存在していたのである。

しかし、魯迅と梁実秋には、対立と同時に共通した文学観が存在していた。それは、作家の創作の自由にかかわる見解であった。梁実秋がプロレタリア文学の文学への「束縛」を問題視していたことに対して、魯迅はつぎのように答えた。

文学者には自由な創造が必要で、王侯貴族のお雇いにされたり、プロレタリア階級の威嚇にさらされたりして、その功績や徳行をたたえる文章を作るべきではない、と言う。それはそのとおりだが、われわれの目にしたプロレタリア文学理論のうち、ある階級の文学者に、王侯貴族のお雇いになるな、プロレタリア階級の威嚇のもとでその功績や徳行をたたえる文章を作れ、などと述べた人間は一人もいない。ただ、文学には階級性がある、階級社会では、文学者が自分では「自由」だ、階級を超越していると考えていても、とどのつまりは無意識のうちに所属する階級の階級意識に支配され、その創作は他の階級の文化とはならない、ということを言っているだけのことである。たとえば梁先生のこの文章だが、もともとの意図は、文学上の階級性を否定し、真理を喧伝することにあろう。だが、資産を文明の祖先とみなし、貧乏人を劣敗したカスとみなすあたり、一瞥しただけで、それがブルジョア階級の闘争の「武器」――いや「文章」であることがわかる。(36)

魯迅は、ここでプロレタリア文学が文学に「威嚇」を加えていると考える梁実秋のプロレタリア文学の解釈を糾し、むしろ大衆を除外する梁の文芸理論こそが「ブルジョア階級の闘争」の道具になっていると認識していたのである。同時に魯迅は、プロレタリア文学を標榜する文学者に対しても「梁先生と同様で、プロレタリア階級理論に対して、どうも『意のままに解釈する』という誤りに陥っているきらいがある」とのべ、成仿吾、銭杏邨らの文芸理論の理解につぎのように疑問を呈した。(37)

思うにこれは、自分で勝手にさわぎたてるというやつである。わたしが目をとおしたところによれば、それらの理論は、すべて文芸にはかならず宣伝の働きがあると言っているだけのことで、宣伝に類する文章でさえあればそれが文学だ、などと誰も主張するものはいない。なるほど、一昨年来、中国には、スローガンや標語をつめこんでプロレタリア階級を気取った詩や小説が確かにたくさん現れた。だが、それらは、内容も形式もともにプロレタリア風ではないところから、スローガンや標語でも使わないことには「新興」ぶりを表現するすべがなくてしたことで、実際にはプロレタリア文学などではない[38]。

——今年になって、著名な「プロレタリア階級の批評家」銭杏邨先生は、『拓荒者』誌上でルナチャルスキーの言葉まで引用し、かれが大衆の理解できる文学を推奨していることで、スローガンや標語を一概に非難するにおよばないことがわかるとして、例の「革命文学」のために弁護している。しかし、それも梁実秋先生と同様に、意識的ないし無意識的曲解だと、わたしは感じる。ルナチャルスキーのいわゆる大衆に理解できるものとは、トルストイが農民にくばったパンフレットのような文体のことであり、労働者や農民がひと目で理解できる語法、歌の調子、諧謔などを指しているに相違ない[39]。

魯迅のこれらの見解は、梁実秋のプロレタリア文学に与えた定義を「誤り」として批判すると同時に、「革命文学」を標榜してきた中共党員作家の文学姿勢を同様に批判する意図をもっていた。ここで重要なことは、この魯迅の文学姿勢は、かれが誤りとして斥けた梁実秋のプロレタリア文学の定義が現実のものとなって存在していた左翼作家連盟内の左翼文学潮流への警告であった点にある。

三　魯迅の眼に映った梁実秋の文学的立場

以上の考察から、魯迅と梁実秋の論点がどこにあったのかが明らかになるであろう。「人性論」をめぐる双方の見解の違いは、大衆を読者として見なすことができるか、という問題を含むものであった。ここからプロレタリア文学の定義が問題になっていた。魯迅は、人々の現実生活から社会に存在する不平等を問題視し、文学の対象を大衆に求め、梁実秋は、経済的不平等を認識しながらも「大多数の文学」を排除した。梁実秋にとって、人々に与えられるべき同等の教育機会は、人々が同等の教育を受けることを意味するものではなく(40)、文学の対象には大衆が含まれていなかったのである。「弱小民族」の文学を中国に紹介することに魯迅が精力を注いでいた一方で、梁実秋がシェイクスピア文学作品の翻訳を生涯の課題にしていたのは、こうした双方の文学姿勢の違いを明確に説明するものであった[41]。

ここで魯迅と左翼文学運動との関係について考察しなければならない。これまでの中国現代文学史は、魯迅と左翼文学運動とを一体化している。しかし左翼作家連盟成立前夜に魯迅は、中共党員作家からの「集中攻撃」にさらされていたのであり、左翼作家連盟成立後もかれの文学観をめぐる紛糾が存在し、それは一九三六年になると抗日民族統一戦線での文学の役割をめぐる国防文学論争へと発展していくのである。魯迅が梁実秋と論争する一方で彼らの文学観を問題視していたのは、そのような経緯が介在していたからである。

こうした状況のなかで魯迅と左翼作家連盟との関係を考える時、魯迅の身辺にいた馮雪峰が魯迅の左翼作家連盟参加前後の状況を「あの頃、魯迅先生は主として左連を通して、われわれの党との間の可能なかぎりの密接な、経常的な関係を保持していた。同時に、あの頃、かれは主としてやはり左連を通して大衆－まず革命的大衆との連繋を保ったのである[42]」と回想している事は重要である。

さらに馮雪峰は、「左連は一九三〇年三月に成立したが、気運がもりあがっていたのは一九二九年十一、十二月であった。この時期におけるかれの積極的態度と非常に切実な意見とは、その成立をうながす一種の力であった(43)」と語るのである。したがって、魯迅が梁実秋と論争するのは、左翼文学運動の「気運がもりあがっていた」なかでの出来事であり、左連でのかれの文学活動には「積極的態度と非常に切実な意見」が存在していたということになる。

また馮雪峰のつぎのような回想は、魯迅と中共党員作家との関係を考えるのに重要である。

たぶん左連がやっと成立してまもなく、梁実秋が、左連機関誌の一つ『拓荒者』のある号の上で、「資本家の走狗」と罵られたために、一篇の文章を書いてかれの狼狽と傷心を示した時、魯迅先生は愉快そうに言った。「おもしろい！　まだたいして奴の急所に打ちあてたわけでもないのに、こんなに吠えだした。どうやら役立たずの走狗らしい！……乃超、この人は本当に実直者だ。……わたしがそれをちょっと書いてやろう」。ここで乃超と言っているのは、梁実秋を「資本家の走狗」と罵った文章は、馮乃超同志が書いたものだからである。魯迅先生はすぐ題を「『喪家の』『資本家の痩せ犬』」という雑文を書いて、馮乃超同志にかわって梁実秋に回答したばかりでなく、そのうえ梁実秋の急所に本当に撃ちあてた。魯迅先生はこの雑文を書き終わって、わたしに『萌芽月刊』に入れるように渡す時、かれ自身うれしくて笑いだしながら言った。「しかし、梁実秋のような奴を相手にするには、こうでなければならん。……わたしは乃超に手をかして、かれの不足を助けたのだ。[44]」

馮雪峰は、こうした回想から「魯迅先生がわれわれ一群の青年をひきいて共同作戦をすることをよろこんでいた[45]」とのべたのである。ここからわかることは、魯迅が馮乃超ら中共党員作家と歩調を合わせていた事実であり、左連を通じて青年と革命的大衆と連繫を保とうとしたことである。こうしたことは、梁実秋に「魯迅は共産党の潮流に巻き込まれた」と認識させるものとなっていた。

しかしここで重要なことは、魯迅の文学運動は左翼文壇に参加することで変化したのか、という問題である。

この時期の魯迅文学について考える場合、魯迅研究者の林毓生が「魯迅は、革命的変革のために働きたいと願う未来の中国人に、一つの教訓を与えているのである。阿Qは革命の目標も方法も分からなかったし、さらに、そうした知識を得ることもできなかった。かれには内面的自我がなかったからである。結局のところ、中国の根本的かつ本質的な変革は、中国の国民性が根本的かつ本質的に変革されて、革命的変革の目標と方法を理解することができるようにならなければ、達成することはできない。したがって、このことこそ中国の再生のために第一の課題となるのである」[46]と指摘していることは重要である。

なぜならば「将来に絶望していた」魯迅が左翼文学運動に身を投じたのは、馮雪峰が指摘するように左連を通じて「青年と革命的大衆と連繋を保とうとしたこと」にあったものと思われるからである。梁実秋との論争での魯迅の姿勢からは、「将来がある限りは、希望の可能性も存在する」のであり、それが左翼文学運動の将来への可能性のなかにあると考えていたことが読み取れるのである。ここでは、左翼文学運動によって、阿Qは読者の対象となっていたのである。したがって、魯迅の文学運動は、阿Qを将来の読者の対象とする限り、梁実秋の文学論を受け入れることができなかった。

同時に現実に存在するプロレタリア文学運動のもつ弊害は、左連結成前夜に魯迅の文学に向けられた中共党員作家からの批判の体質そのものであり、プロレタリア文学運動のなかで克服すべき現象として存在していたのである。

その一方で魯迅は梁実秋との論争で、「新月」派の政治的立場を問題にしていた。魯迅は、梁実秋を「『喪家の』『資本家の痩せ犬』」と形容した。魯迅のこの見解は、梁実秋らの政治的立場を問題視したものであった。

そもそも『新月』は、創刊当時、文学創作や学術研究を中心とした雑誌であった。しかし、それを媒介にして欧米留学の経験をもつメンバーは政治的社会的理想を掲げ、中国の情況に関与していた。左翼陣営を形成していた人たちがかれらを「當権派」と見なしたことは、かれらが高等教育界の勢力を背景にグループを形成していたことによるものであろう。[47] そのような状況のなかで、梁実秋は『新月』創刊号から一九三三年六月の四巻七期までの全期間に、八期を編集し三十余編の原稿を掲載していた。しかもかれは、国民党に「思想の自由」、「言論出版の自由」を要求しながらも、革命文学を否定する文学思想を魯迅との論争のなかで明確に表していた。このことが左翼文芸理論家の批判の鋒先が梁実秋に向く契機となっていた。

さらに梁実秋が編集を担当した時期に、「純文学誌」であった『新月』が「政治論文」を掲載し、国民党を批判する政治主張を展開し始めていた。ここで重要なことは、これらの国民党政府を批判する政治主張が国民党内部にかれらを支持する、あるいはかれらの言論を利用する党派勢力が存在し、その緊張関係のなかに存在していた形跡があることとである。

この点について、沈衛威は「胡適派文人集団」を分析するなかで、胡適と「新月」の同人は、国民党内部に存在する複雑な矛盾を利用していたとのべ、胡適らの行動を宋子文との緊密な関係をもちながら、国民党の「伝統継承的権力政治型文化」を「西方近代民主政治を標榜する自由主義知識分子的精英文化」でもって批判したと分析するのである。(48)

いずれにしても、国民党政府が「新月」の同人に決定的な制裁措置をとれない事情があり、そうした状況が魯迅の「新月社の『厳正な態度』や『目には目を』は、結局のところ、もっぱら力の拮抗した人間、ないし力の劣った人間に対して、向けられるもので(49)」あり、国民党の弾圧下におかれた自由主義知識文人の限界であるという指摘となっていたのであろう。

四　結　語――魯迅、梁実秋の文学観に内包される文学精神とは

魯迅と梁実秋の論争から判明することとは、魯迅の文学論は梁実秋とも中共党員作家とも異質で

あったということである。ここでは、かつて魯迅を批判した中共党員作家と魯迅の関係は、左連を通じて結びつき、梁実秋ら自由主義傾向をもつ「新月派」とは対立関係にあった。

しかし、魯迅と中共党員作家との関係は、一九三四年以降、左連内部で軋轢を生み、三六年には抗日民族統一戦線をめぐる文学のあり方が問われるなかで、上海の左翼文壇を二分する論争へ向かっていくのである。ここでの魯迅の文学的立場は、梁実秋と論争するなかにすでに表れていたのである。それは、中共党員作家の解釈したプロレタリア文学論へ一貫しておこなっていた批判そのものであった。

すなわち魯迅の晩年には、抗日民族統一戦線が提唱されるなかで、文芸領域に中国共産党の政策による政治的束縛が加えられていたのである。梁実秋が「魯迅の思想が再び変わった」と認識したのは、魯迅と中共党員作家の間に生じていた軋轢が対立へと向かっていた時期のことであり、魯迅が文学の自立性を掲げ中共党員作家と対立していた時期のことであった。

その一方で魯迅死後、梁実秋が中国現代文学史で否定されるべき人物として登場するのは、一九四〇年初頭のことである。第二次国共合作後、梁実秋が国民参政会が組織した「華北慰労視察団」に加わって、延安を訪問しようとしたところ、毛沢東によって拒絶されたという。(50)

これより二年前の一九三八年末、梁実秋は、『中央日報』文芸副刊「平明」に発表した「編者的話」が「抗戦と無関係」の作品創作を鼓吹していると中共党員作家から集中攻撃を受けていた。かれの主張は、抗戦機運の高まりのなかで左翼作家の「内容のない抗戦八股」の作品が現れていることへの危惧をのべたものであり、その時、梁実秋を攻撃していた中共党員作家の主張は、創作と宣伝を一律に論じるものであり、その批判の根拠は抗日民族統一戦線の中国共産党の政治論理から導きだされていた。

このように魯迅の晩年の国防文学論争と梁実秋の文学主張を「抗戦無関係」と断定した論争の共通点を考えるならば、いずれも抗日民族統一戦線の提唱のなかでの文芸領域で中共党員作家が主導権を握り、「文芸のあり方」を規定していたことにある。こうした中国政治と文学の係わり方は、煎じ詰めれば作家と政治の関係を問うものであり、作家の主体性、文学の自立性に係わる問題であった。しかしこの問題は、最終的に毛沢東の「文芸講話」で政治的に解決されるのである。

毛沢東の「文芸講話」は延安社会の現実を「人性論」で風刺した作家に向けたものであり、かれらの文学精神を封じ込める意図を持っていた。このことは、かれらの文学精神と一体化した

「人性論」の抹殺を意味するものであった。

しかし毛沢東の「文芸講話」によって排除された文学精神は、中国大陸ではその後も中共の文芸政策に抵触する作家の出現によって継承されていった。その事例は、中華人民共和国建国直前に発生した蕭軍の「文化報」事件、その後の胡風事件、反右派闘争の作家批判、文化大革命開始時の京劇「海瑞の免官」批判、文化大革命後の映画『苦恋』批判などで批判された作家の文学主張に表れている。

一方台湾においては、一九五〇年代『自由中国』知識人が蔣介石の独裁体制が確立する過程に文学領域に加えられた思想統制に対して文学の主体性を主張していた。しかもこの時、『自由中国』知識人の言動は、当時大陸で進行中の知識人思想改造運動とそのなかで批判の対象とされた作家の言動に呼応していたことが観察できるのである。

魯迅と梁実秋の論争は、その後の文学潮流にどのような波紋を投げかけたのであろうか。かれらの論争時に共通していた文学姿勢は、文学に加えられる外在的介入を排斥し、文学の自立性への希求をかれらが主張していたことを示している。そのような文学への如何なる介入をも拒絶する文学精神が作家と政治の関係を生み出し、その後の文学潮流に出現する政治と文学の確執を生みだす要因となっていくのである。

魯迅と梁実秋の論争に表れた政治の文学への介入を拒絶する文学精神は、その後の作家に受け継がれ、一党独裁体制とつねに衝突を繰り返す文学潮流を形成するものとなったのである。

＊本論の日本語訳文献からの引用には、本文との用語と表現の整合性を図るため一部に若干の修正を加えてある。

＊本論で参照した梁実秋の文献は、一九八〇年代九〇年代に中国大陸、台湾で刊行されているものであり、以下である。なお近年、中国で刊行された梁実秋の著作は、魯西奇「梁実秋著作目録」（『梁実秋伝』二七七－二八一頁）を参照。一九四九年以前の年譜と著作は、陳子善「梁実秋著訳年表（一九二〇－四九）」「梁実秋著訳単行本一覧」（『中国現代文学側影』一七七－二五七頁）を参照。

（中国）

1　劉天華、維辛編『梁実秋散文（二）』、中国広播電視出版社、一九八九年。

2　呉福輝編『梁実秋自傳』、江蘇文芸出版社、南京、一九九六年。

3 魯西奇『梁実秋伝』、中央民族大学出版社、北京、一九九六年。
4 黎照編『魯迅梁実秋論戦実録』、華齢出版社、北京、一九九七年。
5 陳漱渝主編『魯迅論争集』上・下、中国社会科学出版社、北京、一九九八年。
6 劉炎生編『雅舎閑翁』、東方出版中心、上海、一九九八年。
7 徐静波編『梁実秋批評文集』、珠海出版社、広東、一九九八年。
8 宋益喬『梁実秋』、華僑出版社、北京、一九九八年。
9 梁実秋『雅舎軼文』、中国友誼出版公司、北京、一九九九年。

（台湾）

1 梁実秋『文学的北平』、洪範書店、台北、一九八〇年。
2 梁実秋『白猫王子及其他』（九歌文庫）、九歌出版社、台北、一九八〇年。
3 梁実秋『秋室雑文』、水牛図書出版、台北、一九八三年。
4 梁実秋顔元淑主編『雅舎雑文』、正中書局、台北、一九八三年。
5 梁実秋『雅舎談吃』（九歌文庫）、九歌出版社、台北、一九八五年。
6 梁実秋『実秋雑文』、水牛図書出版、台北、一九八六年再版。
7 梁実秋『偏見集』、水牛図書出版、台北、一九八六年再版。
8 梁実秋『浪漫的與古典的』、水牛図書出版、台北、一九八八年三版。
9 陳子善『中国現代文学側影』、志文出版社、台北、一九九四年。
10 余光中、瘂弦、陳秀英『雅舎尺牘』（九歌文庫）、九歌出版社、台北、一九九六年。

11　梁実秋『談徐志摩』、遠東図書公司、台北、一九九七年版。
12　梁実秋『雅舎小品補遺（一九二八―一九四八）』（九歌文庫）、九歌出版社、台北、一九九七年。
13　梁実秋『西雅圖雑記』、遠東図書公司、台北、一九九七年版。
14　徐光中編『秋之頌』（九歌文庫）、九歌出版社、台北、一九九八年。
15　梁実秋『罵人的芸術』、遠東図書公司、台北、一九九九年版。
16　宋益喬『梁実秋傳』、文国書局、台南、一九九九年。［宋益喬『梁実秋』（華僑出版社、北京、一九九八年）と同一内容である。］

第三章　国共関係のなかの政治と文学
——梁実秋批判について——

一　問題の所在

中国近現代文学で左翼文学運動が勃興したのは、一九三〇年代初頭の出来事であった。文学史では、一九三〇年に成立した左翼作家連盟が左翼文学運動を指導する組織として位置づけられており、その盟主として魯迅の役割が高く評価されている。その一方で、この左翼文学運動の勃興には政治と文学のあり方をめぐり、さまざまに論争が発生していた。

その論争の一つは、魯迅と梁実秋の間でプロレタリア文学の是非が争点となっていた。この論争は、「人性（人間性）論」「文学の階級性」の観点から左翼文学運動の是非を問うものであり、現実にプロレタリア文学が存在していると考える魯迅とその存在を否定する梁実秋との見解の違いによって引き起こされていた。

この論争は、一見すると相交わることのないもののようである。しかし、魯迅と梁実秋の対立には、「奇妙に」一致する文学姿勢が存在していた。それは、この時代のプロレタリア文学運動に向けた魯迅と梁実秋の定義そのものにあった。梁実秋は、魯迅との論争を通じて一貫してプロレタリア文学の存在自体を疑問視し、プロレタリア文学が階級闘争の道具になり、作家の感情表現を阻害し、その文芸の領域もはなはだ狭い範囲に限定していることを問題視していた。その一方で「貧乏人」や「石炭がらを拾う北京の老婆」には資本家には理解できない人間性があると考えた魯迅は、労働者と資本家の共通した人間性を重視する梁実秋の「人間性論」の解釈には「矛盾」があると考え、文学には現実に階級性があることを認めていた。

当時、新月派の一員であった梁実秋の文学姿勢は、国民党政府に「言論、思想の自由」を要求すると同時に、勃興する左翼文学運動を批判する「自由主義」知識人のものであった。その一方で魯迅は、左翼文学運動に積極的に加担していたのである。しかし、魯迅は、梁実秋のプロレタリア文学の定義そのものを否定しながら、現実に左翼作家連盟のなかに存在するプロレタリア文学のあり方を問題視していた。それは梁実秋の定義したプロレタリア文学の潮流が左翼作家連盟内に存在していることへの危惧であり、ここに奇妙にも論争を通じて、魯迅と梁実秋にはプロレタリア文学に対する共通した文学観の存在が観察できるのである。

このように中国近現代文学を観察すると、以下の現象を語ることになる。

魯迅と梁実秋の左翼文学運動に向けた「共通認識」は、左翼作家連盟内に否定すべきプロレタリア文学の潮流が存在することへの危惧となって魯迅と梁実秋の双方から提起されていたということになる。このことが、のちに左翼作家連盟内で独自の文学運動を展開していた魯迅の孤立を準備するものとなり、一九三六年になると抗日民族統一戦線と文学のあり方をめぐる国防文学論争へと発展する一因となるのである。国防文学論争は、魯迅と中共党員作家の確執が左翼作家連盟の解散を契機に対立へと向かった結果であるが、その対立には、魯迅が忌み嫌い中共党員作家のなかに見出していたプロレタリア文学へのかれの反発が存在していたのである。

国防文学論争は、一九三六年の上海の左翼文壇を二分する対立を生み出したが、日中戦争の上海への波及と魯迅の死去によって終息した。しかし、魯迅と対立した中共党員作家の唱えた文芸界の抗日民族統一戦線は、国民党系の作家を含み、国共合作を経て、一九三八年三月に中華全国文芸界抗敵協会の結成となって実現していた。

しかし文芸界の抗日民族統一戦線は、これまでの未解決の問題を内包していたために、再度、梁実秋の中共党員作家の文学運動への不信感が表出することになるのである。一九三八年十二月に梁実秋の『中央日報』副刊「平明」に掲載した「編者の話」が中共党員作家に「抗戦と無関係」であると断罪されたことは、そのような双方の不信感から生み出されたものであった。

本章は、以上の視点から抗日戦争期の一九三八年末に発生した梁実秋と中共党員作家のあいだの「抗戦無関係」論争で、文芸界の抗日民族統一戦線に文学のあり方がどのように規定されていたのかを明らかにすることを目的としている。

その文学潮流はその後一九四〇年代になると、毛沢東の「文芸講話」と一体化しつつ中国共産党の文芸政策に据えられ、沈従文、蕭乾、朱光潜ら「自由主義」作家の文学論を「反動的」と断定し、左翼文学陣営の胡風らも批判の対象としていくことになるのである。

梁実秋批判はこうした潮流を形成する起点となっていた。このことは徐々に亀裂が生じ始めた国共関係のなかでの国共間の確執が文学領域に色濃く投影され、そこに作家と政治の関係を厳しく規定する政治の論理が浸透していることを物語るものであった。

二　抗日民族統一戦線と魯迅そして梁実秋

一九三八年十二月に発生した梁実秋と中共党員作家の「抗戦無関係」論争を考察する場合、三〇年前後に発生した魯迅と梁実秋との論争、三六年の魯迅と中共党員作家の国防文学論争を考察しなければならない。それは「抗戦無関係」論争で観察される「文学のあり方」がそれぞれの論争のなかに同様に表れていたからである。

すでにのべたように左翼文学運動の勃興は、一九三〇年前後の上海の文壇に観察できる。そこで発生した魯迅と梁実秋の論争は、プロレタリア文学運動の是非を問題とするものであったが、双方の論争がそれ以前の二七年頃から始まっていたことを考えれば、かれらの文学観には相いれない要因があり、それがプロレタリア文学運動の是非をめぐって頂点に達していたと考えられるのである。

その違いとは、「人間性論」と「文学の階級性」についての見解の違いにあった。この見解の違いが、プロレタリア文学運動の是非をそれぞれに決定する原因になっていたものと考えられる。

たとえば、梁実秋は、つぎのように文学を語ったのである。

人の聡明さと才能は平等ではなく、人の生活も当然平等ではない。平等は美しい幻夢であり実現できない。経済は、生活を決定する最も重要な要因の一つであるが、人類の生活は決して至るところで経済の支配を受けているわけではない(1)。

そして大衆には階級意識がもともとないと考えた梁実秋は、文学を「階級の境界などない。資本家と労働者には確かに違いがある。遺伝、教育、経済上の環境は異なる。このため、生活状況も違う。しかし共通するところもある。かれらの人間性は、なんら異なっていないのである。かれらは誰もが老いや病、死の無常を感じているし、愛の欲求をもち、憐憫や恐怖の情緒をもち、人倫の観念をもち、身心の悦楽を求めている。文学は、これらの最も基本的な人間性を表現する芸術である(2)」と解釈したのである。

それに対して、魯迅は、大衆の階級意識に関する梁実秋の見解に対し、大衆に「もともとそのものがない」のであれば、「自覚しようも、かきたてようもない。自覚でき、かきたて得ることで、それがもともと存在することがわかる。もともと存在するものは、隠蔽してもながくもたない」と反論し、梁実秋が労働者と資本家の共通した人間性を重視し、文学はそうした基本的な人間性を表現するものであると定義したことは、「矛盾し、かつ空虚である」[3]とのべたのである。

ここで魯迅は、「喜怒哀楽は人の情なり」と考えるものの貧乏人には取引所で元手をする悩みはないし、石油王に石炭がらを拾う北京の老婆のつらさがわかるはずはないとのべ、「かりに、われわれは人間だから、人間性の表現をその範囲とするというなら、プロレタリア階級は、プロレタリア階級だからプロレタリア文学を作ろうとするのである」[4]と主張したのである。人間は階級社会ではその属する階級性を絶対に免れられないと考える魯迅にとって、プロレタリア文学は確かに存在していたのである。

このように対立した魯迅と梁実秋には、それぞれに違った読者層が存在していた。魯迅文学の対象は、いまだ文字の読めない「大衆」であり、梁実秋の文学にはそうした「大衆」は除外されていたのである。しかし、梁実秋のプロレタリア文学へ向けた嫌悪感を魯迅がプロレタリア文学への「誤解」であると批判したことのなかに、「奇妙にも」左翼作家連盟成立時に見られたプロレタリア文学運動のあり方に共通した否定的見解が示されていた。魯迅が「誤解」であると語った梁実秋のプロレタリア文学の定義は、「プロレタリア階級の暴動が最も重視するのは組織である。組織がなければ力量がない。それゆえプロレタリア文学者を称するものは、宣伝という一点に力をそそぎ、個人の感情の表現を極力抑えようとし階級意識を鼓吹することに力をそそぐ(5)」と断定したことにあった。

一方魯迅は、梁実秋がプロレタリア文学の文学への「束縛」を問題視したことに対して、「文学者には自由な創造が必要で、王侯貴族のお雇いにされたり、プロレタリア階級の威嚇にさらされたりして、その功績や徳行をたたえる文章を作るべきではない、と言う。それはそのとおりだが、我々の目にしたプロレタリア文学理論のうち、ある階級の文学者に、王侯貴族のお雇いになるな、プロレタリア階級の威嚇のもとでその功績や徳行をたたえる文章を作れ、などとのべた人間は一人もいない(6)」と反論したのである。

魯迅の批判の鋒先は、同時に左翼作家連盟内の中共党員作家に対しても向けたものであった。魯迅は、「梁先生と同様で、プロレタリア階級理論に対して、どうも『意のままに解釈する』という誤りに陥っているきらいがある」とのべ、成仿吾、銭杏邨らの文芸理論について「思うにこれは、自分で勝手にさわぎたてるというやつである。私が目をとおしたところによれば、それらの理論は、すべて文芸にはかならず宣伝の働きがあると言っているだけのことで、宣伝に類する文章でさえあればそれが文学だ、などと誰も主張するものはいない。なるほど、一昨年来、中国には、スローガンや標語をつめこんでプロレタリア階級を気取った詩や小説が確かにたくさん現われた。だが、それらは、内容も形式もともにプロレタリア風ではないところから、スローガンや標語でも使わないことには『新興』ぶりを表現するすべがなくてしたことで、実際にはプロレタリア文学などではない(7)」と批評したのである。

魯迅のこの発言には、左翼作家連盟成立直前に成仿吾、銭杏邨らが魯迅を「落伍した」「小資産階級」の文学者と批判していた経緯が介在していた。左翼作家連盟の成立により、魯迅はかれらと「和解」をした。しかし、この発言からは、魯迅のプロレタリア文学の解釈が成仿吾、銭杏邨らと異なっていたことがわかる。魯迅の解釈は、梁実秋のプロレタリア文学の解釈を「誤り」と認めると同時に、梁実秋の解釈が現実のものとなって存在している左翼作家連盟内の中共党員作家のプロレタリア文学運動を批判していたのである。

左翼作家連盟は、国民党との対決姿勢を鮮明に打ち出した文学者の団体であり、そこには中国共産党の政治路線が貫徹していた。階級闘争を標榜していた中国共産党の政治路線は、国民党政府打倒のために大衆動員の役割を作家が担うことを要求していた。この傾向は満州事変後強まり、この過程で魯迅の危惧は、現実のものとなり、このことが左翼作家連盟内部での魯迅の孤立化を引き起こすことになっていったのである。

一九三六年春の中国共産党による抗日民族統一戦線結成の呼びかけは、当然、文芸領域の統一戦線を内包するものであり、そのため階級闘争を標榜してきた左翼作家連盟の役割は終えることになった。ここに抗日民族統一戦線と文学のあり方が新たに問われることになり、左翼作家連盟内の中共党員作家と魯迅とのこれまでの確執が対立へと向かうきっかけとなった。この対立の根底に、魯迅の中共党員作家の文学観に対する嫌悪感が存在していたことは疑う余地のないことである。この魯迅の嫌悪感は、論争のなかで、周揚らが抗日民族統一戦線結成の政策的見地から左翼作家連盟を解散し、作家に題材と創作方法を厳格に要求し、抗日民族統一戦線の文学の役割を「現実は我々にさまざまな材料を提供してくれるが、現実の真実を表現するには、決して分け隔てなくあらゆる生活現象を描いてはならず、時代の中心的内容・社会発展の主要な目標と方向を捉えなければならない(8)」とのべたことに対するものであった。

魯迅は、「民族革命戦争の大衆文学は、決して義勇軍の戦いや、学生の請願デモ……等々の作品を書くことだけに限定されるのではない。これらの作品の方がよいのは当然だが、それだけの、狭いものであってはならない。それはもっと広汎である。中国の現在のさまざまな生活と闘争を描写する、意識的な一切の文学を包括するほど広汎である。なぜなら、現在、中国の最大の問題、万人共通の問題は、民族生存の問題であるから。」「中国の唯一の出路は、全国一致して日本にあたる民族革命戦争である。この点が理解できれば、作家は生活を観察し、材料を処理する端緒を掴んだようなものである。作家は、自由に労働者、農民、学生、強盗、娼妓、貧乏人、金持ちを描いていい。どんな材料でも構わない。書けば、すべて民族革命戦争の大衆文学になる(9)」し、「ある作家は、『国防文学を主題とした』作品を書かなくても、やはりさまざまの面から抗日の連合戦線に参加する(10)」とのべていたのである。この魯迅の文学姿勢は、魯迅の意向を受けた胡風が作家に「現実の生活要求から生まれ」、「一切の社会紛糾の主題を統一した(11)」文学作品の創作を呼びかけるものとなっていた。

そのために、この魯迅らの主張は、周揚ら中共党員作家からすれば「統一戦線を破壊するもの」と認識され、魯迅が論争過程で「民族革命戦争の大衆文学」はプロレタリア革命文学の現在における一つの発展であると位置づけたことは、「そうなると、それが現段階における文学の分野での統一戦線のスローガンとはなりえないことは自明のことであり、『左』のセクト主義者の大言壮語も戈を収めるべきであろう(12)」という周揚ら中共党員作家の魯迅批判になったのである。

魯迅の文学的立場は、周揚らの中共党員作家の言動を「巧妙に革命的民族の力を扼殺し、革命的大衆の利益を無視して、ひたすら革命を借りて私利を営む」とした。魯迅の周囲にいた作家にとっては、抗日民族統一戦線に賛同しようとも、左翼作家連盟の解散を容認できなかったのは、左翼作家連盟がかれらにとって左翼文学運動を発展させる砦であったからである。この論争では、抗日民族統一戦線と文学のあり方、つまり作家の政治との係わり方に顕著な相違が存在していたのである。

この論争で厳格に規定された作家の抗日民族統一戦線という政治との係わり方は、魯迅らの眼には作家が現実の社会を観察する自由を奪うものと映じていた。こうした結論は、これまでの左翼作家連盟内部の文学のあり方をめぐる作家間の紛糾によって導かれたものであり、左翼作家連盟成立時の魯迅の中共党員作家の文学観へ向けた危惧が現実のものになった結果であった。

国防文学論争は、日中戦争の上海への拡大と魯迅の死去により終息したが、文芸界の抗日民族統一戦線に向けた中共党員作家の積極的な活動は、一九三八年三月に結成した中華全国文芸界抗敵協会のなかに引き継がれていった。ここで三八年末に中共党員作家による梁実秋批判が出現するのである。梁実秋の主張を「抗戦と無関係」であると批判した中共党員作家の根拠には、抗日民族統一戦線での文学のあり方が明確に示されているのである。それは、梁実秋の忌み嫌った左翼文学運動の潮流であり、国防文学論争で魯迅が対立した中共党員作家の文学観であった。

三　国共関係のなかの梁実秋批判

一九三八年十二月、梁実秋が重慶の『中央日報』副刊「平明」に「編者の話」を掲載し、主編としての立場から原稿募集に係わる幾つかの条件をのべたことが、「抗戦無関係」論争を引き起こす契機となった。

この「編者の話」には、その直後に問題視される投稿に関する以下の条件が書かれていた。

いま抗戦がすべての物事の上に置かれているので、ペンをもつと抗戦を忘れることのできない人がいる。わたしの意見は少々違っており、抗戦に関係する題材をわれわれは最も歓迎するが、抗戦に無関係な題材でも、真に流暢なものであれば、それもよい。無理に抗戦をその上に載せることはない。内容のない〝抗戦八股〟に至っては、だれにとっても有益でない。(13)

さらに梁実秋は、『中央日報』社がわたしにひまがあるのをみて、副刊を編集させようとしているのだが、「わたしの交遊は広いものではなく、」「〝文壇上〟だれが盟主であり、大将であるのか、さらに判然としない(14)」とのべたのである。

梁実秋のこの発言は、その直後、孔羅蓀、宋之的、張天翼ら中共党員作家によって、「梁実秋は、今日の抗戦の偉大な力量の影響を抹殺し、今日の中国の抗戦という実際の存在を抹殺し、今日の全国の愛国的文芸界がともに努力している目標である抗戦の文芸を抹殺している。それに反してかれは人生のなかで抗戦と関係のない題材を探し、かれの読者に抗戦と関係のない文章を読ませ、抗戦という現実の闘争を忘れさせようとしている」と批判されたのである。(15)

ここから始まる梁実秋と中共党員作家の確執が、中国現代文学史では一般に抗日戦争期に文壇に発生した「抗戦無関係」論争と言われているものである。そして、この論争によってのちに梁実秋は「反動的」文人と断定されたのである。

この論争には、当時亀裂が生じ始めた国共関係が投影されていた。それは梁実秋の「編者の話」をめぐる状況を国民党側にいた文学者劉心皇が「当時、中華全国文芸界抗敵協会は、すでに左翼文人に掌握されており、おおくの出版物と新聞の副刊もかれらの影響下にあり、その論調は一致していた。そのため『中央日報』副刊の編集は、当然左翼文人のなかから探すことができず、中華全国文芸界抗敵協会の外部から人を探すことになった。『中央日報』副刊が梁実秋に編集を依頼したのは、かれが反『左翼文人』であったからである。梁実秋は『中央日報』社が主編を依頼してきた理由を当然理解していた。果たして、かれは新聞社当局の希望通り、冒頭に当時の『文壇』を風刺して、『〝文壇上〟だれが盟主であり、大将であるのか、さらに判然としない』とのべたのである。同時にかれが『ペンをもつと抗戦を忘れることのできない人がいる』とのべたのは、左翼文人に向けた批判であった。しかし、抗戦文芸が左翼的誤りをおかしていたと批判したことで相手に攻撃の口実を与えてしまったのである」と回想していることからわかるであろう[16]。

一方、中国の資料は、梁実秋と『中央日報』との関係を「一九三八年九月十五日、重慶で復刊した『中央日報』「平明」に社長程滄波の執筆した一文は、国民党当局が文化領域に表した姿勢であったので、『当時の新聞界と文芸界は特別に関心を持たざるを得ないものであった。』そのため梁実秋の『抗戦無関係論』がでると重慶の新聞界と文芸界は憤って一致してそれに攻撃を加えた[17]」と語っている。

梁実秋が「編者の話」を執筆するに至った状況は、これまで中国現代文学史に語られていない。しかし、梁実秋の「編者の話」をめぐる立場を異にする二つの見解は、一九三八年末の段階で国民党と共産党の関係に不信感が存在していたことを浮き彫りにしているのである。

この不信感は、論争の推移のなかに語られることになるが論争過程で明らかになることは、梁実秋が中共党員作家からの批判を一九三〇年代初頭の中共党員作家との論争の再現であると考えていたことである。梁実秋は、孔羅蓀の批判がかれの名前を出さずに「某先生」と表現したうえで「ドイツ風の住居に住んでいたものが、いまは重慶の古びた住居にいる」と指摘したことは、「個人攻撃であり、悪意のある挑発」であり、「十年前に左翼作家を自称する人物が梁実秋は授業にいく時に黒塗の絨緞を敷いた自家用車にのっている」と言ったのと同じ論法であり、「わたしが打倒すべきある階級に属している」ことを意味していると解釈していたのである[18]。

梁実秋の見解を一様に「抗戦無関係論」と断定した中共党員作家は、その根拠をどこに求めていたのであろうか。「抗戦無関係論」と断定された個所は、その直前に「文章の性質には決してこだわらない。しかしわたしにも幾らかの意見がある」と「但し書き」が置かれていた。梁実秋は原稿の主たる拠り所は読者の援助にあると考え、「読者は各地、各階層に幅広くおり、それぞれの読者が特徴をもち、それぞれの読者に経験があり、それぞれの読者に作風がある」とのべ、読者に「少しばかりの工夫でもって文章を書き、寄稿してもらえるならば、本誌の内容を充実させる最も有効的なやり方である[19]」と考えていたのである。

ここでこの梁実秋の「編者の話」が中共党員作家に、これまでかれらと相対立する文学姿勢を貫き、魯迅と対立した「否定されるべき」「新月派」「資産階級」の文人の立場から書かれたものであったと認識されていたという事実は重要である。何故ならば、抗日統一戦線下での文学のあり方へのかれの立場の表明は、抗日民族統一戦線下で中共党員作家が厳格に規定しようとした文学のあり方に背をむけた主張とみなされていたからである。

このことは、孔羅蓀が梁実秋を批判するなかで、梁実秋の二年前の見解を問題視していたことのなかに表れていた。孔羅蓀は、「一・二九北京学生運動が偽冀察政権に反対運動を起こしてからまもなく、まさにアルバニアが英雄的反帝反ファシストの旗印を掲げ、イタリアの〝文明侵略〟に抵抗した時期に、梁実秋先生は『自由評論』という刊行物を出版し、多くの卓越した評論を発表していた[20]」とのべ、そのなかで梁実秋が「われわれの中国は弱国である。アルバニアよりもさらに弱国である。われわれは〝打倒帝国主義〟のスローガンを叫ぶべきでなく、さらには〝世界の弱小民族を助ける〟とか〝世界の大同〟などを夢想してはならない。われわれは現在、弱国であることを認めるべきであるのだ[21]」と主張していたことを問題にしていた。

孔羅蓀は、梁実秋のこの発言から「誰であれ中国人がこれを読むならば、梁実秋先生の主張が果たしてどのようなものかはわかるというものだ」、「抗戦がすでに一年六か月になろうとしている今日、良心をもつ中国人は祖国の抗戦に服務し、祖国の抗戦のために身を捧げ、すべての工作を祖国の抗戦に有利なものとし、人々すべてを祖国の抗戦に有利な人材としている。しかし梁実秋先生は、〝抗戦八股〟を抹殺し、今日の抗戦の偉大な力量の影響を抹殺し、今日中国に存在する真実が抗戦だけにあることを抹殺し、今日全国文芸界が共同して努力している一つの目標である抗戦の文芸を抹殺している」と主張し、「抗戦の十八か月には、抗戦と無関係な人生が存在するのか[22]」と結論したのである。

以上の梁実秋批判からは、中共党員作家が梁実秋のこれまでの抗日戦争に係わる一連の言論のなかに「抗戦文芸」のみならず抗戦自体に反対していると認識する根拠を見出していたことがわかる。すなわち抗日民族統一戦線下の「抗戦文芸」には、国防文学論争に出現していた「時代の中心的内容・社会発展の主要な目標と方向を捉えなければならない」要求、つまり政策的枠組みが作品世界に絶対的基準として存在していたのである。それは中共党員作家が抗日民族統一戦線下で実践している文芸政策であり、梁実秋の見解はそれと著しく乖離し対立する要素をもっていたのである。

この論争で最初に梁実秋を批判したのは、孔羅蓀であった。老舎の回想によると、この時期に孔羅蓀は中華全国文芸界抗敵協会の会報『抗戦文芸』の編集に積極的に参加していたと言う[23]。また陳紀瀅は、かれが『新華日報』の戈寶権と親しい関係にあったとも回想している[24]。一九三八年一月十一日に中共中央長江局が漢口で刊行した『新華日報』は、国共合作下で「中共の主張を代表する」目的をもって発刊された新聞であり、この新聞は「『抗日がすべてに勝り、すべてが抗日に服務する』原則の下で」、「抗日を志す個人、集団、団体、党派の共同の喉舌となることを願い、全国民衆の共同の叫びとなることを求め、抗日に有害なすべてのものや国内の団結の分裂を企てる漢奸およびトロツキー派の陰謀に無情の打撃を与える[25]」ことを使命としていた。梁実秋を批判した中共党員作家は、『新華日報』の声明にみられる政治的立場にいたのである。

したがって、この場合の政策的枠組みは、国共関係のなかの中国共産党の抗日民族統一戦線政策から導きだされたものと考えられるのである。この時期の中国共産党の抗日民族統一戦線政策は、国共関係のなかでの「独立・自主」路線を打ちだし、文化、文芸領域に積極的に関与していた。とりわけ中国共産党にとって重要なことは、階級闘争の維持にあった。毛沢東は、一九三八年十月に「新段階論を論ず」のなかで「抗日戦争ではすべてが抗日の利益にしたがうということが全般的原則であり、階級闘争は民族闘争の利益と要求にしたがわなければならず、けっしてこれに背くべきではない。だが同時に、階級社会が存在する条件の下では、階級闘争は消滅し得ないし、また消滅しようもなく、階級闘争の理論を根本的に否定しようと企てることは、歪曲された理論である[26]」とのべていた。すなわち、「民族闘争においては、階級闘争は民族闘争の形態をとって現れるものであり、この形態が両者の一致性を表している[27]」と説明したのである。

中国共産党のこの立場からは、「階級や階級闘争の存在する社会のなかでは、階級を超越した立場などというものは人を欺くものにすぎない」し、「『階級を超越』していると自認している反共分子は、ただ日本侵略者、漢奸、汪精衛一派、トロツキー派たちの『共同防共』論のイエスマンにすぎず、かれらの言論と行動は、中国を投降、妥協の道へ導き、日本帝国主義の植民地と化するものにすぎない。したがって、かれらの狭い範囲の階級的利益は、中華民族の民族的利益とまったく相反するものである。これらの人びとは、もし決然としてかれらの誤りを是正しなければ、かれらは必然的に漢奸の汪精衛などがすでに歩んだ道を歩むことになろう[28]」と結論するのである。

中国共産党の抗日民族統一戦線は、「中国は弱国ではあるけれども、もしも全民族がすべての精神的桎梏から脱却し、思いきって奮い起ち、一致団結し、こうして外敵に抵抗するならば、まさに死から蘇生し、天下に敵するものがないであろう[29]」とする方針から、「徹底抗戦と民族の絶対多数を占める同胞の幸福を闘いとること、これが『民族が至上である』ことにほかならない[30]」と定義するものであった。そのためには、「しっかりした正しい政治的方向を身につけることについていえば、とりわけこれが必要である。ということは、抗戦に不利な、混乱した、雑多な、誤った思想は、すべてただされるべき[31]」であったのである。

このような中国共産党の抗日民族統一戦線の主張は、梁実秋批判に表れていたのである。宋之的は、「抗戦に関係があってもいいし」「抗戦に無関係であってもいい」という梁実秋の見解は、立場の定まっていない者か、「いわゆる〝王道楽土〟を夢見る〝虫けら[32]〟」のどちらかであると結論していた。さらに一九四〇年になると孔羅蓀は、梁実秋の見解は「現在の上海で〝東亜新秩序建設のため〟に従事しているようなもので、」「意識の上ではそれと相互に呼応している[33]」と解釈したのである。

以上から、国共関係のなかで、梁実秋批判を考察するならば、そこには中国共産党の抗日民族統一戦線の姿勢が明確に出現していたことがわかるのである。これまで「中国現代文学史」が、「一九三八年末、国内外の形勢に顕著な変化が生じ、国民党は抗日に消極的になり、積極的に反共姿勢を暴露しはじめた。これら妥協投降的な危険性は、文芸戦線にも反映し一陣の反動的思潮が出現し、国民党御用学者と資産階級文人が文芸は抗戦に服務すべきか、の根本的問題をめぐり革命文学運動に新たな進攻を発動したのである[34]」と一様に記述してきたのは、国共関係の軋轢が梁実秋批判を生み出していたと解釈すべきものである。国共関係のなかの梁実秋批判からは、中国共産党の政治が文学領域に浸透していたことが観察できるのである。この現象は、左翼文学運動の勃興期から魯迅と梁実秋が忌み嫌った文学潮流であった。

四　結　語

本章は、一九三〇年代初頭の魯迅と梁実秋の論争、三六年の魯迅と中共党員作家の「国防文学論争」、三八年の梁実秋と中共党員作家の「抗戦無関係」論争を考察した。ここから三〇年代初頭に出現した左翼文学潮流がそれぞれの論争にさまざまに係わっていることが観察できるのである。

ここで注目すべきことは、魯迅と梁実秋の論争では双方がプロレタリア文学潮流に対して共通した認識を持っていたことであり、文学的立場を異にしながらも左翼作家連盟内の中共党員作家の左翼文学運動に嫌悪感を抱いていた事実である。魯迅の嫌悪感は払拭されることなく、一九三六年になると魯迅と中共党員作家の間で抗日民族統一戦線の文学のあり方をめぐる国防文学論争へと発展する。この論争は、抗日民族統一戦線のなかで作家の創造性に政策の枠を厳格にはめようとする周揚ら中共党員作家の文学観に対する魯迅らの反発から生じたものであった。

抗日民族統一戦線のなかでの文学のあり方をめぐる対立は、その後国共合作を経て、一九三八年三月に結成した中華全国文芸界抗敵協会のなかに引き継がれていくことになる。そこは、国防文学論争での中共党員作家の文学観が積極的に実践される場であった。この状況下で梁実秋と中共党員作家の間に「抗戦無関係」論争が発生するのである。この論争で梁実秋が嫌悪した中共党員作家の文学観は、かつて三〇年代初頭にかれらが梁実秋を批判した時に表れていたものと同質のものであった。そして国共合作下で抗日民族統一戦線に示した中国共産党の独自の政策的立場がその批判に投影されていたのである。

以上のことは、左翼文学運動には一貫して中国共産党の政治の論理が貫徹していることを意味しているのである。そして中国現代文学の潮流は、一九四二年以降「文芸講話」が重慶に波及する段階になると、解放区で解釈された政治と文学の絶対的基準が文芸領域に大きな影響を及ぼすことになる。

この時点で、郭沫若は「〝抗戦無関係〟論者は作家の精神を抗戦から離脱させ、抗戦から超越させようとしている。これはいわゆる非現実主義である」、「現実主義のいわゆる〝現実〟は、題材上の問題ではなく、思想認識と創作手法上の問題である。目の前の題材でも〝抗戦無関係〟論者が書くならば、非現実となる。歴史上の題材でも正確な意識形態をもって書くならば新しい現実になるのである[35]」と語ったのである。すでに「抗戦無関係」論争は、作家に思想改造を要求する「文芸講話」の論理で解釈されていたのである。

この「文芸講話」の論理の標的は、最終的に左翼文学同一陣営内の胡風の文芸理論へと向かっていく。それは、胡風の文芸理論が国防文学論争以降、国民党政府支配地区で理論上成熟しつつ、解放区の文芸理論とは著しく様相を異にしていたからである。またその理論の根底には、国防文学論争での中共党員作家と対立した魯迅らの文学的立場があった。

ここで魯迅の「神格化」について言及しなければならない。一九三六年の魯迅死去後、左翼文壇では魯迅の「神格化」が試みられていた。それを決定づけたのは、一九四二年五月の延安革命根拠地での毛沢東の「文芸講話」であった。この時、かつての魯迅と梁実秋の論争の論点は一方的に解釈され、魯迅と梁実秋の左翼文学運動に向けた嫌悪感は、魯迅から切り離され、梁実秋だけに押しつけられ、その論点は大きく歪められたのである。これ以降、中国大陸では現代作家は、政治権力を背景にした文芸政策の確立のなかで政治に服従しなければならなくなったのである。

第四章　『自由中国』知識人の政治と文学

一　問題の所在

雑誌『自由中国』は、一九四九年十一月に創刊され、六〇年九月までに合計二六十期発行された。この雑誌は、発行責任者雷震、主編傅正が国民党政府によって逮捕投獄されたことで幕を閉じた。

この雑誌は、現在台湾の歴史書(1)でおおむね以下のように評価されている。

一九五〇年代台湾の在野での言論、民主自由を追求した代表的存在が雑誌『自由中国』であり、『自由中国』は「民主政治」、「言論の自由」、「野党創設」を主張したため、「極権体制」と軋轢を生じ、雷震が「中国民主党」の組織工作に参与したことで「雷震投獄事件」が発生し、『自由中国』は歴史上のものとなった、と。

そしてそれに至る経過をつぎのように語っている。

『自由中国』は、当初国民党総裁蒋中正、台湾省主席陳誠の支持のもとで、「官方」の資金援助によって創刊され、当時の中共政権の軍事的脅威にさらされていた状況下で「擁蒋反共」の色彩の強い論調を掲載していた。しかし朝鮮戦争によりアメリカの東アジア政策が台湾の中華民国政府支持へと向かい、このことによって中共からの脅威が減り、国民党主導下の「党国体制」が「極権体制」へと発展し、それとともに『自由中国』は「自由人権」の理念を徐々に宣伝し始め、保安司令部と衝突するに至った。その後、雷震および『自由中国』と国民党当局の摩擦は激しくなり、蒋介石総統三選問題で最大の衝突点に達した、と。

つまり、民主政治を主張し続けてきた『自由中国』は、最終的に「反対党」の創設の必要性を認識し、「中国民主党」の創設を国民党に認めさせようとした結果が「雷震投獄事件」発生の原因であったということである。

雑誌『自由中国』は、このように民主憲政を唱えた雑誌として位置づけられている。その一方で、台湾文学の領域では、この雑誌は多くの優れた作家を輩出する場であり、一九五〇年代台湾文学が「反共文学」、「戦闘文学」といった範疇では概括できないような「自由主義」の理想を持ち、反共意識を表した自発的、独立した思考のもとで生み出された作品が発表されていたというのである。この見解によると、『自由中国』で発表された作品群は政府当局によって強制されて執筆されたものでなく、五〇年代文壇には大陸から台湾に移ってきた作家の活動の場があった(2)ということになるのである。

ここには、考察されなければならない現象が存在している。『自由中国』が中国大陸から台湾に移ってきた国民党党員によって創刊されていたことを考えれば、この雑誌に掲載された文芸作品、文芸評論も政治と無関係ではありえないであろう。つまり文学が政治に密着しつつ、作家の自由な精神が発揮され、「反共文学」が作られていたとすれば、それを生み出す文学精神とはどのようなものであり、そのかれらが密着していた「政治」とは何であったのかという問題である。

わたしは、ここで一九五〇年代『自由中国』に観察できる知識人の文学精神を考察しようと思うものである。かれらは、当初中国大陸に生起している作家に向けた批判、粛清運動を目撃するなかで、それを引き起こしている中国共産党の政治を批判していた。しかし、台湾国内に国民党による「極権政治」が出現するなかで、かれらの文学精神は双方の「極権政治」と対峙することになるのである。それは、大陸の作家が中共の文芸政策に衝突したものと同一の文学精神によるものであり、中国近現代文学に脈々と息づく作家の体質から発せられたものであったといえる。かれらの文学精神は、その後大陸と台湾でそれぞれに特有の文学現象を生み出していくことになる。したがって、一九五〇年代の中国現代文学と台湾現代文学を観察するならば、そこに共有する文学精神がそれぞれに特有の文学現象を作り出していることがわかるのである。

二　現代作家の文学精神と「極権政治」

一九五〇年代『自由中国』知識人は、中国大陸で生起している文学現象に多大の関心を向け、その観察のなかに自らの文学観を明確に表し、それが「反共文学」を支えるものになっていた。当然、かれらは「極権政治」が文学創作を阻害するものと考え、それを排除する姿勢を持つものであった。

ここで注目しなければならないことは、かれらの文学姿勢は一九四九年中華人民共和国成立以降、中国大陸でたび重なる知識人、作家に向けられた批判、粛清運動を「客観的」に見つめるなかで体系化されていったということである。ここで「客観的」と表現したのは、政治的立場を異にしていたかれら作家たちには、これまで政治の舞台でさまざまに交流していた時期があり、お互いを熟知していたことで『自由中国』知識人は、大陸の作家の行動により深い理解を示すことができたということである。

それゆえに『自由中国』知識人は、中国大陸での作家批判、粛清運動が拡大するなかで、かれらは中国文学それ自体の存続に憂慮を示し始めることになる。同時に国民党の「極権政治」の脅威が徐々にかれらの身辺に出現してきたことは、かれらの文学活動にとって重要な意味を持つことになる。それは、かれらが一貫して忌み嫌い、台湾に移ってきた最大の原因であった「極権政治」に直接対峙しなければならなくなったからである。その時、かれらが中国大陸での文学現象を語るなかで表出させた「文学精神」は、国民党の政治に適用できる批判となって二重の意味を持ち、「文学のあり方」を強烈に主張していたのである。

このような視点から一九五〇年代台湾文学を考察するならば、中国近現代文学の政治性は、中国大陸、台湾で発揮されていたことになり、『自由中国』知識人が発揮した「文学精神」は政治とつねに軋轢を生み出してきた現代作家の系譜のなかに位置づけられるのである。

そもそも中国近現代文学史は、魯迅の晩年から政治が文芸に干渉し、作家を政治に従属させようとした時、作家がその政治に挑戦してきたことを私たちに教えている。一九四九年中華人民共和国の成立によって、政治権力はすべての領域に浸透し、文芸領域の自立性が存在できない状況が生まれ、作家は絶えることのない思想改造運動に巻き込まれることになった。この時、かれらは、唯一、文芸理論に異なった解釈を加えることで、暗に文芸政策に異議申し立てをおこなっていくことになった。

『自由中国』知識人は、そうした中共の文芸政策を決して容認できるものではなく、ここからかれらの苦悩が生じていくことになる。台湾に移った作家は、そうした共産党の「極権政治」の体質を問題視していたために、かれらは、当初中国大陸で展開する作家批判、粛清事件を当然の帰結として観察することになったのである。

そのようなテーマは、当初『自由中国』では「風流才子話田漢」といった劇作家田漢の人物評価、また一九五一年当時蕭軍死去が報じられた時、「蕭軍之死」(3)に見られる作家評伝に表れていたのである。その文学姿勢は、『自由中国』誌上の政論と密接に係わりをもち、中国大陸の政治状況を分析し国民党政府の政策へ提言する意図をもつものであった。

一九五〇年代の中国大陸は、一九四九年から本格化する知識人、作家に向けた思想改造運動が拡大化し、五五年の「胡風批判運動」、五六年「百花斉放、百家争鳴」政策、五七年「反右派闘争」、大躍進運動という政治潮流を導いていた。こうした一連の文学芸術への中共政権の強圧的姿勢は、台湾にいるかれらに大きな衝撃を与えていったものと考えられる。この衝撃のなかから、かれらは中国文学のあり方を考えていくことになる。同時にこの時期に国民党政府の「極権体制」が確立していくことは、中国大陸を観察しつつ台湾にいる自分たちの問題として中国文学の伝統を模索するきっかけとなっていくのである。

以上の一連の文学潮流は、『自由中国』誌上に掲載されたそれぞれの論説から考察することができる。これらの論説は、一九四九年以降、蕭軍事件、胡風批判運動、「百花斉放、百家争鳴」政策に見られる知識人の動向、「反右派闘争」、大躍進運動期の歴史上の人物評価等多岐に渡っている。同時に、紅楼夢研究、中国現代詩の伝統についての議論、西欧文学の紹介がおこなわれていたのである。

蕭軍事件は、そのなかで最初にとりあげられたテーマであった。「蕭軍之死」を執筆した陳紀瀅は、ハルビン法政大学卒業後に現地にて文学活動に従事し、抗日戦争期に漢口『大公報』副刊編集に携わり、蕭軍と交流をもっていた人物であった。一九四九年以降は、台湾で「張道藩に協力し文芸工作に従事し、当代文学に大きな貢献をした[4]」人物と評価されている。かれに向けたこうした評価は、五〇年国民党文宣部によって設立された中国文芸協会理事長と重光文芸出版社を経営したことに関係したものであろう。「蕭軍之死」は、このような立場にいた陳紀瀅が中華人民共和国成立前夜に発生し、その後の中共の文芸政策の先駆けとなった蕭軍事件を語ったものである。[5]

蕭軍の死に係わる原因について、陳紀瀅が問題としたのは、蕭軍が抱いていたロシア人に対する嫌悪感であった。この嫌悪感は、中国人の持つ歴史的、地理的な原因によるものであり、蕭軍が中華人民共和国の成立前夜に中共東北局の支援を得て発行していた『文化報』でソ連軍の中国東北地区での人民大衆におこなった蛮行を非難していたことに関して、「朝鮮戦争に失敗した中共が人民の反ソ情緒の高まりを恐れ、かれを殺すことで蕭軍の思想を再度蔓延させることなく人民の反ソを抑え、動揺する作家に警告するためであった」と推測するのである。そして陳紀瀅は、そうした運命をたどった蕭軍と中国共産党の関係を歴史的にさかのぼりながら、国民党は文芸政策の方面で中共の「巧妙な」やり方に対抗することのできなかった事実を明らかにしている。

では、「感情面で共産主義を信奉していた」蕭軍は、なぜ『文化報』で「図らずもこの時期、突然、純粋に忠実に内心を語ることで大きな災難を招いてしまったのであろうか。」陳紀瀅は、蕭軍の死が「日本帝国主義よりもさらに残酷な帝国主義を目撃し、黙っていられずに純粋に心の内を語ったことが、共産党の最も恐れた内なる傷にあった」ことによると語るのである。「蕭軍思想の蔓延を途絶するために蕭軍を死に追い込んだ」ことは、「作家の悲哀であった」。しかし陳紀瀅は、蕭軍の死は「文人がそれを見通すことのできないことを証明したものであり、かれの偏った激しい血気」にも原因を見出すのである。

陳紀瀅は、「北方人の粗野な性格をもつ」蕭軍が中共の「欺瞞」的文芸政策の「虜」にされるが、最終的に蕭軍の「良心」はそれに抵触せざるを得なかったと語ったのである。この見解は、台湾に移った直後の国民党が文芸政策の領域で中共に指導権を奪われていたことを認め、そのなかで発生した蕭軍批判とかれの死の報道は、起こるべきものとして解釈されている。

陳紀瀅の大陸の文学現象に向けた解釈からは、初期『自由中国』の性格を見出すことができる。蕭軍の運命が「作家の悲哀」であるとのべられる一方で、「なんら悲しむべきことではない」と結論づけられていることに台湾に移った陳紀瀅らの心情が吐露され、当時の『自由中国』の反共的立場が表れていた。

中華人民共和国成立前後の蕭軍批判は、その後の知識人、作家の思想改造運動の前哨戦であった。この政治潮流のなかから一九五五年になると胡風批判運動が起こる。この事件によって、作家は「文芸講話」と異なる文芸理論を提起し、党の文芸政策に異議申し立てをするならば粛清の対象となることを知ることになった。当然、この時期の『自由中国』誌上には胡風事件に係わる論評が掲載される。

胡風批判運動の起源は、魯迅の晩年にまでたどることができる。一九三六年、上海で発生した国防文学論争は、中共党員作家グループと魯迅ら左翼作家の対立であり、胡風は病床にいた魯迅の意向を受け、周揚らと真っ向から対立していた。この対立は、その後も継続し四九年になると再燃することになる。対立の要因は、胡風の文学理論に存在する「文芸講話」とは異質の「政治からの自立傾向の強い」作家の主体性を重視する文学観にあった。この文学理論は、抗日戦争期に国民党支配区で生長発展したことで、抗日戦争後にすでに中共党員作家グループと確執を生み出していた。

胡風批判運動の直接の契機は、胡風が党文芸工作者への批判を意図し、党文芸政策に提言をおこなった「文芸意見書」を一九五四年に党中央に提出したことにある。ここからこの時期、文芸政策の指導権をめぐる対立が生じていたことがわかるのである。ここで重要なことは、胡風を最終的に「反党・反革命分子」と断定したのが毛沢東であり、そのため批判運動が全国規模に拡大したという事実である。この胡風事件は、『自由中国』（第十三巻四期）で沈秉文によってつぎのように語られるのである(6)。

沈秉文は、中華人民共和国成立直後から始まった胡風文芸思想への批判が一九五四年十二月以降、「個人の文芸思想の問題から集団での反党反人民の中共の法律に触れる重大事件」へと変わり、「文芸、政治思想の批判も人身攻撃に変わった」とのべている。これによって所謂「胡風集団」は、「帝国主義国民党特務分子、反動軍官、トロツキー分子、革命叛徒」と断定されたのである。

この事件の直接的な根源は、どこに存在していたのであろうか。これについて沈秉文は、「抗戦勝利後、胡風が上海に戻った時に」胡風の提唱していた「主観戦闘精神」が文芸政策を執行しているグループに「階級の立場に違反していると罵られ」、その一方で胡風は、批判者側の文芸思想を「機械論統治勢力」と論駁していたことに求めている。そしてこの論争に見られる「胡風個人の性格や作風がかれと中共との間に不可思議な関係をつくりだし、」「基本的に思想上左傾であった」胡風は、中共に身を寄せながらも権力に頭をさげることなく、主観的意識がかれの「良知」を保持させ続け、中共を敵視するものになっていったというのである。さらに「かれの能力と思想上の説得力は、中共の党内外に集団をつくりあげ、中共の文芸政策を改造しようとする気持ちを生みだした」と解釈する。

このように胡風の文芸理論の異質性とかれの個性に注目しつつ、沈秉文はつぎのような結論を導いている。それは胡風の思想問題の鍵は、マルクス・レーニンの経典に違反したことを叱責することにあるのではなく、かれの行為が中共の完全な権術的文芸、政治理論に抵触し、隠れた部分を暴露し、中共に精神的脅威をつくりだしたことにあるというのである。「権力を掌握する人々が光明の頌歌を好み権術を運用することを尊んだ」一方で、胡風は「在野にいて是非の根源を観察し、芸術の原則に忠実であった」のである。

このような観察から胡風事件は、「同じマルクス・レーニンの看板の下での失意者と得意者の争いであり、被圧迫者と圧迫者の争いであり、進歩の要求と既得利益勢力の争い」であったと語られた。

一九五〇年代初頭の蕭軍事件から胡風批判運動までの時期は、社会主義改造の急進期にあたる政治潮流を形成していた。およそこの政治現象がこの二つの論説、つまり中国大陸の文学現象を観察する際に大きな影響をおよぼしていたものと考えられる。つまり「極権体制」が確立されるなかで作家が被った運命への関心がここに存在する。当然、ここでは『自由中国』知識人の文学精神は、中国大陸で政治権力によって否定された「文学批評」のあり方と文芸政策そのものに議論を集中するものになる。これらの議論は、同時期の論説のそれぞれの主張とあわせて考察するならば、文芸への「締め付け」傾向を強め始める国民党政権に対するその後のかれらの姿勢が、すでに明確に形づくられていたと解釈できるのである。

そうした議論は、李経「文学批評中的『美』」(『自由中国』第八巻六期、一九五三年三月十六日)、方思「談文芸批評」(『自由中国』第十巻九期、一九五四年五月一日)、李僉「我們需要一個文芸政策嗎?」(『自由中国』第十一巻八期、一九五四年十月十六日)の主題として表れていた。このなかで注目すべき見解は、李僉論文である(7)。中国大陸で胡風事件が発生する直前に、文芸政策のもつ危険性を李僉は、台湾国内の文芸問題として提起していたからである。李僉が「今日の自由中国の芸術界には、注意に値する現象が存在している。すなわちそれは政治的道徳的目的でもって文芸政策を唱導する呼びかけである」と語り、「文芸政策を唱える人の動機が共産党のようではないとしても」独立性をもつ芸術が政治的倫理的派生物となり、それのための工具や方法となることを予感するとのべていることから、この時期の文学芸術をめぐる状況をうかがい知ることができる。

ここで李敻は、中国の芸術と道徳の「不可分の癒着」が魏晋の時代以後ゆっくりと打破され、五四運動以後芸術の花は普遍的に開放されたものの、それは束の間のことであり、「芸術は政治のための道具になってしまった」と大陸の状況を語っている。そしてこの李敻の見解で注目すべきことは、「反共抗俄と三民主義を思想の中心として現実を描写するための最高水準」とする政策を制定し、その他を抹殺しようとすることは検討に値するとのべていることである。李敻は、「極権国家、民主が不徹底で『宗教的政治信仰』に類似した国家で人民の自由が制限されているか、あるいは全く自由をもたない時、芸術創作の態度と範囲に問題が生じる」と主張するのである。

この李敻の主張は、「今日の自由中国は、疑いもなく自由民主の国家である。憲法には基本的人権の保障が明文化されている。全国津々浦々、生存のため自由のために努力している時代に芸術活動を一つの範囲に規定しようとする『文芸政策』を唱導する人がいるが、このことは人民が享受する言論思想と出版の自由を政府に剥奪させようとすることに異ならない」という結論になる。つまり、李敍は「計画文芸」「統一文芸陣線」で人民の精神活動を統制することが言論思想と人間性を抑圧する手段になる、との危惧を表明したのである。

李敍の危惧は、この時期に中国文芸協会が「文化界清潔運動」を提起し、国内の社会風紀を乱す出版物の取締りを内政部がおこない、それらに行政処分をおこなっていたことと関係している。また李敍の論説が掲載されるより以前の『自由中国』の社論「対文化界清潔運動的両項意見」[8]、読者投書「従内幕雑誌停刊説起」[9]はその問題点を語っていた。そこでは、「政治上一種の不健康な現象を警戒する」ことは価値のあることではあるが、停刊処分の根拠となる法律の基準がどこにあるのかが不明であり、法治国家であれば法律で問題を解決しなければならないと主張している。このことは、李敍の危惧の範囲が文化界全体におよぶ性質のものであることを語っていた。

その危惧は、文芸問題にとどまらず国民党が党員に発動した「自清運動」による一種の思想検査が「現代の民主自由の基本精神と抵触する」[10]という台湾国内政治への批判と一体化していた。いずれも『自由中国』知識人の政治的立場は、「言論の自由、偏見のない普遍的教育、民主的会議の習慣、反対者への寛容、敵対政党との競選、武装部隊および文官の党争に対する中立化、地方都市の事実上の自治」[11]を長期にわたって実現することを希望するものであった。それらの懸案のなかで「立法院を通過せず総統の公布した」[12]出版法は、憲法上の言論と出版の自由とに原則上衝突したものとして認識されていた。

李僉の主張した文学のあり方は、『自由中国』に特殊なものではなかった。李経は、「学校教育で旧来の経典を強制することは、孔孟の経典をマルクス・レーニンの経典に代えることとなんら違いがない」[13]と語り、方思は文芸批評の基準を作家と批評家の役割を定義するなかで、「芸術作品を通じて、われわれはそのなかの世界の豊饒を知り、」「批評家の基本的任務は作家の独特の世界を解釈することにある」[14]とのべていたのである。ここに見られる共通した見解は、文学芸術が文芸政策とは相矛盾し、それとは無縁の世界に存在する独立した分野のものであり、自由社会と密接に関係した存在であることを示していた。

文学芸術と文芸政策の相矛盾するこの関係は、すでに指摘したように『自由中国』知識人が生来もっていたものであり、つねに「極権政治」との軋轢をともない表面化してきたことを考えれば、これ以降かれらの主張は大陸の文学現象と台湾国内の政治状況と密接に関わりながら展開していくのである。

中国大陸の政治状況は、胡風批判運動の翌年一九五六年になると反転する。

一九五六年、中国大陸では、「百花斉放、百家争鳴」政策が提唱され、学術世界の「自由」化が唱えられ、その後人民大衆と党を隔てていると認識され始めた党員と党組織の「官僚主義」体質を是正するための整風運動が提唱されたのである。しかし、この「自由化」政策と整風運動は、毛沢東の提唱によるものであったが、結果的に毛沢東の予想を越えた党外からの党批判を招くことになり、五七年六月の「反右派闘争」を導くことになった。ここから政治潮流は、再度、穏健路線から急進路線へと向かったのである。

「百花斉放、百家争鳴」政策とは、学術領域での「自由」を容認する政策である。中共は、この時期に国内の社会主義改造を達成したことで前年度の胡風批判に見られる階級闘争の終焉を認めた。社会主義改造の達成は、中共に社会主義建設への自信を与えるものになった。その一方で、建国初期から続く知識人の思想改造運動はすでに多くの知識人に恐怖心を植えつけ沈黙に導いていた。また国際面では、ソ連政治はスターリン時代から決別し、所謂「雪どけ」の時代に入り、このことが東欧社会主義国家に波及した時、ポーランドでは労働者のストライキが発生したのである。

このような国内外の状況は、中国共産党の政策に影響を与えていた。社会主義改造を達成したことによる自信は、学術領域での「自由」化をもたらすことになったが、それに対する知識人の警戒心は強く、一九五六年後半まで反応を引き出すことができなかった。この政策に反応をしたのは、これまでの知識人に代わってより若い世代の知識人であった。かれらは中華人民共和国時代の教育を受けた世代であり、前年の胡風批判運動に積極的に参加した人々であった。この状況のなかから「百花斉放、百家争鳴」政策に続き整風運動も提唱されたのである。

この時期の毛沢東の動向は、自らが積極的にこの政策を知識人に受け入れさせようとしているかのように見えた。特に整風運動は、党外からの中共党員と党組織の「官僚主義的体質」への批判を呼びかけるものであった。民主諸党派への「長期共存、相互監督」への呼びかけはその表れであった。この毛沢東の行動は、中国社会に存在する矛盾が党組織の「官僚主義」によるものであるとの認識を踏まえ、東欧のような動乱が中国では起こらないにしても早急に対処する必要性を認めていたのである。

毛沢東の考えは党内では孤立していたことが当時の毛沢東の講話からうかがい知れる。毛の一九五七年初頭の各地での遊説には、かれの心境が語られている。このことが、徐々に知識人の反応を引き出す契機となったもののようである。それ以降、毛沢東の意向に沿った見解が全国各地の新聞雑誌に掲載されるのである。

毛沢東の提唱に沿ったさまざまの発言は、皮肉にも中国共産党の一党体制を脅かす危険性を毛沢東が感じとったことで「反右派闘争」を導く政治潮流を生み出してしまった。例えば、文学芸術界では、胡風批判運動の過程で表面には現われなかったものの丁玲・陳企霞批判運動が作家協会内部でおこなわれていた。ところが、整風運動の提唱により、これまでの文芸政策を指導してきた文芸工作者の「官僚主義的」指導への批判が出現した時、丁玲・陳企霞批判運動の見直し、すなわちそれを「冤罪」とする機運が生じたのである。さらに文芸界では、反革命罪としてレッテルを貼られた胡風文芸理論の再評価と胡風の名誉回復までが要求される状況が生まれたのである。すでに指摘したように胡風批判は、毛沢東の指令によっていたのであり、胡風が名誉回復するならば、毛沢東の政策の誤りを認めることになるのである。

胡風事件の見直し作業は、胡風批判運動に参加した若い作家たちによって提起されていた。かれらは胡風を批判するなかで最終的に胡風の文芸理論を受け入れ、これまでの文芸政策の「官僚主義的」体質が文学に与えてきた弊害を排除しようとした。それゆえ「反右派闘争」は、それらの言動のすべてを党を攻撃する「右派」の言動として一掃する目的をもち、一旦否定されていた階級闘争の存在を認めるものとなったのである。

『自由中国』知識人は、こうした中国大陸の政治的文学状況に大きな関心を寄せ、李経、劉復之、張佛泉、蒋匀田、厳明、鐘正梅らがさまざまに分析していた。当然かれらの関心は、このような状況に主導的役割を果たしている毛沢東の文芸思想に向けられることになる。

このなかで李経は、文芸政策の根幹となっている毛沢東の論文「論文芸問題」を文学批評の観点から分析し、「作品、作者、読者を文学批評の三つの基点」とするならば、「毛沢東は原則上の読者である。つまりいわゆる労農兵のために創作するということも毛沢東のために創作することであり、いわゆる読者の要求を満足することも毛沢東の要求を満足することである(15)」と語るのである。そのために「作家は、毛沢東の『思想』を『学習』しなければならない」のであり、「この教条主義は文学を生活から離脱させ、内容を形式から離脱させる」ことになり、教条主義によって文学芸術が統制された後に発表された作品の登場人物は「絶対に白か黒の抽象概念になった」と李経は指摘する。こうした現象は、ここ数年来の「新現実主義」を標榜する作品と伝統的な「風花雪月」文学との比較を通じて分析されている。そして「文学がある特定の題材、形式から解放され、作家の注意力がすべての人生に移ることが五・四文学の第一の目標であった」が「論文芸問題」によって「疑いなく新文学運動に逆流」が生じたという結論が導かれたのである。

その一方で劉復之は、論文「芸術創造与自由」(16)の表題の表す範囲を台湾国内の文学現象に向けていた。つまりこの二つの論文からは、この時期の『自由中国』が大陸と台湾国内の文学現象に表裏一体の関係、すなわち「極権体制」のもつ類似点を見出していたことがわかるのである。

ここで劉復之は、「われわれの今日の二つの課題は、『反共抗俄』と『自由民主』であり、前者を堅持することは後者を勝ち得るためである。不幸なことは若干の人々がその一だけを知り、その二を知らないことである」と語り、「文学芸術作品がすでに単調な無意味な宣伝品になっている」現実は、創造力の消失であり「民族の活力の萎縮である」と民族文化存亡の危機を指摘したのである。劉復之の指摘で重要なことは、すでに台湾国内にさまざまの法令を伴わない厳格な制限が存在し、文学芸術に従事する人々が「政治的スローガンや八股」の「固定した主題(戦闘)」のなかで「動員」されている事実を明らかにしたことである。

こうした見解は、『自由中国』知識人の共通認識として「文芸作品は作者の人格の表現であり、優秀な文芸作品の出現の条件は自由の存在にある」と考える主張に集約される。したがってこの時期の中国大陸の文学現象の分析は、大陸の「自由」化がかれらの主張とは相矛盾すると考える立場からなされるのである。蔣勻田は毛沢東の講話「処理人民内部矛盾」が「国内向けの政策か」、「対外的な政策であるのか」を分析する過程で、これまで毛沢東の敵は時代と国際関係が変化することでつねに変遷してきた事実からそのなかでの個人の絶対的自由は保障できない[17]と主張している。「毛沢東の用いる民主的説得の方法の背後には、専政の脅威が存在する」と蔣勻田は観察しているのである。

同様の主張は、厳明によっても語られていた。厳明は、「現在の『鳴放』と過去の『圧制』は、方式は違うが闘争の性質は一つであり、その重点は『思想改造』にある[18]」とのべる。すなわち「左傾教条主義」と「右傾機械主義」を計る絶対的座標はもともと存在せず、「毛沢東の語るマルクス・レーニン主義のみが正しい」ために、「鳴放」は毛に行き過ぎたと判断されたために断罪されたと結論したのである。厳明は、毛沢東の整風運動の提唱を「左傾教条主義」と「右傾機械主義」の闘争路線としてとらえ、反右派闘争は「鳴放」運動が毛の定めた規律と範囲を越えたことに原因があることを見抜いていたのである。

当然かれらのこうした観察は、中国大陸の政治状況のみに該当するものではなかった。鐘正梅は、中国大陸の知識人の主張を実現するための手段は、「強大な反対党の存在があって民衆の政治の実現が保証できる」[19]と明言したのである。この時期以降、徐々に『自由中国』知識人の国民党政治に全面的に対決する姿勢が表れてくることを考えれば、これらの主張はかれらが中国大陸の政治と台湾政治にすでに対峙していたことを示している。

また厳明は、もう一つの論文で中国大陸の知識人が共産党政権に対して示した批判を反右派闘争の過程で分析し、興味深い結論をだしている。それは章伯鈞、羅隆基ら民主党派人士の活動に関する観察である。

ここで厳明は中共が章伯鈞、羅隆基らの行動を「反共集団」と断定した根拠は存在せず、かれらの行動は「なんら秘密をもつものでなく」、「善意の建議であり」、「中共の『統治秩序』に違反するものではない」[20]と指摘するのである。それゆえに、かれらに向けた批判は一九四九年以前の言動を対象としたもので、それ以降にかれらの「反共的」行動を探し出すことができずに、批判大会は盛り上がりを欠くものになったというのである。厳明の指摘で重要なことは、章伯鈞、羅隆基ら民主党派人士は、西欧民主教育の薫陶を受けた人たちであり、思想面では共産党と相容れるものでなく、「この数年の中共の統治に反感を持たないわけにはいかなかった」とのべ、自分たちの合法的党派の地位と中共の内部矛盾を利用し自らの地位の重要性を高め、「徐々に中共の勢力から離脱」しようとしていたとのべたことにある。

こうした章伯鈞、羅隆基ら民主党派人士の行動は、厳明によると「組織のなかの絶対的秘密」事項であり、かれらの「一切の活動は『合法』であった」という事になる。その際のかれらの行動は、「現実の利益よりも思想の要素が大きく」作用しており、中共政権がかれらに与えた役職の「わずかの利益ではかれらの思想上の要求を満足させることができない」と厳明は観察していたのである。

この時期のこうした観察から、『自由中国』知識人は中国大陸の知識人が共産党政権に対して示した行動に理解を示していたことがわかる。この理解は、「極権体制」への批判精神を共有していたゆえのものであったと考えられるのである。その批判精神は、中国大陸では反右派闘争に続く大躍進運動を経て一九六〇年代初頭の文壇で再度復活する。一方で五〇年代後半の台湾の『自由中国』知識人は、国民党政府の「極権体制」に直接批判を向けるに至ったのである。

三　現代作家の中華文化批判

一九五〇年代後半の中国大陸と台湾で同時に「極権体制」が強化され、双方の知識人の文学精神がそれに鋭く反応を示していたことは興味深い現象である。この時期大陸では、いち早く社会主義から共産主義への移行が大躍進政策のなかに試みられた。ここで毛沢東は反右派闘争をつうじて徹底して知識人への不信感を募らせ、再度、社会主義建設の主力を農民の力に頼ることになるのである。そのため人民公社化運動が全国的に展開する時、文学芸術領域での専門作家の役割は著しく低下し、農民のなかから業余作家が出現した。この時期に出現した大衆詩運動は、人民公社化運動と結びつき農民によって作られた生産性を高めるためのスローガンが中国現代詩の主流として高く評価されていた。

このような文学現象が現れた時、これまでの文学芸術の存続に危機感をもち、大衆詩運動を批判したのは、詩人何其芳であった。かれは、杜甫、李白さらに魯迅の文学はたとえ農民が読むことができなくても文学であり、文学には文学を成り立たせる規律があることを主張したのである。

これまで文芸政策を指導する立場にいた何其芳のこの言動は、詩の領域における文学芸術軽視の潮流に反応したものであった。

またこの時代に歴史学の領域で歴史上の人物の再評価がおこなわれていた。この民族主義の高揚を目的にした歴史上の人物の発掘は、一九六〇年代初頭に歴史学者呉晗による京劇「海瑞の免官」を生み出すのである。一九六五年末、姚文元の呉晗批判論文「新編歴史劇『海瑞の免官』を評す」によって文化大革命が始まることを考えると、歴史学者呉晗は大躍進政策を契機に歴史学を武器に毛沢東の政治に挑戦をしていたことが観察できるのである。

呉晗の歴史学者としての批判精神は、大躍進の時代に『投槍集』刊行のなかに確認できる。『投槍集』は、かつて国民党政府の腐敗現象に直面した呉晗が、国民党政府の壊滅を防ぐための処方箋を歴史の教訓のなかに提示したものであった。『投槍集』の復刊は、かつての国民党政府への提言がこの時期に中国共産党の政治に当てはまると呉晗が考えたからにほかならない。これ以降、呉晗は歴史学を武器に再度、政治の舞台に登場したのである。

中国大陸の知識人の文学精神は、以上のように極度に強化された「極権体制」のなかに発揮されていたのである。それは大躍進政策破綻後の中国社会を修復する一九六〇年代初頭の中共政権の政治と一体化する。

その一方で、『自由中国』知識人は、ほぼ同時期に「学問の自由」を武器に国民党政府の「極権体制」に全面的に対峙していたのである。一九五八年前後からの『自由中国』が「五・四精神」を前面に押し出し、「民主文化の培養」と「反対党創設の必要性」を唱えはじめるのはその表れであった。このなかで『自由中国』は、世界の文学芸術の潮流に積極的に接近し始めたのである。

一九五八年以降、『自由中国』知識人の「極権政治」へ向けた文学精神は、なによりも「この八、九年来、台湾は一日一日と政治主義のなかに沈み込んでいる。官方の政治の需要は、一切の社会活動に付随し、いわゆる『学術』も例外ではありえない[21]」状況に向けられたものであった。この認識は、「五・四新文化」への回帰と中国文化の近代化を緊急の課題にするものであった。かれらは、大陸の知識人が利用できなかった「民主文化」を武器としたのである。

ここで「五・四新文化」の解釈が「この数年来、五・四思想に反対する言論や文化伝統を強調する」風潮への反発から表れていたこと、また「父権意識」を濃厚にもつ文化形態が国民党政治の基盤となっているとかれらが認識していたことは重要である。『自由中国』の社説が「人間の心理慣性もすぐには改めることができない[22]」状況下での「父権意識崇拝」の危険性をのべたのは、「大陸と台湾の政治形態が基本的に同じである[23]」と認識された国民党政府の体質に向けたものであった。

『自由中国』知識人の主張には、一貫したこれまでの国民党政府へ向けた政策提言が含まれていた。すなわち、この時期に、大陸への軍事反攻を叫んできた政府が「現実を直視し、武力に頼らない[24]」政策へ転換したことを大きな進歩と評価しつつ、国民党が「一党専政の死路に邁進している」ことを危惧し、「憲法の規定に依拠し出版法を廃止し、法の根拠をもたない警備総司令部を取消し、軍隊の党派閥関係を越え、党化教育の各種施策と活動を取消し、青年救国団を撤廃」すべきであると提言したのである。この提言には、「圧迫の方法で人民を団結させることは、けっして真の団結が得られない[25]」し「反攻はすぐに実現可能ではないので、民主建設に邁進し、民主的力で各方面を団結させ[26]」るべきであり、その団結を妨げる「治安機関による書報禁止は、違法的挙動である[27]」という現状認識があった。

しかしこれまでの『自由中国』の提言が国民党政府に最終的に拒絶され、政治的弾圧が強化された時、かれらの文学精神は、より高いレベルへ発展していくことが観察できる。それは、概ねつぎのような主張に表れたのである。

目の前の台湾の党化文化は、旧文化の崩壊過程に現れる現象であり、旧文化のなかから持ち込んだものであり、この二者は表裏の関係にある。

「父権意識」が政治領域に拡大しているが、それは外部から飛来したものではなく、中国固有のものである。中国が真に希望をもてるとするならば、これらの中国文化伝統の影響から脱却しなければならない(28)、と。

この主張は最終的に「何年か前に一、二の権力をもつ人たちの観念が変わり、善なる心の発することに希望を託した。このような考え方の根底には、帝政思想の余毒がある(29)」とする自己反省に行き着いていた。かれらは「復古人士が五・四を赤禍の元凶として罵(30)」った時、極権政治の背後にいる「歴史文化擁護を自ら任じる伝統主義者が一種の宗教運動を発展させている」と認識した。この認識は「極権政党の指導者の終身制」への反対と結びつき、未だ存在しない在野党に「反対することの作用は、政権の争奪に限らず、その作用は監督にあり、政府が誤った政策をとることを防止する(31)」機能を求めたのである。ここで一人の人物にすべての権力を付与する「定於一尊」を、中国古代の思想統治であると斥けたのである(32)。

このような『自由中国』知識人の文学精神が国民党政府の文化的基盤を批判した背景には、中国文化の近代化への希求が表裏一体となって存在していた。例えば、李経は「政治の原則を文学の原則とすることは、感性を麻痺させ、精神を曇らせる」[33]とのべ、「生活に、経験に忠実で、芸術に忠実な」文学家の責任を問いかけている。また、中国伝統詩歌の発展が回顧される際に、「英文学史上の事実」によって「多くの啓示を得る」[34]ことができるとのべられていた。その啓示とは、「偉大な詩篇が生まれるのは、詩人と批評家の努力の最終目標であ」り、「文学の転変期も感性が高度に自覚する時期であり、芸術が練られ、形式が作り上げられる時期である」と語られていた。これらの発言からは、中国文学と世界の文学潮流との関連が問われ、世界文学の新しい潮流を摂取しようとする試みが観察できるのである。

また文学の近代化が試みられる一方で、東方既白によって語られた魯迅の時代から現在に至るまでの「中国現代文学史」は、現代作家の文学精神の所在を明らかにしたものであった。このなかで、東方既白は「胡風を反共的、民主思想に類した思想をもっていると考えている人が多くいるが、これは誤りであり、はなはだ幼稚な見方である」[35]と語り、胡風が自由を求めた理由は「極権国家のなかでは、権力がすべてであり、権力がなければ一切の自由がない」ためであると指摘したのである。さらに「奇妙なことは、胡風を粛清した人が鳴放のなかで、胡風の轍を踏んでしまったことである。しかも党の訓練をずっと受けてきた若い作家も同様の誤りを犯したことである。これはこの問題が正に文芸と政治の矛盾であることを見て取れる」とのべたことは、現代作家の共通した批判的文学精神がつねに継承されていることを観察したものであった。

このように『自由中国』知識人は、中国大陸の文学現象に反応する過程で、文学精神に共鳴していたのである。その共鳴は国民党による反共姿勢とは無縁の自らの文学的姿勢から導きだされたものである。同様のことは、当時、中国大陸で「厚今薄古」のスローガンが提唱され、歴史上の人物の再評価がおこなわれていた現象への東方既白の分析[36]にも表れている。多くの中国大陸の歴史学者は、政治上の保身をはかるため「共産党の観点から古人の業績を批判」していた。そのため、それらの議論は一様に「『現実主義精神』の公式を古人の頭上におくことで、完全に公式化と概念化の八股文となっていた」のである。しかし、奇妙なことに曹操の人物像については、大きく評価が食い違っていたのである。東方既白は「歴史上さまざまに評価がわかれている曹操像には毛沢東評価が関係している」と観察し、そこに当時のチベット問題や党内における毛沢東擁護と非毛沢東の確執が暗に表されている可能性を示唆したのである。

東方既白の観察は、この時期に呉晗が海瑞その他の歴史上の人物を現代に甦らせていたことを考えれば、「客観的」に中国大陸の文学現象を観察していたことがわかる。その「客観性」は、文学精神を共有することによって生じたものであった。

知識人の文学精神が発揚された時の国民党政府の対応は、思想改造を現代作家に強いた反右派闘争での中国共産党のものとは異なっていた。台湾の国民党政府は『自由中国』知識人の文学精神を弾圧の対象とはしなかったのである。このことは、文学精神が温存されるだけの限定された自由が存在していたことを意味するものとなった。その後、反右派闘争後の中国現代文学とは対照的に、一九六〇年代の台湾文学には西欧文学の潮流を積極的にとりいれようとする若い世代が出現したのである。

四　結　語

現代中国では、文学を語ることは政治を語ることを意味する。なぜならば、文学には作家の文学精神がつねに「極権」的体質をもつ政治と対峙してきた歴史をもつからである。この作家の文学精神は、魯迅の晩年に現れ、一九四九年以降、大陸と台湾でそれぞれに発揮されていたことが観察できるのである。しかも台湾の一九五〇年代『自由中国』知識人は、大陸の知識人、作家が批判され粛清されていく過程でかれらの文学精神に共鳴しつつ国民党政府の「極権体制」に挑戦をしていくことになる。

本章は、以上の視点をもとに『自由中国』知識人の文学精神を考察してきたものである。この観察から中国近現代文学に内在する政治と文学の関係は、一九四九年を境にして中国大陸と台湾で共通した現象を生み出していったことがわかるのである。それゆえ一九五〇年代台湾文学は不毛な「反共文学」という概念でとらえることはできず、文学が「活性化」していた時期であったと結論できるのである。つまり五〇年代の台湾現代文学では、『自由中国』知識人は、一様に文学芸術の自由を求め、それを実現する民主的な社会を求めていたのである。そして最終的に「極権政治」を受け入れている文化伝統の全面否定をおこなったのである。

以上の文学精神は、一九六〇年代の台湾では雑誌『現代文学』や『文星』によって、西欧のさまざまな文学思潮が紹介されるなかに生き残っていった。『自由中国』知識人が五〇年代後半におこなった中国詩の近代化をめぐる議論は、これらの雑誌のなかに展開されていくのである。また柏楊は、一九六〇年から雑文を執筆し始める。その雑文には、徹底した中華文化への批判が展開されていた。かれのこうした文学精神は、六八年に発生するかれの投獄事件の原因になっていくのである。

（付記）本章でのべている「極権政治」とは、現在、「権威主義政治」と表現されているが、雑誌『自由中国』で使われている表現をそのまま用いた。

第五章　柏楊投獄事件に関する考察

一　問題の所在

柏楊は、台湾で著名な雑文作家、小説家、詩人、歴史家、思想家として多方面で活躍した知識人である。かれは、一九四九年国民党政府が台湾に移って以降、「反共作家」としての地位を確立し、その名を知られていた。そのかれが六八年に「文学でもって政府の腐敗と無能を描き、人民の政府への感情を遠ざけようとし、中国伝統文化を侮辱した」として台湾警備総司令部軍法処により「反乱罪」で起訴され、その翌年判決がだされた。判決は、当初死刑であったが、後に十二年の有期徒刑さらにそれは八年に減刑され、七六年に刑期を終えた。しかしその後もかれは緑島に軟禁状態に置かれ、七七年四月一日、正式に釈放され台北に戻った時、かれの投獄期間は、九年二十六日に及んでいた。

柏楊の投獄は、国内ではまったく報道されることがなかったが、その直後から米国の著名な物理学者孫観漢らの救援活動により、外部世界に知られることになる。しかし柏楊と外部世界との連絡は、十二年の有期徒刑が確定してから完全に絶たれたようで、緑島に軟禁されることになった時点で連絡が回復したという。[1] この間の事情は、一九七四年に香港で孫観漢が出版し八八年に台湾でも刊行された『柏楊的冤獄』と七九年に梁上元が編集し台湾で刊行された『柏楊和我』に詳しく語られている。特に前者は、六八年六月二十七日付けの台湾警備総司令部軍事検察官の起訴書と柏楊の台湾警備総司令部軍事法廷に提出した答弁書を掲載しており、この資料から柏楊が共産党との関係の嫌疑をかけられていく過程とそれを否定するかれの答弁から柏楊投獄事件の一端が観察できる。

また後者の書物は、柏楊出獄の二年後に刊行されたことから、この時期に台湾で柏楊投獄事件がどの程度語られることができるようになったのか、を知ることができる。さらに一九八四年になると『柏楊六五』が刊行され、柏楊投獄関連の資料、出獄時の国内の賛否両論の反響が収められ事件の全体像が語られるようになった。そして八八年に台湾版『柏楊的冤獄』が刊行されるのである。

このような経過をたどる柏楊投獄事件を考察することが本章の目的である。

ここでわたしは、この事件に関して一つの重要な疑問をもっている。柏楊は、台湾では誰もが認める「反共」的言論を主張していた「反共作家」である。にもかかわらず、かれはなぜ、一九六八年に「共産主義の嫌疑」をかけられたのであろうか。さらにかれは軟禁がとかれるひと月前の七七年三月に「反共」の砦である中国大陸問題研究センターの研究員に招聘されていた。この一連の経過は、「反共作家」柏楊が「共産主義の嫌疑」を受けて投獄され、刑期満了により、「反共作家」として復権したということを意味する。こうした一見して矛盾した経過は、国民党政府がその時々でなにを危険視していたのかを語るものである。六八年は、蒋介石が中国大陸の文化大革命に対応する形で、中華文化復興運動を発動していた時期であった。この時期に柏楊は、中華文化を激しく批判していたのである。

つぎに柏楊の出獄時の問題があげられる。上記三冊の文献は、柏楊入獄中、出獄二年後、七年後に刊行されているが、柏楊の罪状を疑問視した孫観漢の書は、柏楊の「反共的」立場を弁護し、かれの「愛国的」作家としての姿勢を検証している。かれが出獄した後に刊行された二冊の書物も同様に柏楊の「反共的」立場と「愛国的」言論を検証している。ここでわかることは、入獄期間中に米国、香港で弁護され台湾では全く報道されることのなかった柏楊の作家としての姿勢が、かれの出獄後の台湾で自由に語られ評価されることになったという事実である。

こうした現象からは、柏楊の出獄はこれまで語られてきた米国大統領カーターの人権外交の成果によるもの、さらに刑期が終わったという台湾国内法の問題とは別に、国民党政府の中華文化に対する解釈の変化のなかに柏楊の文学姿勢を「愛国的」と評価する台湾政治と台湾社会の変貌が観察できるのである。つまり中国大陸の文化大革命に対抗する中華文化復興運動に真正面から対立した柏楊の文学姿勢は、投獄期間九年二十六日の間に、かれを投獄した国民党政府によって「共産主義の嫌疑」から「反共作家」、さらに「愛国的作家」として認められることになったのである。この一連の経過のなかで国民党政府の文芸政策が観察でき、投獄された「反共作家」が再び「反共作家」として復権した原因が語られなければならないのである。

二　柏楊はなぜ、投獄されたのか

柏楊投獄事件の契機となったのは、一九六八年一月、『中華日報』に掲載された米国の漫画ポパイのふきだしの一こまが「蔣介石総統を侮辱した」嫌疑によるものであった。

ポパイの漫画は、一九六七年五月から柏楊の妻倪明華主編による『中華日報』家庭版に掲載されていた。問題とされた当日の台詞は、柏楊が担当したものであった。この漫画のストーリーは、小島を購入したポパイ父子がかれらしかいない島でだれが大統領になるかをめぐって選挙演説をするというものである。この台詞のなかで父親が息子に向かって「全国軍民同胞たち……」と演説する場面があり、この台詞が問題視されたのである。この年の元旦に蔣介石は恒例の「告台湾軍民同胞書」を発表しており、この台詞は蔣介石だけが使うことのできるものであり、そのためにそれを諷刺したと解釈されたのである。

逮捕投獄の動きは、翌月に起こった。二月下旬から三月初めにかけて司法行政部調査局は、柏楊の妻に事情聴取をおこない、その後で柏楊の事情聴取がおこなわれ、かれは以後、自宅に戻ることはなかった。この前後の事情は、先の孫観漢と梁上元の書に詳しく語られているが、柏楊にとり投獄されることは予想外のことであった。しかし周囲は、柏楊の言動が政治権力者に刺激を与えていると、しばしば注意を与えていたともいう[2]。

柏楊投獄を具体的に語るものは、台湾警備総司令部軍事検察官の起訴書(3)と柏楊の台湾警備総司令部軍事法廷に提出した答弁書(4)である。この資料を孫観漢がどのような方法で入手したのかは、明らかでない。しかしこれらの資料は、前者が柏楊の「共産主義者との関わり」の根拠を示し、それに対して後者は柏楊が「政治的決着」を餌に自白を強要し「起訴書」を作成した警備司令部のやり方を批判し、身の潔白を証明しようとしたものである。おそらくこの資料の公開が、柏楊投獄事件の関心を米国、香港に巻き起こしたものと考えられよう。

この二つの資料は、柏楊が「醤甕文化」と呼んだ中華文化の負の側面がどのようなものであるのか、かれがなぜ、中華文化批判をかれの文学の中核に置き、徹底的に批判したのか、を具体的に説明していた。そして外部世界で柏楊の無実を訴えている孫観漢は、柏楊のその立場が「反共」の立場であることを一貫して主張し、かれの身の潔白を訴えているのである。

したがって、この二つの資料が柏楊投獄の原因を直接語っているのならば、このなかから柏楊の文学的立場が国民党政府の政策と軋轢を発生していたことが読みとれるであろう。なによりも孫観漢の書は、柏楊の冤獄の原因を中華文化の側面から考察しているからである。ここで問題となるのは、柏楊の一九六〇年代初頭から始まる雑文が中華文化を批判していた意図がどこにあるのか、ということである。かれのこの意図が「起訴書」のなかで「共産主義の嫌疑」に結びつけられ、柏楊は「答弁書」でそれに対して真っ向から反論しているのである。

台湾では、政府当局によって「共産主義の嫌疑」がかけられる場合、その人物にはなんらかの政治的活動がともなっているのが通例である。たとえば、一九六〇年に雑誌『自由中国』が弾圧され、その中心人物である雷震が「共産主義者との関わり」を指摘され、逮捕投獄されたことがそうした例である。この事件は、雷震が国民党の一党独裁政治の弊害を是正するために、国民党と対抗できうる政党の創設を打ち出したことが逮捕投獄の原因となっていた。この雷震投獄事件は、国民党の権威に挑戦するいかなる政治勢力の存在を許すことがない現実を明らかにし、その過程で雷震は「共産主義の嫌疑」をかけられたのである。

柏楊の場合は、どうであろうか。

最初に指摘しておかなければならないことがある。それは柏楊投獄事件に対して当事者である柏楊とかれを弁護した孫観漢はどのように反応したのかということである。柏楊は先にのべたように「予期していなかった」のである。かれは逮捕直前に孫観漢への書簡のなかで、「権力機構のなかに恐るべき共産党のスパイが潜み、専ら国民党と政府のために敵をつくりだそうとしているように思える」[5]と語っていた。またかれの妻が司法行政部調査局の訊問を受けた直後、柏楊の孫観漢宛の手紙には「まったく思いもよらぬ突然の打撃であった」[6]と書かれている。このことは、柏楊の国民党政府に対する立場を示していた。かれは、出獄後、各種インタビューに応じるなかで、「国民党は暗黒ではあったがまだ道理をもっていた」が国民党政府へのそのような気持ちが根本的に「誤りであった」ことを発見したのは、投獄された後のことであったと語っている。[7]

一方で孫観漢は、『柏楊的冤獄』の序で「柏楊先生は国民党の統治と影響下にあって国民党人士が書けない多くの反共文学を書いてきた。しかし国民党はかれらの起訴書のなかで頑なに『共諜』の帽子をかれに押しつけた。ユーモアのわかる人に言わせれば、これは笑い話である」との べ、「柏楊先生を拘禁したのは、実際は蔣経国先生ではない。それは柏楊先生が喝破した醤甕先生である」[8]と語るのである。孫観漢の見解は、柏楊の語る「醤甕文化」、つまり台湾社会に「中国伝統的専制習俗と無形の遺伝教育が蔓延する」なかで柏楊が投獄されたと考える立場であり、「台湾政府は目前の歴史を改造する機会を失うべきではなく、一秒でも早く柏楊先生を釈放すべきである」と台湾政府に提言するものであった。孫観漢のこのような主張は、国民党政府と蔣経国に対して「誠意ある諫言」[9]であると自らが語るものである。

柏楊と孫観漢のこうした立場は、明らかに国民党政府と対決するものではなかったはずである。かれらが意に反し国民党政府と衝突したのであれば、それは雑文のなかで中華文化を「醤甕文化」として打倒の対象にした柏楊の文学姿勢とそれを支持した読者からの高い評価にあるといえよう。

では柏楊は「醤甕文化」をどのように語り、その中華文化批判がなぜこの時期に国民党政府の政策と衝突することになったのであろうか。

柏楊の「醤甕文化」の解釈は、一九六〇年五月から始まる雑文の中心テーマになっていた。かれは台湾の文化・社会生活、政治現象、中国人の民族性、中国史をさまざまに考察するなかで「醤甕文化」について語り、中国文化を概ねつぎのように解釈している。

中国文化は、孔子以降二千五百年間、ただ一人の思想家も生まなかった。すべての学者は、孔子の学説を注釈し、あるいは注釈書のまた注釈をするだけで、独立した自分自身の思想を持たなかった。なぜならわれわれの文化は、そうすることを許さなかったからだ。だから中国人は、この死んだ水の池の中で生きるほかはなかったのだ。

この死んだ水を湛えた古池こそ、わたしが中国文化の「醤甕」と呼んでいるものである。この

「醤甕」は腐って悪臭を発し、中国人を醜く変えてしまった。この「醤甕」の深さは底知れず、そのなかに住む人びとは、自分の考えで自分の問題を解決することができないから、他人に導いてもらわざるを得ない。どんな美味しいものでも、この「醤甕」に放り込めば、たちまち腐ってしまう、と。(10)

そして柏楊は、「中国文化と中国人の民族性を合わせて考えるべきで、両者は切り離すことができない」とのべ、両者の因果関係から「民族的劣性と中国が民主政治を実現できないことの」関係を考察するのである。その結論は、「中国に民主制度を確立するには、まずわれわれの民族性を改造しなければならない」し、「われわれ自身を『醤甕』から取り出さなければならない。それには、中国人の覚醒が必要だ」(11)という結論になるのである。

以上の見解は、出獄後の柏楊が『醜い中国人』のなかで系統的に語ったものであるが、こうした柏楊の考え方は、かれと共産主義の関係を告発した「起訴書」に対するかれの「答弁書」のなかにはっきりと読みとることができる。つまり柏楊は、「答弁書」で自分の冤罪を証明するために「反共」の文学的姿勢を明確に解説することになったのである。言い換えればかれは、ここでかれを投獄した原因と「醤甕文化」との関係を語っていたのである。

わたしたちが現時点からこの時代を振り返った時、無実を証明するはずの柏楊の答弁それ自体が一九六八年の国民党政府の中華文化復興運動と衝突せざるを得ないものであったことを知るのは、皮肉なことであろう。また孫観漢の救援活動は、柏楊の無実を証明するために、「醤甕文化」に侵された国民党政府の政治文化社会を告発してしまったことになろう。このことは、外部世界ではありながら台湾の政治権力者と対立することになっていたとも解釈できるのである。

警備総司令部軍事検察官の「起訴書」は、当時しばしばおこなわれていた「政治的解決」を言われるままに信じた柏楊が出獄を条件におこなった自白であり、それが法廷に提出され、判決の証拠になったものであるという。そのため出獄を「餌」にして強要された自白には、事実と違った多くの矛盾が存在していることを訴えたのが柏楊の「答弁書」である。

「起訴書」は、柏楊の共産主義の罪状を四つに集約している。ここで気がつくことは、「元首誣告罪」に問われたポパイの漫画のせりふが言及されていないことである。このことは、それがかれを逮捕投獄するための手段に過ぎなかったことを明らかにしていた。同様に四つの罪状のうち「かれは幼い頃に母の愛を失い、社会を恨む心理をもつに至った。」「十九年前、瀋陽、北京が解放される時、柏楊と共産党員の間に往来があった。」「かれは民国二十五年、学校に在籍している頃、左傾作家魯迅、巴金の作品に親しみ思想が左傾化した」とのべられている点については、根拠がないとして柏楊は以下のように反論した。

まず第一点は、孤児院で育ったからといって、誰もがみな共産党の特務になるわけでもあるまいし、わたしが当時、共産党員の一人と食事をしたのは旅費の工面をつけるための方策に過ぎず、第三点目の罪状が成立するならば、台湾にいる四十歳以上の知識人はみな監獄に入れられてしまうだろう、と。

このように柏楊は、「起訴書」の矛盾点に反論をおこなう一方で、「かれの『倚夢閒話』は、政府と人民の感情を離間し共産党に替わって統一戦線の宣伝をおこなった」[12]とのべられた個所については、自らの文学観を披瀝し正面から反論したのである。このことは、この罪状が「起訴書」の核心であり、「このような悲惨な情況に陥った禍根は、ここにある」[13]と柏楊が認識していたからである。

問題視された書物は、柏楊の雑文集であり十集で構成されている。第八集は、「魚雁集」の題名で一九六六年に出版され、共産党の本質を「人民に対する未来永劫止む事のない侮りや奴役そのものである」とのべている。この柏楊の共産主義の認識が海外の読者に広く知られ、「柏楊投獄事件はある種の冤罪である[14]」と感じさせるものになっていた。

　しかしかれの雑文の主題には、同時に「伝統が内包する枷」やそれと深く結びつく台湾社会の「現実に存在する暗黒」が語られていた。そのかれの態度は、ある人たちには「五四以来の反伝統の態度」と賞賛され、またある人たちには「現実の暗黒を暴露することは必要であるが、過分なる嘲笑もある種の反効果を生み出す[15]」と感じさせるものであった。かれの社会批判は、台湾社会の小市民の立場から政治権力者である「国大代表」「立監委員」「警特人員」等々に直接向けられ、しかもかれらを名指しで批判をしていたのである。そして柏楊の雑文は、台湾社会に存在する「貧しい人々に替わって発言することは、共産党であり、聡明なる明哲保身をわきまえた人々は総じて政府の立場に立っていた」風潮のなかで読者を獲得していた[16]。柏楊のこうした文学態度は、多くの人びとの喝采を浴び、「当時、台北や新竹の路地の本屋でもかれの雑文集は、孫中山を紹介する書籍、一般の児童書と一緒に置かれていた[17]」。

　では柏楊は、どのように自分の文学観を語り、無実を訴えたのであろうか。

　かれは、まず問題視されている自分の著作は、旧いものは刊行されてから七、八年経過しており、最近のものは一、二年前のものであるが、所定の機関での審査を経ており[18]、これまで一冊も禁止されていない事実を指摘し、「内容に問題はないはずである」とのべている。ましてや『倚夢閒話』は「六、七年前に流行し、すでに社会に普及しており」、わたしが「政府に対し批判しすぎた」のならば、それは「善意からのものである」[19]とのべ、十八、九年前のかれの「強烈な反共小説」をいま「毒草」とするならば、「歴史上受け入れがたい文字の獄」[20]となんら変わりはない、と反論した。

そして柏楊は、個々の罪状を否定するなかで自らの文学観の成り立ちを説明していくのである。まずかれの「貧しい人々に同情を寄せた」立場は、「共産主義思想となんら関係ない」とのべる。かれは、その立場が「キリスト教の思想、三民主義思想にもとづいているのであり、共産主義はまさにこれと相反しており貧しい人々を虐待しているではないか」[21]と反論した。さらにかれは、「反共小説」について、およそ以下のような興味深い説明をおこなっていた。

ある人たちは、「反共小説」が芸術ではなく宣伝に過ぎないと考えている。わたしは「反共小説」は一種の芸術であり、現代人を感動させることのできるものであると考える。わたしの言う反共とは、政府のための反共ではないし自分の利益のための反共でもない。全人類の禍福の観点にたち、人間性の尊厳の立場にたつものである[22]、と。

また問題視されたかれの思想形成については、「武侠小説のなかの侠義精神」、「儒家伝統精神をもつ家庭生活での教育」、「民国二十六年の学生集訓」、「ドイツ・日本・イギリスの法治と民主」、「胡適の文化・社会に関する見解と研究方法」であり、これらの規範から大きく逸脱するものではない[23]、と。

さらに「わが熱愛する国家が強国になるためには、現代化を必要とし、現代化の標準は米国にあり、親米の立場をとることはかれらから学ぶことであり、自らを裏切ることでも卑下することでも、かれらに媚びることでもない[24]」とのべた。

柏楊は、以上のようにかれの文学の来歴と文学観を語り、「起訴書」の罪状が成り立たないことをのべたのである。同時にかれは、かれの作品が「悪意によって曲解され、断章取義されている」ことを訴え、「人を陥れる卑劣な手段であり、実事求是の科学精神と公正な態度ではない[25]」と警備総司令部の訊問のやり方を批判するのである。その際、かれは、この時代に儒教解釈に大きな影響を与えていた銭穆の「大同篇」の考証でさえも「悪意の解釈をすれば反乱罪が成立する[26]」とのべるのである。

ここで柏楊は、「共産主義の嫌疑をかけられながらも家宅捜査をされず[27]」、「逮捕投獄の後になってかれの著書が関係機関で審査される[28]」ことの矛盾を指摘し、「学術の分野の専門家に純粋に専門的立場から審査する[29]」ことを求めたのである。かれの要求する審査項目は、かれの作品が「反共であるか否か」「愛国であるか否か」「人類に対して恨みを出発点にしているのか、愛を出発点にしているのか」「民主法治に反対あるいはそれを破壊しているのか」の諸点[30]にあった。

以上で柏楊に対する「起訴書」とかれの「答弁書」を見てきた。これらの資料が外部世界で公開されたことで、柏楊投獄事件の真相が明らかになっていったものと思われる。同時に外部世界で柏楊の文学とその思想は、さまざまに評価されることになったのである。その実例は、かれの作品に現れる「三民主義」の解釈が青年と社会の進歩を導くために有用な役割をもつ[31]と語られていること、「今日の政府が民主開放の道を歩くなかで、台湾は敢えて諫言をおこなう者を必要とし、社会も必要としている[32]」とかれの存在を肯定する等の見解である。これらの評価は、柏楊を「中国旧文化を解析し、旧社会に挑戦し旧習慣を攻撃し、旧思想を批判するだけの才能と見識と思想をもつ[33]」人物であるとみなすものであった。

したがって、かれの立場は「もしわれわれが台湾でこの種の精神を実現に移すならば、大陸の共産党の極権統治に最も有力な抗議となり、ついには精神的基礎を作り上げ、将来の復国の機運を打開するものとなる」[34]と評価されるものであった。このような見解は、「民主精神制度の確立が今日のわれわれと大陸の極権統治に対抗する唯一の精神利器」になり、そのために台湾政府は「民主的な開放社会をつくりあげなければならない」[35]と考える政治主張へと収斂していったのである。

しかしその一方で台湾政治の現実は、「中華文化の復興」の名目のもとで、「儒家思想が政権統治の維持のために利用され」[36]、柏楊の「『反伝統』の主張は政権維持のために邪魔な存在であった」[37]と指摘されていた。

以上から、柏楊投獄事件を警備総司令部の「起訴書」と柏楊の「答弁書」さらに海外の救援活動にみられる反響を通じて考察した。この考察から、国民党政府の政策の特徴がつぎのように浮かびあがってくるであろう。

まず言及しなければならないことは、一九六〇年代初頭から始まった柏楊の雑文執筆は、かれが逮捕投獄されるまで容認されていたという事実である。つまりかれの雑文に表われた中華文化への痛烈な批判が六八年になってはじめて国民党政府の政策、つまりこの時期に蒋介石が提唱した中華文化復興運動と衝突したということになる。このことは、「神聖不可侵」の政治権力者にとって柏楊の存在は、六八年に脅威を感じさせるか、「不快感」を与えたことを意味する。つまりこの時点で作家が政治へ関与をおこなったと認められ断罪されたのである。かれの「答弁書」には、かれの文学姿勢が当初から政府のものと異なっていることを明らかにしているがこの違いを容認していた国民党の政治は、のちにそれを理由にしてかれを投獄へと追いつめることになったといえよう。

三　柏楊はなぜ、釈放されたのか

柏楊の投獄が中華文化復興運動との関係にあったということは、一九六八年に柏楊の文学が国民党政権に挑戦した政治的行為と見なされたことを意味していた。したがってかれが出獄する時にかれと中華文化復興運動との関連が再び問われなければならないという事になる。

同時に問われなければならないことがある。それは柏楊が出獄したほぼ同じ時期に台湾の文壇で発生していた郷土文学論争との関連である。この論争は、一九七〇年代の台湾社会の国際的国内的政治社会状況が大きく変化するなかで、国内に発生していた社会矛盾をどのように描くのかをめぐる文学論争であったが、実際には国民党政府と「社会の弱者の立場にたち」発言する作家たちとの対立を表していた。したがって、一九六〇年代の柏楊の「社会の底辺にいる人々を代弁する」立場は、かれが入獄している間に別の作家によって担われていたのである。

このように考えて見るならば、柏楊の出獄は当時の郷土文学論争に観察される国民党政府と作家の微妙な関係とともに考察されなければならない。

先に柏楊の中華文化批判をかれの「答弁書」と外部世界でかれの救援活動に係わっていた孫観漢らの主張から考察した。そこからわかることは、柏楊と孫観漢らは、中国共産党政権と政治的思想的に対決しながらも、国民党政府の唱える中華文化復興に内在する政権の「権威主義的体質」をなによりも問題視していたということである。

中華文化復興運動は、中国大陸で発生した文化大革命に直接反応するなかで蔣介石が発動した文化運動である。一九六六年十一月十二日、孫中山の生誕百一年を記念し中山記念堂の竣工式がおこなわれ、そこで蔣介石は、「中華文化の保護者」としての立場から運動の意義を語った。その後国民党政府が正式に運動を発動したのは、翌六七年七月二十八日のことであった。これ以降、政府主導により全国の教育機関、文化組織、海外の華僑組織が動員され、中華文化を顕彰するさまざまの催し物が全国で展開され、この過程で中国大陸の文化大革命に対抗しつつ国民党政府の「権威主義的」体質が増幅していくのである。こうした性格をもつこの運動は、六七年十一月十日に教育部に設置された文化局が指導機関となり、文学芸術領域を指導していくことになったのである。

蔣介石のこのような行動は、この期間に突如現れたものではなく、抗日戦争期の「新生活運動」の理念と結びついたものであったと観察されている。蔣介石は、中華文化をかれの政治理念を実践する根幹におき、政権維持の中枢に位置づけていた。中華文化復興運動を研究したWarren Tozerによると、中国大陸で文化大革命が発生したことで、蔣介石は台湾で中華文化を復興させる新たな大衆運動を実践する契機をつかむのに成功した(38)という。そしてかれの中華文化の解釈は、「西欧の民主自由」の理念を拒む家父長制度を絶対化するものであり、絶対化された儒教解釈は、銭穆らの学問を権威としたものであった。

ではかれの出獄は、どのような文化状況と係わっていたのであろうか。この問題は、かれの出獄二年後の一九七九年に梁上元によって刊行された『柏楊和我』と八四年に刊行された『柏楊六五』によって柏楊出獄時のかれに向けた国内の反応から窺い知ることができる。

ここで指摘しておかなければならないことがある。それは、柏楊投獄事件が自由に語られるようになった時期がいつ頃かという問題である。おそらく孫観漢の『柏楊的冤獄』が台湾で刊行された一九八八年頃のことであろうと推測できる。前年に柏楊は『醜い中国人』を刊行しているが、のちにかれは「『醜い中国人』を一九八〇年代に刊行したとき、台湾の独裁体制はすでに終幕に近い時期だった。どこかの大学で講座をもったり、公開で講演することはできなくても、政府はその著者になんの『行動』をとることもできなかった」とのべ、「やっと日夜待ち望んできた民主の時代に入ろうとしている(39)」と回顧している。この発言から、柏楊をめぐるその時代の雰囲気が理解できる。

柏楊の出獄が最初に報道されたのは、一九七七年五月三日の『ニューヨーク・タイムズ(40)』であった。台湾国内では七七年七月九日の台北『中国時報』が同誌主催の「時報作家之夜」に柏楊が招待されたことを報道しているのが最初である(41)。ここでは、特に政治的な見解は語られていない。

政治的解釈が見られるのは、一九七九年十月六日と八二年十二月十八日の台北『自立晩報』である。前者は、かれが出獄できたのは「大中国の寛容」を意味するものであり、「民族の分裂を企てなければ、その他は許される(42)」と論評し、後者は、『七〇年代論戦柏楊』が香港『七〇年代』

雑誌の記事を掲載したことで台湾警備総司令部によって「政府と人民の感情を挑発するものであり、法を適用し禁ずる[43]」処罰を受けたことを報道している。

この『自立晩報』の記事は、出獄後の柏楊に対して一九八二年になっても厳しい姿勢が存在していることを示している。しかし同時に八二年十二月二十八日の『自立晩報』は、宜蘭県政府が集団結婚をする人たちに愛情と婚姻を語った『柏楊選集』第二集「降福集」の贈呈を決定した[44]と報道しているのである。

このような情況のなかで柏楊は、海外紙の『南洋商報』のインタビューに応じ、一九七九年十一月四日付け記事のなかで、かれは自らを巻き込んだ投獄事件と文学について語っている。同様のインタビューは、国内では八二年九月に台北『政治家』半月刊に取り上げられている。

柏楊は、前者では「一九六〇年から書き始めた雑文が逮捕投獄の契機となっていると思うがそれはわたしが国家民族の利益のためにおこなった」ものであり、「逮捕されたことと雑文がどのように関係するのかは、わたしを逮捕した人だけが回答できる[45]」と語っている。そしてかれは、作家は「国家民族を強大に前進させること」に責任があるとのべ、文芸工作の原則については「文章は経国の大業であり、文章を書く人は批評を免れることはできないが、問題となるのは批評者がどのような立場にたち、その立場が広範な読者の利益に合うかどうかにあ[46]」ると語ったのである。このインタビュー記事では、柏楊は国民党政府との関係については直接言及することを避けているように思われる。

しかし柏楊は、一九八二年のインタビューでは、より直接的に国民党政府とどのような軋轢を生み出すに至ったのかに言及している。ここで興味深いことは、出獄後のかれに対して警備総司令部は礼儀をもって接していたが、新聞党部は強固な態度を示していた[47]と語っていることである。つまり七七年の時点で国民党政府内に柏楊投獄事件に異なった対応が存在していたということである。

また柏楊は、ある人たちは台湾の民主を検討するのに中国の伝統文化を持ち出すが、「現在は依然として民主ではなく」、「国民党は中国文化の必然的な産物である[48]」とのべる。こうした柏楊の信念は、「民主、自由、法治、人権があってはじめて中国は救われる[49]」という立場で語られ、国民党は「政権を獲得した後に中国伝統文化の病毒[50]」に冒されたと指摘された。

このインタビューで、柏楊が台湾社会の変貌について語っていることは注目に値する。かれは、「国民党がわたしに対してとる態度は変わらないが」、台湾の社会構造が変化したため、国民党はそれに歩調を合わせざるを得なくなっていること、また人権外交を展開する米国も国民党の政治に影響を与えていることを指摘している。さらにこの十年来、「人々の考え方、理想、希望が過去のものと違ってきている」ことは「一つの突破」[51]であると評価する。こうした社会の変貌のなかで、柏楊は人々に対して「再び政治権力を崇拝してはならず、独立した思考能力をもつことを希望し」[52]、「政治権力は文学に干渉してはならず、文学も政治権力に接近してはならない」[53]と主張したのである。

以上の二つのインタビューからわかることは、依然として国民党政府からの柏楊への警戒心が存在しているなかで、柏楊は言論活動を開始していたという事実である。その言論活動は、かつての「醤甕文化」への批判の再開であり、国民党政権に「人権」、「民主」を希求するものであった。しかもこの時期の台湾の出版界は、出版社が千二百余りにも増加し、柏楊の出獄後最初に刊行された雑文集は、刊行後一年で投獄前の雑文集の総発行部数をはるかに超えていた。[54]同時に本名の郭衣洞で発表していた小説が柏楊の作品であることが広く伝わり、かれの小説も注目されるようになっていた[55]という。

国民党政府は、柏楊のそうした言動に徹底した措置をとることがなかった。

それはどのような原因によるのであろうか。ここに注目しなければならない現象が現れている。その現象とは、柏楊を批判する者とかれの支持者の評価が共存し、徐々に支持者の評価が批判者の批判を凌いでいく潮流の出現である。ここでの批判者の主張は、あくまで従来からの国民党の論調であり、「今日の復興基地にいる誰もが、職業、地位を問わずすべて『忠貞の士』であ[56]」り、「かれの言論と書物の復活は、二、三十年来の政府の建設に対して、破壊性をもつ批判であり、中国共産党と台湾独立とに政府転覆の隙を与えるものである。大陸が共産政権になる以前の『偽愛国』の名でもって謀反を企てた輩と同じであり、政府と人民の対立を挑発するものである[57]」と主張するものである。

その一方で、柏楊を支持する人々は、かれの「愛国心」、つまり「国家への愛が深い」と評価する。この評価は、かれが獄中で執筆した中国歴史書は、「中国興亡盛衰の道を追い求めたもの」であり、現代語訳『資治通鑑』は「伝統的な『成王負寇』史観を捨て、中国が永遠に存在することを強調し、高度の愛国心が満ち溢れている[58]」とのべる。またこれまでの「歴史書は、従来国家民族からの着眼がなく『政治流変史』というべきものに過ぎなかった」が、柏楊は「民主、自由、人権の立場から権力が人を腐敗させることを分析し、歴史の教訓のなかから中国の改進を求めていた[59]」と評価する。

このように出獄から一九八〇年代初頭までの間に柏楊の評価は、二つに分かれていたことがわかるであろう。ここでの支持する側の見解は、雑文から作品評価にまで及んでいる。例えば、かつて共産主義の嫌疑の証拠とされた作品『異域』は、一九八三年になると「中学生の国家民族の情操を啓発する[60]」作品として評価されるのである。またかれの小説の芸術的価値も出獄直後の七七年十二月に「幸いにも幾十年来、国家の経済は発展し社会は繁栄した。この時期にかれの旧作を読みかえすならば、当時のすべての情況を体験でき、多難な情況におかれた国家が逆流のなかでもだえ苦しむ様子が思い起こせる。それによってわれわれは奮起することができる。かれの小説は、こうした効能を発揮している[61]」と解説する評論がでていた。

以上から中華文化、国民党政府への批判を内包する柏楊の歴史書とかれのこれまでの作品が「愛国心」を吐露しているとして高く評価されていく傾向が観察できるのである。ここにこの時代に大きく変化する台湾の政治社会が確認できる。その変化は、柏楊を投獄に導いた国民党政府の中華文化の解釈の変化であり、これと結びついた「反共」の概念の変化である。こうした変化は、この時期の郷土文学論争のなかに観察できる現象でもあった。すでにのべたように柏楊の

「社会の底辺にいる人々を代弁する」文学姿勢は、一九七〇年代に入ると郷土文学を提唱する作家に担われ、国民党政府と軋轢をおこす情況が生まれていたのである。

ここで郷土文学論争[62]を概観してみることにしよう。

一九七〇年代の台湾は、米中国交正常化へ向かう国際情勢、日中国交正常化、日本と台湾との間の領土問題という大きな政治変動を体験する。多くの論者が指摘するようにこの時代の知識青年は、台湾をめぐるこうした情況のなかでこれまでにない意識の変革を強いられていくのである。意識の変革は、台湾の運命に思いを寄せる「民族、郷土意識」の芽生えであり、大衆の生活に目を向ける「社会改革意識」であり、それらは一様に西欧文化へ批判を内在させる郷土文化の再評価となって現れたのである。ここでの再評価とは「郷土回帰」を特徴とするものである。そのために台湾文学の分野では、これまであまり注目を浴びることのなかった「郷土文学」に作家の注意が向けられていくことになる。そして郷土文学に、この時代の作家の問題意識が組み込まれていくことになったのである。

このような文学情況の発生は、国内では一九七一年末に台湾の学生によって農村問題、都市の貧民、警民関係、労働問題、地方選挙等についての社会調査活動がおこなわれるような政治状況を背景にしていた。いずれにしても、この時代は民族主義的「救国運動」の色彩を持ち、作家に社会の底辺の人々に関心を寄せる作品テーマを選択させ、これまでの政治文化に近代化を要求する契機を与えていたのである。

若い「郷土文学作家」たちは、以上のような問題意識から「社会正義」を語り、民族意識を散りばめたテーマの作品に着手することになる。このことは、郷土文学の作家の一人である王拓によって、「文学の発展はその時期の社会発展と一致しなければならない。文学運動は社会運動に発展するか社会運動と結合されねばならず、そうしてこそ文学は社会改良の情熱と効能をより有効に発揮しうる(63)」と主張する文学観となって表明されていた。

しかしこの発言が国民党政府を支持する作家からの反発を生じさせるのである。その反発は、その文学観を「労農兵文学」と断定し危険視するものであった。郷土文学をめぐる論争は、こうして開始する。

この論争には、共通する文学傾向をもつ作家群が存在した。その代表的な作家は、陳映真、黄春明、尉天驄らであった。このため、かれらの立場は集団の見解であると見なされ、危険視されていくことになる。この論争の緊張が高まったのは、一九七七年八月末に開催された「第二次文芸会談」であった。この文芸を議論する会議は、国民党政府、党団、軍部の責任者によって構成され、二百七十名の文芸活動家が召集され、政治と文学のあり方が問われていた。しかしこの時、国民党政府は郷土文学論争に直接介入しなかったのである。このような国民党政府の姿勢は、なにを意味していたのであろうか。

ここにも柏楊が投獄された時と同様に中国大陸の政治動向が国民党政府の政治に大きく作用していたのである。つまり国民党政府は、文化大革命後に台湾統一を画策し始めたこの時期の中国共産党の統一戦線工作の動向に激しく反応したのである。この時、国民党政府は郷土文学作家のこれまでの主張が中共に利用され、国内に動乱を巻き起こす可能性のあるものと認識していた。この現象の詳細は、許菁娟論文によって分析されている(64)。許論文は、これまで危険視されなかった郷土文学作家の文学観がなぜ、七七年のこの時期に突然批判の対象とされたのかを分析しつつ、中共の一九四九年以前の統戦工作が左翼作家を自陣営に取り込むことに成功し、国民党がそれに失敗した教訓からこの時期の国民党政府が郷土文学論者を投獄できなかった原因を詳細に跡付けている。

このような考察から郷土文学論争の経過を見ていくと、柏楊出獄後に国民党政府のかれに向けた態度と郷土文学論争に対する姿勢、つまり危険視しながらもかれらを容認している現象が観察できるといえよう。そしてこの時期の国民党政府の柏楊や郷土文学作家に向けた姿勢から中華文化復興運動が一九七七年になると「愛国主義」を強調し、従来の「反共」の概念に大きな変更が加えられていくことを知ることになるのである。

この現象は、中華文化復興運動推行委員会の機関誌『中華文化復興月刊』の「中華文化復興運動十週年」特別号に掲載された「本社座談会」の記事に表れていた。この座談会は一九七七年六月二日に谷鳳翔委員会秘書長が主催し、「中国伝統文化の永久性と可変性の要素」「現代中国文化の遭遇している問題」「中国文化の未来発展の趨勢」の三点を議論していた(65)。

そしてこの座談会に、以下のような発言が出現していたのである。

「われわれは競争の世界にいる。対岸の敵である共産党ばかりでなく、すべての世界もみな我々の競争の対象となっている。われわれは中国文化の復興を要求する。……わたしは中国文化の発展は、この方向に向かっていくべきであることを信じている。」

「われわれは、『世界的社会』『世界人』が出現しつつある趨勢を見てとることができる。

それでは、われわれの文化のどの部分がこの種の試練に耐えることができるのか。」「象徴する中国文化の創造をおこない、それを強調し示すことで大衆にアイデンティティを持たせ、『わたしは中国人である』と認識させることができる。」「伝統文化と現代学術を結合するのに、ある国学者のみに頼り、国学を解釈するならば『古をもって古を解釈する』ことになってしまう。」

この発言から、一九七七年時期の中華文化復興運動は、中華文化の新たな復興、つまり中華文化の新たな解釈を模索していることがわかるのである。その解釈が世界経済の潮流に適合する文化の創造に向けられ、これまでの中華文化のあり方を反省する試みもこれらの発言のなかに含まれていると解釈できる。

また同じ号には何欣執筆の「三十年来的小説」が掲載され、郷土文学論争で問題視された郷土文学作家についてつぎのように評価していた。すなわち黄春明の作品は「高度に愛国情緒を揺りおこし」、陳映真の作品は「芸術家の成熟をあらわし『社会的、批判的、愛国的文学の道』を示し」、楊青矗の作品は「作中の小人物の生活状況とそれら生活の改善に注意を向けさせている。

これは『合理的な要求』であり、作者のもつ同情と憐憫のなかには如何なる扇動的表現も存在せず客観的に語られている[66]」と。つまり郷土文学論争のなかでかれらに向けられた批判は、この特集号の記事にはどこにも存在していないのである。

以上から、柏楊の作品評価の変化、「第二次文芸会談」前後の郷土文学者に向けられた国民党政府の姿勢、つまり中華文化の解釈が大きく変化するなかで「反共」のもつ意味合いに変化が生じていく政治潮流が観察できるのである。

四　結　語

柏楊が出獄後、「反共」作家に逆戻りした原因を考察するとかれが投獄されていた九年もの歳月のなかで、国民党政府の中華文化に係わる解釈に大きな変更が生じていたことがわかる。つまりかれの投獄と出獄は、「醤甕文化」への国民党政府の評価が変化したことと関係していたのである。その変化は、かれに向けられた「共産主義の嫌疑」から「愛国」主義への評価の変化である。「反共」作家が「共産主義の嫌疑」をかけられ、再び「反共」作家として認められる原因は、こうした台湾現代文学に観察できる文学と政治、つまり作家と政治の関係である。

このような文学と政治の関係は、台湾に特有のものではなく、中国大陸でもつねに観察できる現象である。その一例は、毛沢東の時代に粛清された多くの作家が鄧小平の時代に名誉回復したことに見られる。文化大革命の幕開けの原因を作った呉晗批判は、そうした現象をあらわしている。

一九六〇年代初頭の呉晗は、歴史学を武器に毛沢東のイデオロギーに挑戦し、大躍進政策によって疲弊した中国社会を救済しようとした。この時、かれは繰り返し思想改造を経験してきたにも係わらず、決して捨てることのなかった歴史観を教育現場に普及しようとし、その歴史観から京劇「海瑞の免官」を執筆したのである。

文化大革命は、呉晗のそうした歴史学を葬り去り、かれを擁護した劉少奇、鄧小平を打倒した。しかし毛沢東死去後、鄧小平の時代になると呉晗は名誉を回復する。ここで注意しなければならないことは、鄧小平の毛沢東時代の見直しのなかでおこなわれたかれの名誉回復は、毛沢東のイデオロギーに直接抵触した歴史観が不問に付されているということである。

同様のことは、柏楊の出獄時にも観察できるのである。国民党政府は柏楊の出獄時にかれの罪に関してなんら言及していないのである。この情況は、柏楊が「国民党政府はなんら変化していない」と発言していることからわかる。つまり柏楊の出獄には、国民党政府の政治的配慮が大きく作用していたということである。その政治的配慮の最大の要素は、中国大陸と国民党の政治的緊張関係にあり、その関係のなかで中華文化の再解釈を必要とした国民党政府のおかれた国際政治の政治情況であり、国民党政府に影響を与えた国内社会の変貌にあったといえるのである。

柏楊に幸いしたことは、かれが出獄した後にこのような状況のなかで国民党政府の政治権力が徐々に弱体化していくことであった。

第六章　統戦工作のなかの台湾映画『苦恋』について

一　問題の所在

一九八二年に制作された中国映画『城南旧事』と台湾映画『苦恋』には[1]、ともに映画の背景に日本でおなじみの「旅愁」のメロディが流れている。中国では「旅愁」は、「送別」という曲名で一九二〇年代に李叔同の訳詩によって国民的な曲として流行したという。

この「旅愁」は、冒頭からこの映画の雰囲気を醸しだすために挿入曲として選ばれたのであれば、どのような「心の風景」を観客に伝えようとしているのであろうか。中国映画『城南旧事』は、台湾の著名な作家林海音の作品であるが、映画は林海音の幼少年期に過ごした北京の胡同を背景に旧い中国を想い出のなかから呼び起こし、観客にある種の郷愁を感じとらせているように思える。一方で台湾映画『苦恋』は、文化大革命に翻弄された一人の画家の人生をたどるなかで、かつての旧い中国は記憶のなかにだけ存在するものであり、かれにとって祖国がすでに失われている現実を観客に感じとらせているようである。

つまり『城南旧事』の郷愁は、一九四九年台湾に移った中国人や華人社会に向かって、「戻って来いよ！　あんたは郷里が懐かしくないかね」と語り、一方の『苦恋』は、「大陸に戻ってみなよ、お前たちの故郷はもう失われていることを知ることになるぜ。それにどんな運命が待ち構えていると思うのかね」というメッセージを発信していると解釈できるかのようである。

ここには文化大革命終息後、米中国交回復を成し遂げた中国政府が台湾国民党政府に向かって、祖国統一を呼びかけ、それに対して国際社会のなかに孤立を余儀なくされた国民党政府の鋭く反応している状況が観察できるのである。したがって、二つの映画は、中国と台湾の政治的対立のなかで重要な役割をもっていたということになるのである。

こうした現象は、中共の統一戦線工作（以下、統戦工作と略称）が活性化し、国民党政府がそれに鋭く対抗していたことを意味するものである。そもそも中共の統戦工作の戦術は、一九三〇年代初頭の文芸領域に顕著に現れていた。その戦術は、国民党政府に弾圧されていた進歩的知識人を自陣営に取り込み、かれら知識人を支持する一般大衆を味方につけることで国民党政府の打倒を目的にするものであった(2)。文芸領域においては、こうした統戦工作はそれが取り込む対象を異にしつつも繰り返しおこなわれ、八〇年代初頭に再度復活していたのである。

わたしは、以下において統戦工作と密接に関係した台湾映画『苦恋』について考察してみたいと考えている。その視点は、以下である。

まず『苦恋』のテーマは、ほぼ同じ時期に台湾映画に出現したニューシネマ(3)と表裏一体の関係にあったということである。そのテーマは、台湾に移ってきた外省人の二世、三世たちの「自分たちは台湾人である」ことの自覚と大陸への郷愁はすでに存在していないことにある。

一九七〇年代に台湾社会をさまざまに描いた郷土文学の作品が八〇年代になると映画の世界に取り込まれることになるのは、この時代の映画が台湾の本土化（台湾化）へと向かう政治潮流と無関係ではないということである。そして国民党政府は、祖国統一の統戦工作を画策する中国政府を尻目に八〇年代後半になると大陸訪問を徐々に解禁していくことになる。

このように考えると、台湾映画『苦恋』は、中国からの統戦工作に反応した映画であり、台湾社会ですでに大陸から移り住み三十年になろうとする人々や米中国交回復後の華人社会への政治的メッセージが語られていることになるであろう。

しかしこの映画のもつ意味は、それだけではなかった。そもそもこの映画は、前年の一九八一年に中国で批判の対象となっていた映画『苦恋』の脚本をもとに制作された作品であった。人民解放軍の専属作家白樺[4]が脚本[5]を書き、監督した映画『苦恋』は、八一年に内部上映の段階で激しい批判を受け、公開されることはなかった。

国民党政府は、この中国共産党の文芸弾圧の状況に激しく反応したのである。しかもこの反応は、これまでのような三民主義文芸のイデオロギー色の強い立場から大陸の文化状況を批判するものではなく、一貫して「文芸の自由」とはなにか、を語る姿勢が貫かれていた。そのなかにこれまで忌み嫌われてきた魯迅を代表とする一九三〇年代左翼作家と作品への肯定的な評価が出現するのである。ここには、中国近代文学の解釈権をめぐる駆け引きが中国と台湾の間に存在していたことが観察できるのである。

こうして考えてみると映画『苦恋』制作の背景には、国民党政府の文芸政策の変化が観察できるのである。その変化は、中共政権を告発するなかでの「文芸の自由」を語り始めたことにある。その表れは、一九七七年に郷土文学論争が台湾国内に発生した時に、左翼的傾向をもつ作家として警戒された黄春明の作品がニューシネマの作品として評価を受けることになった変化である。中国語圏の映画は、つねに政治権力を握る者から政治的意味を付託されてきた歴史をもつものであった。アジア映画として高い評価を与えられた台湾のニューシネマもその傾向を持っていたことは忘れてはならないことである。

以下において最初に中国映画『苦恋』とはなにか、を語ることにする。そして国民党政府は、『苦恋』および中国共産党の映画『苦恋』批判をどのように受けとめ、台湾映画『苦恋』がどのように中国からの統戦工作に対抗した映画であったのかを考察することにする。

二　中国映画『苦恋』とは

中国大陸で発生した映画『苦恋』批判は、文化大革命後の一九八一年に政治が文学芸術領域に介入した事件であった。この映画は、内部上映の段階で鄧小平の不評を買い、公開されることがなかった。しかも約一年の間、批判運動が展開されたのである。しかし、この批判運動は従来の作家、作品批判とは異なり、作家の粛清事件に発展せずに作者白樺は、執筆活動を続けることができた。その意味で中国現代文学がこの時期以降、政治からの束縛が緩められていく契機となった事件であるといえる。

ではこの時期に映画『苦恋』は、なぜ批判されたのであろうか。この批判運動の筋道を見ていくと、わたしたちは映画『苦恋』が党中央の決定した文化大革命と毛沢東の評価とは著しく異なる見解を示し、なおかつ白樺の創作姿勢には、一九五七年の反右派闘争で問題視されたかれの文学観が復活していることを知るのである。その文学観は、この時期、さまざまな討論会で鄧小平政権下で名誉回復した作家の共通した見解として表れていた。その見解とはこれまで政権と衝突し、かれらの粛清の原因となっていた「社会主義リアリズム」論である。「社会主義リアリズム」論は、五四年の胡風の「文芸意見書」に表れ、反右派闘争直前の文壇に表出していたものであった。(6)

映画は、公開される前に批判されたため、全容を知ることはできないが、脚本からその内容を知ることができる。それは、画家凌晨光の幼年時代、つまり抗日戦争期から文化大革命後に至るかれの「悲劇」の一生を描いた物語で、以下のようである。

幼年期、凌晨光は幼くして両親と離れたが、学者陳氏の娘や家族、禅寺の和尚の援助によって絵を学んでいた。その頃、かれに深い影響を与えたものは、貧民街に住む仏師や絵付師の作る人形や絵であった。こうして凌晨光は青年へと成長していく。そこで青年凌晨光が直面したのは、日本の侵略にあえぐ中国の現実であり、その苦難に満ちた状況のなかで、かれは上海の抗日運動に参加していく。そうしたなか、かれは国民党の兵隊狩りに遭遇し、また官憲に追われ、いずれの危機も偶然に出会った漁師の娘緑娘に救われる。しかし難を逃れるためにもぐり込んだ船がアメリカ行きであったことから、かれは意に反し祖国を離れることになる。その後、かれは画家としてアメリカの画壇で成功する。そこで思いがけなく凌晨光は、かれの個展会場でボロを纏った緑娘と再会し、結婚する。緑娘はかれを追って渡米していたのである。

一九四九年、中華人民共和国の成立を知った二人は、アメリカでの華々しい成功を捨て帰国する。緑娘は祖国にはためく五星紅旗を目の前にし、帰国途上の船内で女児を出産し、娘に星星と命名する。帰国後の凌晨光は画家としての才能を発揮するが、やがて文化大革命によって迫害され、一家は掘っ建て小屋に押し込められ生活することになる。この時、成人していた星星は、華僑の青年と恋に落ち国外にでる決心をしていた。それは父の反対を押し切ってのことであった。

文化大革命後、凌は一九七六年の天安門事件に参加し再び官憲に追われ、海辺の葦の茂みに身を潜めることになる。生魚をかじり命をながらえていたかれは、ここで同じ運命にいた歴史学者と出会う。

この映画脚本は、雪原に描いた凌晨光の大きな疑問符と目を見開いた自らの屍を疑問符の「・」の位置においたシーンで終わる。このシーンには、さらにかれの死の直前に文化大革命の終焉を告げるためにかれを探し求める妻や娘、歴史学者の声と「人」の文字を描きながら大空を飛ぶ雁が描かれている。

この「苦恋」批判は、一九八一年四月二十日の『解放軍報』の特約評論員執筆の「四項基本原則不容違反－評電影文学劇本〈苦恋〉」[7]から始まった。この批判論文には幾つかの論点があるが、映画脚本「苦恋」がつぎのように批判されていたことに注目しなければならない。

映画脚本「苦恋」の出現は、孤立した現象ではなく、極少数の人々に存在する無政府主義、極端な個人主義、資産階級の自由化および四つの基本原則を否定する誤った思潮が反映している。もし、こうした誤った思潮を自由に氾濫することを容認すれば、必ずや安定団結の政治局面に危害を作り出すものとなり、経済調整と四つの現代化の建設を進めることをできなくさせるものとなり、全国人民の根本的な利益に背くものとなる。われわれは、「苦恋」の誤った傾向を批判するが、その目的は四つの基本原則の堅持と擁護のためであり、安定と団結を強固にし発展させるためであり、社会主義の四つの現代化の建設を守るためである。

この批判の根拠は、『苦恋』が四人組と党、国家とを混同し、社会主義祖国を醜悪化し、旧社会と新社会を混同し、社会主義の優位性を抹殺し、毛沢東主席の誤りと四人組の犯罪とを混同し、文化大革命の起因について間違った解釈を下した点に求められている。

そしてこれらの批判は、映画脚本のなかの幾つかの場面を根拠としていた。

第一の場面は、星星が国外脱出を父親に告げた時に、星星が「わたしは行くわ。わたしの愛する人と行くのよ。わたしはかれを愛しているし、かれもわたしを愛しているわ。わたしはお父さんのことはよくわかる。本当によくわかっているのよ。お父さん、お父さんはわたしたちの国を愛し、ひたすら思い続けてきたのよ。……でもこの国は、お父さんを愛したのかしら。」

第二の場面は、毛沢東個人崇拝と愚民政策を暗喩していると解釈された「黒い仏像」が出現する個所である。ここでは、幼い頃の主人公と禅寺での長老との間にこのような会話がなされていたのである。「どうしてこの仏様は、こんなに黒くなったの。」長老は意味ありげに答えた。「善男善女の線香の煙でいぶされて黒くなったのじゃよ。」「え?」「わからないかな、坊や、この世では往々にしていろいろなことが善良な願いと反対になるものなのだよ。」この場面は、脚本の前半に登場し、途中で再度出現し、その直後に「北京を埋め尽くす毛沢東語録をふりかざす天真爛漫な熱狂的な人々」が描き出されていた。

第三の場面は、ラスト・シーンの疑問符と脚本にしばしば登場する天空を舞う雁の「人」文字である。

こうした描写が作者の「資産階級人文主義の概念」の「絵解き」と解釈されたのである。この批判は、明らかに「四つの基本原則に違反する」「現存するある種の資産階級自由化」の表現からわかるように、白樺の文学活動を含む文芸界を特徴づけていた文学潮流そのものに対する批判であった。なぜならば、一九七九年十一月に白樺は中国作家協会第三次大会でつぎのように報告していたからである。(8)

われわれはかつて長い間、不断に文芸作品の公式化と概念化の傾向に反対してきた。……ある一時期、作品中の党幹部の形象は、必ず党と等しくなければならなかったのである。どの労働者の形象も必ず労働階級と等しくなければならなかった。ついには、人は文芸のなかに消え去ってしまい、残ったものは当然ではあるがいささかの貧弱な概念だった。

われわれは、わが国の文芸領域で現実主義（リアリズム）の伝統を復活させたい。文芸が社会生活を反映するという最小限の機能を回復したい。人々に痛ましい歴史の教訓を覚えてもらいたい。善悪を見分け是非を識別してもらいたい。人民大衆の心に社会主義革命の信念を回復させたい。人民が中国の現状を認識し、前進する道の凹凸と光明を認識してもらいたい。この三年来文芸創作の実践がわれわれのこうした目的を十分に説明している。

この白樺の見解と同様の発言は、一九八〇年一月の『文芸報』(9)と同年十月『安徽文学』の討論会(10)に出現していたのである。しかもこの討論会の参加者の多くは、白樺と同じように反右派闘争で粛清された作家であり、後者の討論会には名誉回復されて間もない秦兆陽、劉賓雁、唐達成ら三十余名の作家が参加していた。ここでかれらは、かれらを粛清に追い込んだ中華人民共和国建国からの党文芸政策を議論し、中国共産党の政策とつねに軋轢を生じてきた作家の文学姿勢を復活させていたのである。その文学姿勢とは、政治と文学の関係についてのこれまでの反省から得られた「作家の責任」に係わるものであり、かれらが主張する「革命的現実主義（革命的リアリズム）」に支えられたものであった。このことは、唐達成がつぎのように語っていたことからわかるであろう。

この三年来の最大の成果は、文芸界について言えば、革命的現実主義（革命的リアリズム）の伝統を回復したことであり、生活に関しては真実に生活を反映したことである。文学にとって「真実」は基礎であり、前提である。「真実」がなければ、いわゆる「善」もなく、「美」もない。真実は文学の命であり、最も基本である。

この二つの討論会にあらわれた見解は、ほぼ同じ時期の一九七九年十月三十日の鄧小平の発言(11)や八〇年二月の胡耀邦の「劇本創作座談会上の講話」の見解と著しく性格を異にしていた。この時期の党指導者の発言には文芸に関する党の指導、文芸の社会的効果に係わる問題がつぎのように語られていたからである。

「暗い面の批判も、四つの現代化の妨害を取り除くためであり、この範囲内で書かれなければならない。これこそ当面の最大の真実を反映したものと思う。」

「われわれはつぎの二つの基本点に注意しなければならない。第一に、選択という過程を経ない偶然はいかなるものであれ芸術的真実と見なすことはできない。芸術的真実は典型的な真実、本質的な真実でなければならない。第二に、一時的なものを恒久不変とみなすことはできない。歴史発展の弁証法を反映すべきである。社会主義の作家は、悲劇と喜劇を問わず、光明と暗黒を問わず、作品を書くときはすべてこの二点を守るべきである(12)。」

これらの見解がその後『苦恋』の個々の描写を批判する「絶対的基準」とされていくことは批判運動の推移から明らかである。このことは「政治目標」に服務する文芸政策とそうした文芸のあり方に反発する「社会主義リアリズム」論の軋轢がすでに表面化していたことを意味するものであった。

しかしこの時期、『解放軍報』の特約評論員の論文は『人民日報』によって取り上げられなかったのである。こうした現象のなかからこの時期に毛沢東と毛沢東思想および文化大革命の評価をめぐり、鄧小平政権と軍内「左派」との間に政治的軋轢が存在し、『苦恋』批判が政治的駆け引きに利用されていたことが観察できるのである。(13)

そうした経緯を経て、同年六月中共十一期六中全会に「建国以来の党の若干の歴史問題に関する決議」が採択され、鄧小平政権と軍内「左派」の政治的確執に決着がつき、鄧小平による文化大革命、毛沢東評価、さらに反右派闘争に係わる評価が定まった時点で、『苦恋』批判は鄧小平主導によって展開されることになったのである。

『苦恋』批判の筋道は、一九八一年七月十七日、中央宣伝部門の指導者と鄧小平との談話のなかに語られ、八月八日中共中央宣伝部の「全国思想戦線問題座談会」のなかに引き継がれ、それ以降、八月から九月にかけて、『苦恋』批判の「思想戦線上の意義」が一般化されていくことになる。そこでは「誤った思潮と傾向は、社会歴史的原因があり、主に十年の内乱と外来の資産階級思想の侵食によるものである」と指摘し、「およそ人民内部の矛盾、思想上の誤りであるかぎり、団結の願いに立って、批判あるいは闘争し、それを通じて、新しい基礎に立つ、新たな団結に達すべきである。団結の願望は非常に大切である。同志に対しては、道理を説き、あたたかく手をさしのべなければならない。誤りに対しては、厳粛な批判を行わなければならない[14]」とのべられていた。

こうした主張から、「正常な文芸批判の原則」が定められ、十月になると『苦恋』批判の総括を意図した『文芸報』の「『苦恋』の誤った傾向を論ず[15]」が発表されたのである。ここでこの論説が唐因、唐達成によって執筆されていたことは重要な意味をもっていた。かれらは反右派闘争で丁玲らとともに粛清された人物であり、先の黄山筆会で唐達成は「社会主義リアリズム」論の復権を語っていたからである。

したがってかれらが執筆した『苦恋』批判の総括は、この時期にかれらが「社会主義リアリズム」論を撤回し、党の文芸政策を受け入れたことを意味していた。それゆえここに表れた『苦恋』批判の論理は、これまでの党指導者の論理を基調にしてつぎのように語られたのである。

『苦恋』は、「重大な原則問題で深刻な混乱と誤りをさらけだし」、問題となる内容は「告発のほこ先を『四人組』にむけず、『四人組』の暴虐、犯罪行為として表現せずに、祖国に『片思い』する知識人の悲劇的運命として表していることである」。「はっきりさせなければならないのは、林彪、『四人組』が十年の混乱の張本人であること、かれらが反革命の政治的目的から故意に革命の指導者を神格化したことである。どうして革命の指導者を直接『黒い』神になぞらえることができようか」。作者が主人公の凌晨光を「人民の運命、祖国の前途と結びつけず、旧中国、新中国、十年の混乱期の前後にかれらが置かれた境遇を区別せず、一つのものとして宣伝するのは、党、祖国、社会主義事業にたいして疑問をいだき、失望し、さらには否定するように人びとをみちびくだけである。これは愛国主義などといえるものではない」し、「このような作品は、党と人民が四つの現代化実現の闘争で積極性を発揮するのに役立たないだけでなく、逆にまだ克服されていない誤った社会的思潮の氾濫を助長するだけであり、文学者、芸術家としての職責を果たしていないというべきである」、と。

そして『文芸報』は、「共産党員の文学者、芸術家はなおさら党性を堅持し、四つの基本原則を堅持し、党と人民の事業のために奮闘しなければならない」とのべ、作者に対し「今後また人民、社会主義に有益な作品を創作するように望みたい」と結論した。

このような批判の流れは、最終的には白樺の「自己批判」に行きつくことになる。一九八一年十一月二十五日に書かれた白樺の「『苦恋』に関する通信―『解放軍報』『文芸報』編集部へ[16]」は、

『解放軍報』と『文芸報』に答える形で発表され、『解放軍報』『人民日報』『文芸報』に相次いで掲載された。ここで白樺は、つぎのように脚本「苦恋」を語ったのである。

「脚本『苦恋』では、知識人の『切々たる祖国への愛』はおおきなスペースをさいて描きましたが、『四人組』と社会主義の祖国、党、人民との間には厳しく一線を画することはしませんでした。そのため、このような愛をもてはやせばはやすほど、知識人のこうした不健康な孤独感を謳歌、賛美することになり、結果的に『愛』が社会主義の祖国に対する恨みに変わってしまいました。」このことは、「今後克服しなければならない誤った社会的思潮を助長、伝播する役割を果たしました。これは文芸家の職務に背くものです。」また「脚本は偶像崇拝に託して、十年にわたる混乱の根源を毛沢東同志への個人崇拝に帰すという誤りもおかしています。」このことは「毛沢東同志の歴史的功過に対する科学的態度を欠くものであることは明らかです。それだけでなく、個人崇拝を人民大衆の愚かしさに帰したのも不適当でした。」「抗日戦争期に党が延安で文学・芸術座談会を開いたこと、そこでの毛沢東同志の講話はいまもなお普遍的意義をもっています。『苦恋』批判の全過程は、われわれがいま文芸批判と自己批判を正常な軌道にのせるべく努力していることを示しています」、と。

このように語った白樺は、最後に「マルクス・レーニン主義の理論的水準を高め、党性を鍛え、党の四つの基本原則を堅持し、共産主義の理想と中華民族の振興をめざし、戦争と社会主義建設でうち立てた人民軍隊の功績を謳歌し、歴史と人民と党に対する責任を果たしたいと思います」と結論した。

以上の主旨は、明らかに鄧小平の指し示した批判論理に依拠して書かれたものと考えられる。また『苦恋』批判の口火を切った『解放軍報』の批判の論点をすべて受け入れていた。こうして『苦恋』批判は、十二月二十七日に胡耀邦が「全国故事片電影創作会議」で『苦恋』問題は「完全に終了した」と結論し、結末を迎えたのである。[17] そして白樺は、批判されたものの反右派闘争のように粛清されずに創作活動を継続することが許されたのである。

以上で一九八一年の『苦恋』批判について考察してきた。文化大革命が呉晗の京劇「海瑞の免官」に「敵対矛盾」論を適用し、毛沢東の文芸理論以外の文学思想の存在すべてをゆるさなかったことを考えれば、対照的な批判運動であったといえるであろう。

では政治と文学の構図のなかで、映画『苦恋』の出現はなにを意味していたのであろうか。文化大革命の終了を政権が宣言し、文化大革命によって疲弊した社会の修復を図ろうとした時、再度、「社会主義リアリズム」論が復活し、映画『苦恋』となってあらわれたのである。つまり白樺は、名誉回復直後に反右派闘争前夜と同じ文学観をもって創作活動を開始していたということなのである。

しかし『苦恋』批判の過程で、政治が「みだりに文芸に関与する恐れ」のあることが指摘され、「ある政治運動あるいは政治的任務に無条件にしたがうことが実際の仕事のなかで、作家に要求され、文芸の題材の単一化、芸術表現上の概念化、公式化という弊害となってあらわれた」ことが反省されていたこと[18]は、反右派闘争の時代と大きく異なっていた。

要するに中国共産党の文芸政策は、従来の作家批判の論理を依然としてもちつづけているが、『苦恋』批判を契機にこれまでのように作家を粛清に導くことができなくなっていたのである。このことが、政治権力に否定されてきた文学精神の存在を許している原因となっていた。

三　台湾映画『苦恋』とは

中国大陸での映画『苦恋』批判は、その直後から国民党政府によって注目されることとなる。

どのように注目されたのであろうか。この問題は、中国共産党の統戦工作に直面していた国民党政府が映画『苦恋』のストーリーそれ自体に関心を示したことにあった。つまりこの映画にアメリカという自由世界で華々しい成功をおさめた主人公が「祖国」に恋い焦れ、帰国後「祖国」に裏切られた人生が描かれていることに国民党政府は大きな関心をもったということである。

国民党政府のこうした関心は、米中国交正常化のなかで生まれたものと考えられる。つまり国民党政府は、中国での『苦恋』批判を国際社会のなかで問題視し、アメリカ政府に「人権を無視する」国家としての中国を告発し、「自由中国」中華民国の存在を誇示しようとしたのである。同時に文化大革命のイメージから脱却し華人世界のなかに存在感を増しつつある中国の現状を「暴露」したのである。(19)

したがって、国民党政府は白樺の『苦恋』を単に中国国内に出現した「反共文学」作品の一つとして評価した訳ではなかった。このことは、『苦恋』の主人公と同じような体験をした陳若曦の作品が台湾で高い評価を受けていたことと関連していた。陳若曦は、台湾大学外文系を卒業後、アメリカに留学し、祖国に恋い焦れ中国に「帰国」するが文化大革命に巻き込まれ、七年の中国滞在後香港に「逃れた」体験をもっていた。彼女の短編小説集『尹県長』は、彼女の体験から書かれた作品集であり、その作品は香港で発表されてから注目されることになる。その作品には、アメリカ留学帰りの中国人の眼から見た中国社会が描かれ、かれらが「祖国」中国で悲惨な境遇におかれている現実がさまざまにテーマとなっていた[20]。

こうした体験をもつ陳若曦は、『苦恋』批判を一九八一年五月に台湾の新聞で語っている[21]。彼女はここで、愛国的画家凌晨光の悲劇は、現在の「大陸知識人の典型的な遭遇」であり、それゆえ当局がこの作品を忌み嫌う原因となっていること、『苦恋』の結末は帰国者の悲劇であり、主人公は悲惨な死を遂げ、娘は父親と同様に海外に逃れているが、このことは中国大陸が海外の留学生に「帰国し服務する」呼びかけに不利に働いていること、白樺が毛沢東に文化大革命の責任を負わせていることは海外ではすでに「公論」となっており、歴史事実を客観的に反映しているに過ぎないこと、この時期に白樺、劉賓雁らが現制度の暗黒面とその弊害の所在を勇気をもって暴露していることは若者たちの尊敬の対象とされていること、を語っているのである。

そして陳若曦は、「われわれは海外の華人が同胞を愛する心で白樺のような正義感をもつ作家を積極的に声援し、反右の悲劇が大陸で繰り返して演じられることに抗議することを希望する」と結論している。

陳若曦のこの文章は、国民党政府の政治的立場に立つ発言ではなかった。なによりも彼女は、大陸から香港に移った後、台湾に戻ることもなくカナダに在住していたからである。しかも彼女は、台湾での文学賞受賞時も台湾にもどってはいないのである。むしろ彼女の見解は、国民党政府を喜ばせ重視されるものになったと考えられる。なぜならば、国民党政府は海外にいる華人である彼女の体験と作品が華人社会に与える影響に注目していたからである。(22)

こうしたなかで『苦恋』批判に反応した論説は、国防部情報局から刊行されていた『匪情研究』(23)、政治大学国際関係センターの『匪情月報』(24)、それらに掲載された論説の一部は日本語版『問題と研究』誌に掲載された。中国で人民解放軍の『解放軍報』に掲載された『苦恋』批判論文に台湾では国防部が積極的に反応を示していたことがわかる。

以下において、こうした政府関係機関誌に掲載された『苦恋』批判に係わる論調を見ることにしよう。

ここで特徴的なことは、この時期に文芸評論家玄黙の論説が八編あるということである。

玄黙という文芸評論家は、政治大学国際関係センター研究員であった周玉山氏（現在世新大学教授）によるとかれの師にあたり、文化大学教授等を歴任した人物である。(25)一九一九年に生まれ、九〇年に没した玄黙は、反共的姿勢を生涯貫いていた。しかしかれの論説には大陸を観察する際に「三民主義」解釈が存在していない。その意味で国民党政府とイデオロギー面で一線を画しながら、文化大革命後の中国大陸の文芸分野をさまざまに分析し、八〇年代前後に活躍していたということになろう。

玄黙は、おおよそつぎのように中国共産党の文芸政策を語るのである(26)。

一九七九年十月から十一月に開催された第四回「文代会」が中共文芸政策の分水嶺であり、中共が文芸の開放政策を必要としているのは、「かつて無実の罪で迫害され、危うく命を取りとめることができた文芸工作者に鬱憤を晴らさせ、不満を吐き出すはけ口を与えなければ、中共が文芸団体を再建して、対外的な文芸統一戦線の活動をくりひろげようとする意図は、必ずや大きな困難にぶつかるからである」と分析する。そうしたなかで中共は「傷痕文学」と文芸独裁批判の言論に対して程度の差はあれ、大方容認の態度を示してきた。しかしこの開放政策がほぼ五七年の「鳴放運動」のレベルに達した時、開放の戦術を逆用し党の文芸独裁体制を取り戻し、毛沢東の「一言堂」を再建した。ここに開放政策は基本的に終わりを告げた、と。

そしてこの文脈のなかで玄黙は、『苦恋』は「祖国への懐疑」と「毛沢東の個人崇拝活動の描写」、さらに「国民党政府が中国大陸を統治していた時には政府反対の学生運動に加わって逮捕された者でも、殺されることはなかったが、中共の統治下においては、凌晨光は別に反共活動に加わっていなかったのに、それでもありとあらゆる迫害と虐待を受け、ついに命まで落としてしまった。すなわち国民党は共産党よりもずっと寛大だった、ということを暗示し」たことで大きなタブーを犯したと語るのである。

こうしたタブーを犯した『苦恋』が批判されたのは、「依然として高級官僚の一言によって作品の評価は決まり、是非を論争することは許されず、依然として上の方で計画を立て、準備を整え、それから段取りを決め、前後呼応して包囲攻撃をおこなっている。その過程はやはり中共の伝統的なやり方と変わりがない」と。しかし「白樺のその他の作品は、『苦恋』が批判されたからとて全部否定されてはおらず、かれ本人も文壇から消されていない」。その理由は、『苦恋』批判が「人民の自由民主思潮と反共革命運動を弾圧する一種の手段であり、ただ、人民のもっと大きな憤懣と暴動を激発するのを防ぐために、中共は自制して、事件を文芸整風にまで拡大しないようにし、かつ一方面批判し、一方面奨励するやり方で事件の厳重性を小さく見せることを余儀なくされている」からである。

こうした結論は、もう一つの結論を導いている。それは中共の対外統一戦線についての言及である。玄黙は、以下のように結論する。

文芸統一戦線は、対台湾統一戦線を含む対外統一戦線活動のなかで、もっとも重要な活動である。もしも白樺を粛清し、文芸整風運動をくりひろげたならば、その結果は、必然的に世界各国の文化芸術界人士、とりわけ海外にいる中国人知識人の反感と非難をひき起こし、単に中共の統一戦線活動をぶちこわすのみならず、中共の自由主義諸国に対する援助要請も、直接あるいは間接的に不利な影響を受けるであろう。このことが「苦恋」批判事件が拡大しなかったもう一つの重要な原因である。

このように玄黙は、『苦恋』批判事件を分析したのである。かれのこの事件に係わる視点は、文化大革命後「三信危機」が高まる中国の現状を「中共三十年来の暴力独裁の必然的な結果である」と見なしたことと中共の統戦工作に目を向けていた点にあったのである。

この統戦工作の視点から見るならば、この時期に中国はかつて文化大革命で批判された「三十年代文学」の老作家を海外に派遣する政策を打ち出していた。しかし『苦恋』批判によってこうした老作家の外国訪問時に各地でかれらにこの事件を問う質問がだされ、かれらが回答に窮していたことが台湾では注目されていた(27)。

以上の考察から台湾映画『苦恋(28)』は、国民党政府が中国大陸から向けられた統戦工作に反撃するための重要な役割を担っていたことがわかるであろう。国民党政府は、中国大陸から向けられた祖国統一の攻勢に反応しつつ、国際社会に「自由中国」中華民国の存在を誇示していたのである。

同時に一九八〇年代になると大陸で過ごした時代は郷愁の世界となり、大陸に限りなく望郷の念を抱く人たちが増えてきた台湾社会のなかで台湾映画『苦恋』の世界は、そうした郷愁を払拭しようとした意味をもっていたことになる。

しかし文学芸術領域で繰り広げられた統戦工作は、政治文化の領域のより深層において展開していたことに注目しなければならない。映画『苦恋』批判に敏感に反応した国民党政府は、国際社会のなかで優位に立つために国内社会により「自由化」を容認せざるを得なくなっていたからである。

この時期の文芸領域で観察できることは、一九六八年に「親共の嫌疑」で投獄されていた柏楊が七七年に釈放され[29]、一九八〇年代になると海外での講演活動が許されていたこと、柏楊出獄の直後に発生した郷土文学論争で国民党政府は左翼的傾向をもつ郷土文学を提唱した作家に寛大に対応していたことにある[30]。こうした情況のなかで『苦恋』批判に反応した国民党政府は、映画『苦恋』を弾圧する中共政権の本質を「暴露」するなかで中共のこれまでの「文学芸術のあり方」を問題視したのである。

この問題は、中国近代文学史の解釈に必然的に結びつくものとなる。ここに中国近代文学を特徴づけた「リアリズム文学」の解釈が新たに問われ、これまで危険視されてきた「三十年代文学」運動に新たな解釈が加えられることになるのである[31]。

ここで再び、玄默の見解をみることにしよう。玄默は、文化大革命後に文壇に出現した「傷痕文学」をつぎのように語っている。

「傷痕文学」も「暴露文学」もリアリズム文学である。リアリズムは一九世紀初葉、ヨーロッパにおいて主導的地位を占めていた文学思潮である。それはリアルな態度で社会の罪悪的現象を暴露し、貴族統治階級の腐敗堕落を描写するとともに、広範な労働者の不幸な境遇に対する同情を表明したものである。中国文学にもこのようなリアリズムの伝統がある。中共の「三十年代文芸」は主としてリアリズム文芸であり、現在の「傷痕文学」と「暴露文学」はなおさら純粋なリアリズム文芸であり、現実に対する批判性という点では「三十年代文芸」を凌いでいる。毛沢東の文芸政策は、敵に対して（その醜悪性を）暴露すべきであると規定しているので、「傷痕文学」と「暴露文学」が大量に発表されている事実こそは、中共が引き続き毛沢東の文芸政策を執行することに対するまさに中国大陸文芸界の反抗行動を示すものである。

玄黙は、ここで「三十年代文芸」のリアリズムの存在と現時点でのそれの復権を語り、毛沢東の「文芸講話」をその対極に置いているのである。当時、玄黙のこのような見解は、かれ独自のものではなかった。

「傷痕文学」が出現するのは、文化大革命終息後、鄧小平が中共党内に政権の基盤を確立する過程で、文化大革命を一時的に「自由に描くこと」を許したことが契機となっていた。この「傷痕文学」は、「中共官方」出版物と地下出版物に現れ、その多くが若い世代の作者によって書かれていた点に特徴があった。

この現象を呉豊興は、「作品の具体的形象から大陸人民の感覚、感情と思想を探ることができる」とのべ、「傷痕文学」の創作路線は早くも一九三〇年代に魯迅が使っていた筆法であると指摘するのである。そして毛沢東の延安解放区の「文芸講話」は、作家に魯迅に学べと要求しながら、労農兵文芸路線は中共内部での「傷痕文学」の発展を禁止した。しかし「傷痕文学」は毛沢東死後わずか三年たらずで中共内部に生まれ、中共が重視するまでに発展した、と観察している。つまり呉豊興は、「傷痕文学」の出現は毛沢東の「文芸講話」がすでに失効したことを証明していると語っているのである(32)。

このような「傷痕文学」が出現した後に、一九五七年の反右派闘争で犠牲になった作家の多くが名誉回復し文壇に復帰してくるのである。白樺は、そのなかの一人であり、かれらの復帰とともに中国現代文学のリアリズムの伝統は復活したのである。先の玄黙の『苦恋』批判の観察は、この段階での分析である。つまり中国大陸のリアリズム文学の深化に国民党政府は、注目しそれらの作品を評価していくことになるのである。

このことが、国民党政府の「三十年代文学」の再評価につながる契機であった。この時期に相次いで鄭学稼の『魯迅正伝』[33]、夏志清の『中国現代小説史』（中文版）[34]が刊行されたのには、以上の理由があった。

こうした「三十年代文学」の再評価は、国民党政府の左翼文学運動の解釈に係わるものであった。そしてこの解釈はこの時期に中国近代文学の伝統の継承をめぐる問題として国民党政府が多大の関心を寄せるものとなっていたのである。同時に一九八〇年代になると中国大陸で香港・台湾文学討論会が開催されると、それに対抗するために国民党政府は、文学伝統の継承問題とともに中国近現代文学のなかで台湾文学の位置づけをおこなうことになる。

これまで国民党政府は、「三十年代文学」を一九四九年以降一貫して作家に対する統一戦線工作失敗の教訓として位置づけてきた[35]。国民党政府は、共産党との抗争の敗北の原因として左翼作家を取り込むことのできなかったことへの反省を語っていたのである。したがって、「三十年代文学」つまり左翼文学の潮流は、国民党政府が提唱してきた「三民主義文芸」の対極にあり、否定すべき対象として語られてきたといえよう。しかし文化大革命は、こうした「三十年代文学」を全否定したのである。

国民党政府は、こうした中国共産党の文芸政策に直面し、さらに文化大革命後の文壇に「三十年代文学」を担った老作家が復活し、そのリアリズムの文学精神に中国共産党批判が元来包含されていることに気がつくことになる。この状況のなかで、復活した「三十年代文学」の老作家とかれらの作品は再評価されることになったのである。

例えば、文芸評論家李牧は、一九八〇年六月に開催された中韓（台湾・韓国）文学会議で「三十年代文学」の作家の大部分は創作を開始した当初、「階級の利益」の問題、「党性原則」の問題など考えていなかったと指摘し、中国共産党は「かれらの作品が当時の中共の必要とするものと合致していたので、かれらを『社会主義現実主義（社会主義リアリズム）』の作家の系列にいれた」とのべている。つまりかれは巴金の作品『家』が「大家族のなかの世代間の意思疎通」のテーマからいわゆる「家庭の革命」のテーマを称するものへ変化し、青年を家庭のなかから理想に満ちている延安に向かわせるように作品の解釈が変更された点を重視しているのである[36]。

こうした現象は、中共が人道主義者の「社会写実主義」の道を「社会主義現実主義（社会主義リアリズム）」へと引き込み、「三十年代作家」の艾蕪、沙汀が中共の党員作家に「農民作家」として称賛されたのは、「かれらの創作過程は巴金と同様にマルクス・レーニン主義者の統戦の手法の『鋳型』に入れられた」結果であるとのべるのである。

このような見解は、李牧がその後も国際会議で主張し続けたものであり、「自由主義を利用した中共の目的は、政府に打撃を与え転覆させようとすることにあった」という結論に結びついていた。李牧のこの見解は、単に「三十年代文学」の解釈に限定されるものではなかった。ここでソビエトの反体制作家ソルジェニツィンの文学を「新写実主義」とよび、文化大革命後の文壇に出現した「抗議文学」は、この系列に属すものと定義し、『苦恋』と劉賓雁の「人妖之間」がこの系列に含まれ解釈されていたのである[37]。

以上から、文化大革命後の文学は、「三十年代文学」の「社会写実主義」が「新写実主義」として復活し、国民党政府によってこれまで敵視されていた「三十年代文学」のリアリズムの解釈に大きな変更が加えられ、全面的に評価されるに至ったことがわかるのである。ここに「三十年代文学」を担っていた「左翼作家」は、台湾では中国大陸に現れた「人道主義」を標榜する「反体制作家」または「反共作家」と見なされることになったのである。つまり「左翼作家」の系列にいる白樺は、台湾では「反共作家」となったのである。

このような現象が生じたのは、国民党政府が中共政権を批判するなかでおこなった「文学の自由」の提唱、つまり統戦工作の政治的駆け引きが文学領域に作用した結果であった。そして李牧は、台湾はいかなる文学思潮も統制することのない「自由民主の国家」であることを強調していた。

このように映画『苦恋』をめぐる中国と台湾の応酬には、中国近現代文学の新たな解釈を国民党政府が中共に仕掛ける外交政策が存在していた。その一方で共産党政権は一九八二年と八四年に二度にわたる大規模な台湾現代文学の検討会を開催しているのである(38)。この検討会は、国民党政府に台湾現代文学のなかで郷土文学をどのように位置づけるかの問題を突きつけるものになった。なぜならば、七七年の郷土文学論争で国民党政府は「左傾化した」郷土文学作家の対応に苦慮していたからである。国民党政府の苦慮とは、国内の「左傾化した」郷土文学作家が中国共産党の統戦工作に利用される危機意識に裏打ちされたものであった。

国民党政府の危機意識は、中国共産党が台湾文学を中国文学の支流、つまり「地域文学」と位置づけていることへの反発のなかに表れている。同時にこの反発は、郷土文学論争のなかで国民党系の作家から「労農兵文学」を提唱しているとして集中砲火を浴びた王拓、王禎和、黄春明、陳映真が高い評価を検討会のなかで与えられていることにあった(39)。このことは、国民党政府が白樺の『苦恋』に高い評価を与えたことの裏返しの現象であるといえよう。

こうした中国の統戦工作に直面した国民党政府は、郷土文学に係わる評価を大きく変えていくことになるのである。この兆候は、郷土文学論争の結末に観察されるが、映画『苦恋』をめぐる国民党政府の見解のなかに明確に出現していたと考えられよう。このことは郷土文学が「三十年代文学」と同様に台湾社会を「愛国心をもって描いた」文学と定義づけられたことからわかるのである。

つまりこの時期、「三十年代文学」の「社会写実小説」の定義からすれば、台湾の郷土文学の世界はソビエトのソルジェニツィンの文学世界、中国の「傷痕文学」「抗議文学」の世界と結びつけられたのである。そして郷土文学は、いつの間にか三民主義文学のなかに「愛国的文学」として位置づけられ、中国近現代文学の潮流を継承しているものと解釈されるものとなったのである。(40)

四　結　語――統戦工作が生み出した文学現象

中国映画『城南旧事』は、不思議な映画である。政治の世界につねに存在する中国映画の特質を考えれば、この映画には政治が語られていないのである。しかしこの時代の中国共産党の統戦工作の観点からこの映画を考察するならば、その政治的意図がはっきり見えてくるのである。しかし映画制作者側からすれば、こうした政治的意図を大いに歓迎したに違いない。林海音の代表作を映画化するにあたって、作品世界を忠実にまた芸術的に表現することが許されたからである。このようなことは、文化大革命後に初めて可能になった現象であろう。

台湾映画『苦恋』は、どうであろうか。少なくとも白樺の原作に忠実に作られたことは確かであろう。[41] しかし文化大革命後に出現した中国大陸の映画、文学作品の主要なテーマは、文化大革命の不条理な世界を告発するのに男女の愛を描くことが重要な意味をもっていた。それはこれまで禁止されていた「人性論」の問題である。[42] その意味で中国映画『苦恋』は、男女の愛情が濃密に描かれた作品であったと思われる。

しかし台湾映画『苦恋』は、「原作に忠実である」と言われながらも中共批判、さらに華人世界への中国大陸の悲惨な知識人の姿を暴露することを目的にした映画であった。原作の脚本からどの部分が削られていたのか、を考えれば、映画のもつ主題が変化していたことは明らかである。

このように一つの映画を中国と台湾の統戦工作の衝突のなかに位置づけた時、映画解釈に政治の解釈が加わることになるのである。また文化の深層において、文化継承の正統性をめぐる対立が激しく生じていたことに気づくのである。米中国交回復が中国が台湾へ向けた統戦工作を活性化させ、それによって双方の文学領域に大きな地殻変動をひき起こしていたのである。

そしてこの問題は、一九八九年の台湾映画『悲情城市』へと続くのである。文化大革命が中国共産党の歴史の「瑕」であるならば、『悲情城市』の背景となった「二二八事件」は国民党の台湾現代史の「瑕」であった。つまり『苦恋』と『悲情城市』は、政権の「瑕」を描くことで双子の関係にあったのである。しかも八九年、国民党政府は『悲情城市』を国内外に向けた政治の武器として積極的に利用していくことが観察できるのである。このように中国映画と台湾映画の政治性は、統戦という政治外交戦略の方面から観察でき、独特の文学現象を生み出していたのである。

（付記）本章でのべる「国民党政府」は、台湾を実効支配する「中華民国政府」であり「国府」と通常、略称されている。本章は、統戦工作を背景とする文学現象をテーマとしている。文学領域に見られる国民党と共産党の統戦工作は、一九三〇年代から顕著に観察できるものである。こうした歴史の連続性を重視する観点から本章を含めそれぞれの章で、国民党政府と表記した。なお中国、中国大陸、中国共産党、中共の表記は、同一の意味を表し、文脈によって使い分けている。

第七章　政治と台湾現代映画
――甦る「三十年代文学」――

一　問題の所在

本章は、一九八二年の台湾映画『苦恋』のなかに中国近代文学の「三十年代文学」がどのように蘇ったのか、を考察することにある。

「三十年代文学」とは、中国近現代文学史に左翼文学として語られている文学潮流を意味する。その中心人物としては、魯迅があげられるであろう。この文学潮流の特徴の一つは、国民党と共産党との対立抗争のなかで共産党陣営に多くの左翼作家が加わり、一九四九年の中華人民共和国成立後、かれらの多くは中国大陸に残ったことにある。したがって、台湾に移った国民党政府にとって左翼作家とその文学は、否定すべき存在として位置づけられてきた。

しかしながら一九八〇年前後から国民党政府の「三十年代文学」への評価は、大きく変化していくのである。その理由は、中国大陸で六六年から約十年にわたり繰り広げられた文化大革命で「三十年代文学」を担ったほとんどの老作家が文壇から姿を消したこと、さらに文化大革命後名誉回復した老作家がかれらの文学を特徴づけていたリアリズム文学精神を復活させ、文化大革命をそれぞれの体験から批判したことに国民党政府が反応を示したことにある。

この文化大革命批判は、当初中共政権の設定した範囲内でおこなわれていたが、一九八〇年前後になると五七年の反右派闘争で粛清された作家がかつて中共政権を批判した文学精神を復活させ、四九年以降の党文芸政策を批判の対象とすることになるのである。

そのなかで一九八一年に中共政権によって批判された中国映画『苦恋』は、五七年に右派のレッテルを貼られ七九年に名誉回復した白樺の脚本、監督による作品であった。

この映画が批判を受けた理由を考察するならば、中共政権によって映画に描かれた文化大革命の解釈が「誤っている」と断定されたことにある。しかしここで重要なことは、白樺はそのような批判を受けた映画制作の背後にかれ自身の文学精神を復活させていたことにあり、この時期の文壇で名誉回復した多くの作家にそれは共有されていたことにあった。この文学精神とは、「三十年代文学」特有のリアリズムに裏打ちされた社会の底辺にいる人々の視点から中国社会の病態を暴く精神であり、中華文化を問題視し民族精神の改造を課題とするものであった。

この文学精神の特徴から一九八〇年前後の中国では、「三十年代文学」が復活し中共政権と軋轢を引き起こしていたことが観察できるのである。こうした中国大陸の文学現象に直面した国民党政府は、これ以降、文化大革命後に発生した「三十年代文学」の復活、特に中共の映画『苦恋』批判に大きな関心を示していくことになる。

国民党政府の関心は、この映画と映画批判のどこに向けられていたのであろうか。それは『苦恋』のストーリーそのものにあった。そのストーリーとは、「愛国心」に駆られた中国人画家が米国での華々しい生活を捨て、新中国誕生に心を躍らせ帰国するものの、その「愛国心」は無残にも裏切られ文化大革命によって迫害され、最後には悲惨な死を迎えるというものであった。

ここでの国民党政府の立場は、米中国交回復後、祖国統一を唱え各方面で台湾政府を包囲する統戦工作を強化し始めた中国共産党政権に対して、国際的な孤立を余儀なくされた「自由中国」中華民国の存在を国際世論に訴える機会であると考えたことにある。そのために国民党政府は、対外政策のなかで積極的に中共の文芸弾圧を糾弾する主張を繰り返したのである。

こうした政治状況のなかで国民党政府は、中国大陸で公開が禁じられた『苦恋』の脚本をもとに台湾版『苦恋』を制作した。この映画が制作後に中国人の多く居住する米国の各都市で公開され、また上映が許可されなかったとはいえ香港で公開しようとしたことは、中共の祖国統一のための統戦工作に対抗する意図が存在していたと考えられる。『苦恋』のストーリーが帰国者の悲劇をテーマとしている限り、帰国熱の高まりつつある米国での中国人留学生社会に向けた台湾映画『苦恋』公開の意図をここに見出すことができよう。

同時にこの映画は、もう一つの重要な役割を担っていた。それはこれまでの国民党の文芸政策の一翼を担う一般大衆に向けての反共教育であった。しかしこの映画には、従来の映画とは性格を異にする政治的役割が加えられていた。それは中国近代文学の「三十年代文学」を評価する試みであり、ここでは中国近代文学の解釈権、つまり中国近代文学の伝統継承をめぐる中国共産党と台湾国民党政府の対立が生じていたのである。(1)

しかし「三十年代文学」に内包されるリアリズム評価は、国民党政府にとり大きな危険性をもつものであった。なぜならば、国民党政府が台湾に移って以降、作家に対する統制は必ずしも磐石なものではなかったからである。それは、蔣介石とともに多くの「自由主義」を標榜する作家が台湾に移ってきていたからである。そのために一九五〇年代末には、雑誌『自由中国』に集う知識人が蒋介石政権の独裁色が強まるなかで中華文化を徹底的に批判する言論をおこなうのである。この中華文化に対する批判は、そもそも政権の正統性の基盤とされた中華文化に一党独裁を容認する要素のあることを鋭く指摘する見解であった。[2]

そのため『自由中国』は、発禁処分を受けることになるが、『自由中国』知識人の批判精神は、それ以降引き継がれていくことが観察できるのである。台湾で「反共作家」として著名な柏楊は、一九六〇年代初頭から雑文をもちいて、台湾社会の底辺に住む大陸から移住してきた中国人の世界を描き、台湾国内の不条理な社会を大衆の立場にたち暴き、そうした社会を生み出す政治文化とそれを支える中華文化の存在を徹底して批判したのである。[3]

このため柏楊は、一九六八年に親共の嫌疑をかけられ七七年まで投獄される。「反共」作家が一夜にして「親共」作家と断定されたかれの投獄事件は、中華文化の破壊を叫んだ中国大陸の文化大革命の台湾波及を怖れた国民党政府が中華文化の徹底した批判をおこなっていた柏楊を断罪したことによるものであった。

このように考えてみるならば、「三十年代文学」は一党体制を堅持する共産党政権と国民党政府にとって共通して危険な存在であり続けてきたのである。しかしながら一九八〇年代の台湾では、そうした危険な存在である「三十年代文学」のリアリズムの伝統に高い評価を与え始めたのである。ここには中共の統戦工作の危険性に直面した台湾国民党政府が中共の『苦恋』批判に鋭く反応しつつ、文化・文学の領域でそれに応戦している情況が見て取れよう。

以上から本章は、国民党政府が台湾映画『苦恋』を制作する背景を考察することで「三十年代文学」のリアリズムの伝統を復活させた白樺の作品『苦恋』をどのように解釈し評価したのかを明らかにすることを目的とする。ここでわたしは、以上のことを考察するために当時の台湾国内の新聞『中央日報』と『聯合報』の報道を分析の対象とすることにしたい(4)。権威主義体質の強い国民党政権下のこの時代の新聞報道から、中国大陸の『苦恋』批判への国民党政府の一連の対応が読み取れるからである。

なおこの分析は、「三十年代文学」の復活の原因を探ることで一九八〇年代の台湾文学・映画領域に出現した新たな潮流、つまり郷土文学の流行とニューシネマが登場することになる原因を探る試みでもある。

二　台湾映画『苦恋』の政治的背景と「三十年代文学」

最初に一九八一年に中国で批判された白樺脚本、監督による映画『苦恋』批判事件について概観することにしよう。[5]

白樺は、一九三〇年生まれの人民解放軍従軍作家であり、五七年の反右派闘争で右派のレッテルを貼られ、七九年に党籍を回復した作家である。映画『苦恋』の脚本は、七九年に文芸誌『十月』に発表されていることを考えると、名誉回復した直後から映画脚本「苦恋」を執筆し、それが映画化されていたことがわかる。

この映画は、文化大革命後鄧小平が復権する過程で、文化大革命を批判することが容認され「傷痕文学」とよばれる作品が多く発表されるが、そうした作品の後に出現した作品である。しかし「傷痕文学」の多くが文化大革命の中国人社会に与えた悲劇を主題にしていたのと対照的に映画『苦恋』は、日中戦争期から文化大革命に至る一人の画家の人生をたどりながら文化大革命の悲劇を引き起こした中国現代史を解釈した点で大きな違いがあった。この違いは、「傷痕文学」

の若い世代の作者たちと違い、白樺がかつて一九五七年の反右派闘争で粛清された経験をもっていたことによるものである。この時期、白樺だけでなく同様の体験を有する作家は、文化大革命のみならずかれらの被ったこれまでの政治的迫害の原因をかれらの解釈するリアリズムの精神で描き始めていたのである。

この映画は、内部上映の段階で鄧小平の不評を買い公開されることはなかった。それは鄧小平らの毛沢東評価、文化大革命評価と異なった解釈を白樺が一人の画家の人生を描くなかでおこなっていたからである。そのなかで中共政権が問題視したのは、米国で画家としての才能を開花させた主人公が新中国成立に大いなる「愛国心」をかきたてられ帰国するが文化大革命に遭遇し、迫害される描写のなかに主人公の娘が父親に「愛国心」が裏切られた原因を問いかける場面であり、それに答えることのできない父親を残して娘が華僑の青年と海外に出ようとする場面であった。さらに毛沢東の偶像崇拝を揶揄すると解釈された「黒い仏像」が出現する場面や雁が人文字を描き飛ぶ場面、そして主人公の画家が雪原に大きな疑問符を描き、疑問符の「・」の位置に自らの屍を置いた最後の場面であった。

このようにこの映画は、中共政権の解釈とは異なる、白樺が独自に解釈した中国近現代史が描かれていたのである。この時かれは、作品を通じてこれまで中共政権と幾多の軋轢を生じてきていたリアリズム論を復活させ、これまでの中共政権の文芸政策を痛烈に批判し、作家の責任とはなにかを語り始めていた。

こうした中共政権と作家の確執は、一九五七年の反右派闘争の記憶を呼び起こすものであった。しかし文化大革命を経験した中共政権は、かつてのように文芸政策に違反した作家に「敵対矛盾」の論理を適用し粛清することはなかった。それは文化大革命によって人々の信頼を失っていた中共政権にとり、「人民内部の矛盾」論による政治的決着を選択する必要があったからである。同時に映画『苦恋』批判は、文化大革命後凋落傾向にある人民解放軍左派勢力が口火を切ったものであり、文化大革命と毛沢東評価をめぐる鄧小平政権との確執が存在し、映画『苦恋』批判は人民解放軍左派の鄧小平政権批判の契機となっていた。つまり鄧小平政権にとり『苦恋』批判運動の必要を感じつつも批判運動を拡大することのできない理由が存在していたのである。

台湾国民党政府は、中国大陸で起こったこのような『苦恋』批判運動にどのように対応しようとしたのであろうか。『苦恋』批判関連の記事を時系列にたどってみるならばつぎのようになる。

最初の報道は、一九八一年四月二十一日付の『聯合報』の記事から始まり、その後中国大陸での批判運動の高まりに呼応していくことになる。ここでは、ロイター通信、香港特派員報告、朝日新聞等の日本の新聞、米国のタイム誌の記事を紹介しつつ、『苦恋』批判運動を報道している。

五月から六月になると大陸の新聞の内容と白樺の作品が掲載され、香港の文芸評論家丁望の白樺作品に係わる文芸評論が紹介され、八月には脚本「苦恋」に関する評論が出現している。そして十月二十七日に『中央日報』は、脚本「苦恋」の連載を開始するのである。

十一月に中国大陸では白樺が「自己批判」をおこない、十二月に『苦恋』批判運動は終息へと向かうが、台湾では中央電影公司と国防部中国電影製片廠合作による映画『苦恋』制作の報道が十一月十九日の記事[6]に出現している。それ以降、作品「苦恋」をテーマとする評論が大陸の『苦恋』批判の動向とともに翌年の一九八二年末まで新聞紙上に掲載されていくのである。

台湾映画『苦恋』の制作過程を報道する記事は、十一月の制作決定の報道の後、一九八一年末に脚本が完成し、八二年二月脚本審査が終わり[7]、三月以降、撮影が開始されていることを伝えている。撮影は、韓国、日本、イタリアでおこなわれたこと[8]が報道され、香港での上映不許可の記事[9]の後、最初の上映は十月十二日、国慶節の期間に米国の各都市[10]でおこなわれた。台湾国内では、十月十八日から上映が開始された[11]。このような映画『苦恋』公開の報道のなかで、訪台したソビエトの反体制作家ソルジェニツィンの『苦恋』鑑賞の感想や映画『苦恋』の評論記事が紙面を賑わしていた。

こうした一連の経過をたどってみるならば、台湾の新聞は映画『苦恋』批判事件発生の政治背景を報道しつつ、つぎに白樺の作品評論を掲載し始め、映画『苦恋』が公開されると映画鑑賞の方法を示していったことがわかる。つまりこれらの一連の報道の経緯のなかに国民党政府の『苦恋』事件および台湾映画『苦恋』解釈に託した政治的見解があらわれているのである。

ここで『苦恋』批判事件の新聞報道の推移から国民党政府の事件への対応について考察するならば、国民党政府は当初事件を引き起こした政治的背景に大きな関心を示していたことがわかる。この関心は、『苦恋』批判事件によって共産党政権の内幕が暴露されていること、この事件は中共党内の政治的軋轢から引き起こされたことが観察できること、批判運動は依然として中共政権の体質が変化しておらず、そのために知識人の悲劇が演じられていることを示している[12]と解説されるものであった。

このような解説は、「帰国者の悲劇」を描いた『苦恋』が中国大陸を「非法社会」と断定し、人権が尊重されない状況下におかれていることを暴露し、かつての国民党の時代は悲劇を生み出している現代の中国大陸とは違い「暖か味のある」社会であったことを描いていた、[13]という結論を導いていた。

こうしたなかで白樺の第四次文代会の発言[14]が紹介されている。その発言と映画『苦恋』は、表面上、四人組に罪を帰しているが共産党政権のすべてのイデオロギーを根本的に否定しており、白樺の愛したものは中共政権にはなく中国大陸の土地、人民であり、かれは民主自由の道を模索している、[15]と解釈されていた。

以上から国民党政府は『苦恋』批判事件を中国大陸の政治状況を解説するものとして位置づけ、「中共の無産階級専政の本質を説明している」もので「海外の読者が注目に値する」ものであり、対外的に「一種の宣伝」効果がある[16]と認めていたことがわかる。

同時に国民党政府の関心は、外国の報道機関が『苦恋』批判事件をどのように扱っているのかに向けられ、日本の新聞各社が中共政権に対して厳しい論調を展開していることを「日本の評論界の良知である[17]」と報道していた。また米中国交回復後におこなわれている学術交流で中国を訪問した米国籍の中国人研究者の見解[18]も登場している。このことは、この時期、中共の統戦工作に直面していた国民党政府が国際的に中共政権に対して知識人への弾圧に抗議する人権問題が重要な武器になると認識していたことを示すものであった。

中国大陸の『苦恋』批判事件は、当然のことながら国民党政府に作家白樺への関心を向けさせることになる。この関心は、中国近代文学の伝統、つまりリアリズム文学の再評価へとつながっていく契機となっていくものであった。六月十日から四回に渡って『聯合報』に連載された香港の文芸評論家丁望の評論[19]は、『苦恋』批判事件発生後に白樺の文学を最初に系統的に語るものであった。

ここで丁望は、『苦恋』が「探索」しようとしたのは、愚民の造神運動が引き起こした災難であり、人民への「神権」統治によって生まれた精神奴役、つまり人性、人の尊厳、権利が踏みにじられたことにあると指摘し、白樺作品の最大の生命力は暴露にあるのではなく「人性の描写」にあり、その描写は「真の写実主義」であると評価している。そして丁望は文化大革命以前にすでに社会悲劇は存在し、「詩人としての」白樺は社会の底辺の人々に目を向けていたとのべ、文学が造神運動に追随したことによって芸術の枯渇が生じ「人が文芸のなかから消え去った」ことを認識していたと語っているのである。

丁望の白樺に係わるこのような見解は、「この時代に人の運命に対する関心が呼び起こされ」、それが劉賓雁、王若望、李准らに共通する「時代の思想」となっていることを指摘したものであり、創作の根底に写実主義を確固とした文学理念として掲げてきた「三十年代文学」の伝統を白樺やこの時代の作家が持ち続けていた事実を明らかにしたものである。このような視点から白樺の文学が分析されていたことは、「三十年代文学」への肯定的な解釈が存在していることを意味するものである。

しかしこの見解には、先に指摘したように『苦恋』批判事件を国民党政府の「宣伝効果」という政策的見地から分析する視点は存在していない。むしろ中共の統戦工作に対抗するために国民党政府は、海外の『苦恋』批判に対する論調を積極的に利用していたのである。その後、『聯合報』は米国の中国研究者李欧梵、劉紹銘らの見解を掲載していくことになる。

では国民党政府の映画『苦恋』と作者白樺に対する評価は、どのようなものであったのであろうか。脚本「苦恋」の連載が始まった十月二十七日の『中央日報』に掲載された中央日報駐日特派員の黄天才の見解[20]は、つぎの三点を指摘している。第一点は脚本「苦恋」には、四人組や文化大革命のスローガンが出現している訳ではなく、作品が批判したものは「解放後の祖国」であり、「社会主義の祖国」であること、作者白樺は中共政権とともに歩んできた作家であり、三十年代作家よりも激しく共産党批判をおこなっていることは共産党の理論と体制がすでに全面的に破産段階にあること、『苦恋』批判の過程に中共内部に分裂状況が発生していることが観察できること、であると。そしてかれは脚本「苦恋」を共産党の鉄のカーテンの内部を暴いた文学作品として読者に一読することを希望すると結論するのである。

また十二月十日の『中央日報』に掲載された魯稚子の評論[21]は、『苦恋』批判が文芸界と知識人の広い範囲にわたって不満と憂慮を引き起こしているとのべ、海外においても中国人の不平や叱責を引き起こしていると指摘している。そしてこれらの反響は、「時代の潮流が生み出した叫び」であり、中共が欺瞞的政治手法をとり、白樺を批判しつつかれの新詩「春潮在望」を高く評価していることは人々を欺くものであるとのべるのである。

このような評論が掲載されて後、十二月二十九日の『聯合報』は映画『苦恋』の脚本の完成を報道するのである[22]。

以上で『苦恋』批判事件に係わる国民党政府の一連の政治解釈を考察してきた。ここでは、国民党政府は、政治事件の背景として『苦恋』批判事件を扱い、作家白樺に向けた文学的関心ははなはだ薄いものであったといえよう。しかし映画を制作する過程になると、文学作品として脚本

「苦恋」をどのように評価すべきか、という問題が出現することになる。ましてや映画の公開は、これまでのような政治的解釈とともに芸術作品としての鑑賞が要求され、このことが映画『苦恋』のリアリズム精神が評価される契機となっていくのである。そしてリアリズム精神を評価することは、「三十年代文学」の評価につながる性格のものであった。

台湾映画『苦恋』の制作が決まった後の白樺に係わる評価は、白樺が「大陸の同胞が共産党の暴政下でどのような苦難を味わっているのか」を暴露したことに「自由世界に住む人々の関心が向けられている[23]」とのべるに留まっていた。しかし映画が完成し台湾全土で公開される一九八二年十月二十二日の『中央日報』で魯稚子は、「作品が完全に原作に忠実に作られ、撮影にはなんら誇張するような手法も用いられていない」と評価し、「この映画は、祖国を熱愛することから祖国に対する失望に至る感情の背景に一つの制度があることを描くことに重点がおかれている」と論評している。

同様に二十四日の『中央日報』で人言は、『苦恋』が描く世界はわれわれに一つの啓発を与えてくれるとのべ、自由と幸福のために人々は団結し一致反共をおこなわなければならない[24]と結論していた。

このような主張のなかで訪台中のソビエトのノーベル文学賞受賞作家ソルジェニツィンが映画『苦恋』を鑑賞し、その感想が大きく報道されていた。ソルジェニツィンは、「芸術作品は本物の苦痛と苦悶を経てはじめていい作品になる。今後このような共産党の本質を摘発する映画を制作し、全世界の人々に共産党の本質を明らかにすることを希望する」とのべたという。またソルジェニツィンは、『苦恋』を理解できるのは、共産党統治下で生活した人だけであるとも語ったという。[25]

この報道は、各地の「民意代表者」がソルジェニツィンの講演を聴き、それに啓発されそれぞれの感想をのべていた報道記事と一体となっていた。[26]そこではある立法委員は「中共が不断に仕掛けてくる統戦工作によってある人々は、政府の政策に懐疑心を抱いている」状況をのべ、ある市議は「生活に豊かな人々が最も容易く危機感を失っている」ことを指摘していたのである。

つまりソルジェニツィンの講演の趣旨と映画『苦恋』のかれの感想は、映画『苦恋』を鑑賞する際の手引きの役割をもっていたと考えられるのである。また行政院でソルジェニツィンの講演を中等学校以上の補助教材とすることが建議されていた[27]ことは、反共教育映画としての『苦恋』の存在意義を語るものであったと解釈できるのである。まして映画『苦恋』の主人公の人生とソビエト政府によって追放されたソルジェニツィンには共通点があった。その共通点とは、「祖国への熱愛が共産党政権に受け入れられなかった[28]」ことであり、その「熱愛のため迫害されたこと」にある。

ではこのように解釈された映画『苦恋』と「三十年代文学」の関係は、どこに見出せるのであろうか。この時期、文芸評論家として活躍していた尼洛（李明の筆名）は、十一月一日と二日の『聯合報』に映画『苦恋』に係わる評論[29]を発表している。ここで李明は、これまで報道されてきた『苦恋』批判事件の政治背景に言及しつつ、「自由と民主の世界にいる」われわれの共産党に対する無知が共産党に人類の災禍を作り出させた重要な原因の一つであるとのべ、『苦恋』の登場人物は中共をかれらの祖国と誤認したことによって悲劇の末路が始まったと結論するのである。さらに李明は、「最も悲惨なことは、白樺さえも『資産階級の法権』がどのようなものかを理解していないことであり、大陸知識人の受難の根本原因がなにかを抽象的な表現でしか説明できないのである」とのべていた。

李明の見解は、文化大革命後一九八〇年に入る頃に出現し始めていた三十年代左翼作家への評価と密接に結びついていた。つまり三十年代左翼作家は祖国への熱愛をもつゆえに中共政権を支持したが、かれらは中共政権に裏切られ追放された「中共政権の犠牲者であった」という解釈である。この「三十年代文学」の解釈は、この時期に突然出現したものではなかったが[30]、これまで国民党政府内での見解の主流となっていたわけではなかった。

しかし台湾映画『苦恋』の解釈には、三十年代左翼作家の大陸の現実を映し出すリアリズムの文学精神を高く評価する見解が存在していたことが観察できるのである。この時、李明は映画『苦恋』を鑑賞する「われわれ自由と民主の世界にいる」人々に対して映画『苦恋』の主人公の運命が中国大陸からの祖国統一の統戦工作に曝されている台湾の運命を映し出していることを語っていたのである。

つまり三十年代左翼作家のリアリズム文学が中国と台湾の統戦工作の駆け引きのなかで台湾映画『苦恋』のなかに出現した時、「左翼作家」白樺は「反共作家」として国民党政府に評価されることになったのである。

三　『苦恋』批判事件を語った白樺

すでに指摘したように『苦恋』批判事件に係わる国民党政府の見解は、絶対的なものとしてそれ以外の見解を排除するものではなかった。そもそも国民党政府は、『苦恋』批判事件が海外に与えた衝撃に注目していたのであり、米国の外交政策の根幹に人権問題が存在することを歓迎していたのである。そのために米国の中国研究者、特に中国人研究者のこの事件に係わる見解に多大の関心を抱いていた。

それゆえ一九八一年十二月六日の『聯合報』に掲載された李欧梵の見解[31]は、台湾籍の学者の見解として注目されていたものと考えられる。ここでかれは、五四新文学の伝統をもつ中国現代作家の系譜のなかに白樺を置き、映画『苦恋』が勇敢に現実に立ち向かい現実を暴いたことは、五四以来の良心をもつ作家と知識人の基本精神であり、風格であると説明し、白樺が犯した罪は「愛国的」であり過ぎたことであるとのべるのである。

そして李欧梵は、中国人の盲目的な愛国心は徹底して反省すべき時期にあり、愛国の本当の対象は中国文化と人民にあり、いかなる政治集団やさらには個人ではないとのべ、中国大陸の知識人が反省すべき本当の問題は、「あなたがたはこの党とこの党が打ち立てた政権を愛したが、この党と政権も同様にあなたがたを愛したのか」にあると指摘していた。

李欧梵のこうした見解は、偶像崇拝の現象にも及び、五四は偶像を打倒したがその後中国の知識人は愛国心でもって一つの主義を急いで求めすぎた結果、理智を失ってしまい、熱狂的に毛沢東思想を崇拝するに至って、再び新たな偶像を作り出してしまったと指摘するのである。そして白樺は『苦恋』でそれらを中国人が思考すべき問題として提起した、と結論していた。

李欧梵のこの見解は、五四文学の研究者としての視点から『苦恋』批判事件を語ったものである。この李欧梵の見解で注目すべきことは、かれの考察と一九八八年九月二十日と二十一日の『聯合報』に掲載された白樺自身の『苦恋』事件の回想記事を併せて読むならば、映画『苦恋』の本質を鋭く観察していたことにある。

白樺が自作『苦恋』を語り、『苦恋』批判事件をどのように考えたのかについては、中国大陸のいかなる資料にも見出すことはできない。しかし一九八七年に出国を許されていた白樺は、八八年に招待された米国の大学の学術討論会でこれまでの中国大陸の文壇の現状について語り、さらに『聯合報』記者のインタビューに答えているのである。[34]

そのインタビューは、かれの作家としての経歴から始まり、自作『苦恋』でかれがなにを問題提起したのか、そして『苦恋』批判についてのかれの見解がのべられていた。

かれのインタビューに対する回答のなかには、かれの「三十年代左翼作家」と共通した文学経歴がのべられている。それは、かれが作品を書き始めたのは、一種の創作芸術に対する願望によるものではなく、社会情勢に触発されたことによると回想していることである。そしてかれは、一九五〇年代に中国の前途になんら憂慮することがなかったというのである。しかし反右派闘争で批判され、その後文化大革命を経験したかれは、人々の生活のなかにある艱難辛苦、時には残酷なことを語らなければならないと考え始め、それが『苦恋』のような作品となった。ここでかれが思考したのは、なぜ中国の知識人は各人各様の見方で国家あるいは祖国を熱愛し、なぜかれらはそれに報われずに迫害を受けるのか、なぜ個人崇拝が生まれ、それによって災難がもたらされるのか、なぜ中国の知識人はこのように善良であるのに悲惨な状況に遭遇するのか、にあった。

そして白樺は脚本「苦恋」の最後に描写された疑問符について、その問いかけには多くの問題が含まれており、それはわれわれの歴史、文化背景、知識人がどのように過去と現在、将来に向き合うのかという問題であり、文革の原因を含めた多くの思索が提起されていたというのである。

さらに白樺は、中国現代文学史についておおよそつぎのように語っていた。

中国現代文学は一九三〇年代に始まり、その当時の国難に直面していた国情によって犠牲になっていた。文学者は当然、象牙の塔からでて工場や農村、前線に行き民衆を喚起した。魯迅の文学活動でさえもこのようなことが前提であり、それは自然なことであった。しかしのちにこうした文学は遵命文学に変質し堕落してしまった。そして現在、文学がゆっくりと復活しつつある、と。

このように中国現代文学を語った白樺は、自身の文学活動が一貫して抑圧を受けてきたが、そのことが「一つの活力」になっていると語り、「中国の多くの人が生と死の鍛錬を経て偉大な作品を生み出してきた」と結論したのである。

そして『苦恋』批判事件について白樺は、おおよそつぎのように語っていた。

当時政治指導者がわたしの提起した問題を受け入れなかったばかりか、ある読者もそれを受け入れなかった。それは作品は人を向上させるものであるが、『苦恋』が人々に暗い不愉快なことを考えさせるからである。問題視された「あなたは国家を愛したが、この国家はあなたを愛したのか」の言葉は、主人公の娘が提起した疑問であり、主人公が回答できるような問題ではなかった。しかしかれらは国家を祖国と置き換えてわたしを批判したのである。実際にはわたしは祖国とは言っていない、と。

以上から白樺のインタビューへの回答は、かれの文学観と政治との係わりについて多岐にわたっていることがわかる。かれは、『苦恋』で知識人が遭遇した運命を通じて、それを生み出した中国の歴史、文化に目を向けて中国人に反省を促していたのである。同時に白樺は中国近現代文学史を回顧し作家の責任について語ったのである。

この白樺の回答から観察できるのは、「三十年代左翼作家」特有のリアリズム論の復活であった。そのリアリズム論は、作家が自分が生きている社会を観察する時にとる姿勢のなかにあらわれたものであり、文学芸術に政治からの干渉を排除し、社会の病根を歴史、文化との係わりのなかで考察する作家の姿勢のなかに存在していた。「三十年代文学」の系譜は、魯迅の民族性の改造を文学の根底に据えたリアリズム論を特徴とするものであったが、白樺の文学は文化大革命を経た中国の文壇にその伝統を蘇らせていたのである。

それゆえ李欧梵の見解は、白樺の文学に「三十年代文学」の作家としての行動の特徴があることを見抜き、現代中国に繰り返し出現してきた政治と文学の軋轢を観察したものであったといえよう。

このように白樺の『苦恋』批判に係わる見解から白樺が知識人の愛国心を問題にした動機を読み取ることができるのである。同時に李欧梵が解釈した『苦恋』は、「三十年代左翼作家」と同一の文学精神が現代に生きつづけている事実を明らかにしたものであった。

ここで再度、国民党政府の台湾映画『苦恋』制作の意図を振り返ってみることにしよう。台湾映画『苦恋』についての論評は、一九八二年十二月二十六日に『苦恋』が八二年度「十大国語最佳影片」に選ばれた記事[35]でほぼ終わったようである。その後白樺関連の記事は、八三年にわずか四編、八四年は二編に過ぎなかった。したがって、映画『苦恋』は公開後二か月の間に話題性を失ったように思えるが、八四年十二月『中央日報』に黄澎孝の「従白樺的『苦恋』談中共所謂的『愛国主義[36]』」が掲載されていることを考えると引き続き『苦恋』が愛国主義の問題と結びつけられ語られていることがわかる。

この評論で特徴的なことは、白樺が主人公の娘の口を通して「悲痛にそして深刻に愛国心の持つ意味を問いかけたことは、中共の所謂『愛国主義』の神話を打ち破るものである」と解釈したことである。そしてこの評論の結論では、「愛国が反共であり、愛国が中華民国政府の『三民主義で中国を統一する』大業を擁護するものである」と愛国を定義していた。

このように考えてみるならば、映画『苦恋』公開時に統戦工作にさらされていた危機意識を訴えかけていた映画の意図と二年後の『苦恋』に係わる評論の趣旨とは、大きくかけ離れていたことがわかるであろう。つまり国民党政府は、中国映画『苦恋』批判、台湾映画『苦恋』のそれぞれの報道に、その時々で異なった政治的意味づけをおこなっていたということである。

中国の改革開放政策は、白樺に国内では『苦恋』批判事件を語ることを許していないものの海外での発言は容認していたようである。海外での白樺の『苦恋』批判事件の回想は、映画『苦恋』に込めた白樺の中国社会へのメッセージが解説されたものであった。かれの発言を前提にして台湾映画『苦恋』を考察するならば、すでに言及したように国民党政府は、映画公開時期に統戦工作の台湾社会への影響を払拭するために『苦恋』のストーリーを最大限に利用しようとしていたのであり、それは白樺が『苦恋』に託したメッセージとは無縁のものであったと考えられる。訪台中のソルジェニツィンの『苦恋』鑑賞は、国民党政府の政策的措置にかなうものであった。

四　結語

ここで台湾映画『苦恋』に「三十年代文学がどのように蘇ったのか」、という冒頭でのべた問題提起について考察することにしよう。

すでに指摘したようにこの映画の背景には、国民党政府の「三十年代文学」に係わる評価に大きな変化が生じていたことが確認できるのである。それは文化大革命後に文化大革命を批判する文学作品が「傷痕文学」として出現し、その後に白樺のようなかつて「右派」のレッテルを貼られた作家が文壇に復帰してきたからである。そこでかれらは、かつて粛清された時の原因をつくったかれらの文学観を再度、蘇らせ、中共政権の文芸政策を批判し始めたのである。ここには一九四九年以降、顕著にあらわれていた政治権力とそれに挑戦する左翼作家の軋轢が再び出現していた。

この状況は、国民党政府に左翼作家が武器としていたリアリズムを評価する契機となったようである。つまり「三十年代左翼作家」は、中国社会の暗黒を暴露し、国民党政府を批判したが、その批判の根底にあるのはかれらの「愛国心」であったという解釈である。しかしこの愛国心は、かれらが中共政権に近づく原因となるが、一九四九年以降、それは受け入れられることもなく、かれらは文化大革命によって迫害の対象とされたのである。この中国近現代文学史の解釈は、映画『苦恋』解釈と表裏一体の関係にあった。

国民党政府にこうした文学史の解釈を変えさせたものは、米中国交回復による中国大陸からの統戦工作による影響であった。その兆候は、一九七七年に郷土文学論争のなかで左翼文学観をあらわしたとして批判の対象とされた郷土文学論者が逮捕投獄されずに「愛国的作家」として評価されて論争が終結したこと[37]、ほぼ同じ時期に「親共」の嫌疑で投獄されていた柏楊が出獄し、かれの文学作品に「愛国的」としての評価が与えられたことにみられる。

また東アジアの国際情勢で国民党政府の存在感が薄れていく状況のなかで、国民党政府は国内に「愛国」を訴えかける必要に迫られていたことも大きな意味を持っていた。つまり中国の統戦工作に直面した国民党政府は、『苦恋』のストーリーのなかに「愛国」の主題を見出し、『苦恋』批判事件の背後にある中共の政治状況を暴き、台湾映画『苦恋』で人々の警戒心を高めようとしていた。

こうした国民党政府の政治的配慮が「三十年代文学」の評価を大きく変えていく要因になり、その結果映画『苦恋』が制作されるに至ったのである。

しかしここで国民党政府の「三十年代文学」への評価は、リアリズム評価に直接結びつくものであった。そのリアリズムは、李欧梵が指摘するように歴史、文化を見直し、社会の病根をつねに抉りだす危険性をはらむ性格のものであり政治に挑戦するものであった。この危険性は、冒頭でのべたように権威主義的体質を鋭く突いた『自由中国』知識人の言論、さらに柏楊の雑文にあらわれていた。かれらは文学を通じて政治に関与したために批判の対象とされ、雑誌『自由中国』は解散を余儀なくされ、柏楊は投獄されたのである。

リアリズム文学の危険性は、権威主義体質をもつ政権がつねに直面するものであり、そのため国民党政府は、「愛国主義」という解釈を適用することで、その危険性に枠をはめようとしたのである。台湾映画『苦恋』が「愛国主義」で解釈されていたことは、言葉を換えれば、「三十年代文学」が内包する危険な要素を除外したところに映画が存在していたことを意味するものであった。

したがって、国民党政府は、中国大陸に出現したリアリズム文学に高い評価を与えつつも、台湾国内の作家に出現するリアリズム文学精神には依然として注意を向けていくことになるのである。しかしリアリズムの存在空間が確保されたことで、一九八〇年代を通じて郷土文学の流行や左翼傾向をもち危険視されていた郷土文学作家の作品を映画化する新たな潮流がうまれ、そのなかで再度、リアリズムと政治との確執がうみだされていくことになるのである。

最後に白樺と台湾映画『苦恋』の興味深い出来事についてのべておきたい。白樺は、訪米した時に米国の大学で台湾映画『苦恋』を鑑賞していたのである[38]。さらに白樺は、その後台湾映画『苦恋』の監督の王童に会い、映画『苦恋』について語り合っていた[39]。その時、白樺は台湾映画『苦恋』を高く評価しながらも「技術的な誤り」も指摘したという。この指摘は、台湾映画『苦恋』が「詩的要素の強い[40]」白樺の脚本を忠実に再現することに困難がともなっていたこととこの映画には、文化大革命を経験していない台湾の観衆に理解しにくい場面が存在していた[41]ことに関係していたと思われる。つまり台湾映画『苦恋』は、台湾の人々には理解することが難しい「反共教育映画」であったのである。

あとがき

最初に、本書所収の各章の出典をのべておきたい。

第一章　書き下ろし

第二章　「魯迅と梁実秋――彼らの論争から見る中国現代文学潮流」『杏林大学外国語学部紀要』（第十六号、二〇〇四年三月）

第三章　「梁実秋批判に見る国共関係のなかの政治、文学」『中国読書人の政治と文学』（林田愼之助博士古稀記念論集編集委員会、創文社、二〇〇二年）

第四章　「『自由中国』知識人の政治と文学――彼らの批判的文学精神について」『杏林大学外国語学部紀要』（第十九号、二〇〇七年三月）、（中国語原稿）『台湾師大歴史学報』（第三十一期、国立台湾師範大学歴史学系、二〇〇三年六月）。

第五章　「柏楊投獄事件に関する考察」『杏林大学外国語学部紀要』（第十八号、二〇〇六年

三月）

第六章「統戦工作のなかの台湾映画『苦恋』について」『法学研究』（第八十巻第九号、慶應義塾大学法学研究会、二〇〇七年九月）

第七章「台湾映画と政治」『杏林大学外国語学部紀要』（第二十号、二〇〇八年三月）

——結論に代えて

本書は、一九四九年以降の台湾での国民党政府と現代作家の関係について考察したものである。第一章と第二章は、四九年以前の近代中国の作家と政治の関係を考察したものであるが、ここでは現代作家が政治と摩擦を起こす源流を一九三〇年の魯迅と梁実秋の論争に出現していた二人の共通した文学姿勢に求めている。かれらは、プロレタリア文学の是非をめぐって対立していたが、同時に作家と政治の関係については共通した見解をもち、作家の自律した文学精神をかれらの文学の中心においていたのである。

そのためかれらの文学精神は、一九三六年に国防文学論争のなかで魯迅が、三八年に「抗戦無関係」論争のなかで梁実秋がそれぞれ中共党員作家から批判の対象とされ、さらに四九年以降の中国大陸ではかれらの文学精神は否定の対象とされ、作家の粛清事件が繰り返し発生することになる。そこで粛清された作家の文学精神には、魯迅が晩年に中共党員作家と対立した時に表した文学精神と同一のものが観察できるのである。

一方で台湾に移った「自由主義」知識人にも同じ現象が現れ、蒋介石政権と徐々に摩擦を引き起こしていくことになる。この現象は、第四章で分析した一九五〇年代に雑誌『自由中国』知識人の文学精神が独裁体制を築きあげる過程の蒋介石政権と対立していたことのなかに観察できるのである。

こうした作家と政治の関係は、その後一九六〇年代になると「反共作家」として著名な柏楊の投獄事件のなかに再現されることになる。第五章は、「反共」作家柏楊が一九六八年に「親共」の嫌疑で逮捕投獄された原因をかれが蒋介石政権の基盤となっていた中華伝統文化を批判していたことに求めた。

同時にかれが一九七七年に「反共」作家として復権する原因について考察し、六八年に政治権力者に断罪されたかれの文学姿勢は、七七年になると国民党政府の反共政策のなかで利用価値のあるものと認識されていたことを明らかにした。この現象は、米中関係の改善のなかで国民党政府がこれまでの反共政策を大きく転換し、米国の人権外交が対中国政策に重要な意味をもつと認識した結果であると考えられるのである。柏楊の中華文化批判を内包する文学姿勢には、人権を重視する姿勢が貫かれていたからである。

このように台湾現代文学の領域では、中国大陸との政治的緊張関係が重要な要因として存在し、独特の文学現象を生み出していたのである。作家と政治の関係は、こうした政治動向に縛られていたと言えよう。

しかしこの文学現象のなかで、一九八〇年代前後になると作家と政治の関係に大きな変化が観察できるようになる。この変化は、一九八一年に中国大陸で白樺の映画『苦恋』が中共政権に批判されたことに国民党政府が注目することのなかに出現する。国民党政府がこの中共政権の映画批判に注目した理由は、七九年の米中国交回復後に中国大陸から台湾に向けられた「和平統一」「祖国回帰」の統戦工作に直面していたからである。

この時期に中国大陸から仕掛けられた政治工作に直面した国民党政府は、中国大陸で発生していた映画批判を契機に国際世論に「文学芸術の自由」を訴え、中国共産党の「言論の自由への弾圧」「人権弾圧」を糾弾する姿勢を示していくことになる。同時に中国大陸の文壇で文化大革命後に復活した「三十年代左翼作家」のリアリズム精神が文化大革命を暴き、中共政権に批判的な作品を生み出しつつある状況に高い評価を与え始めたのである。こうした状況のなかで国民党政府は、「三十年代文学」に否定的であった従来の中国近代文学史の解釈を大きく変えていくことになった。

これまで国民党政府の「三十年代文学」の解釈は、中国共産党の統戦工作に左翼作家が加担したという観点からだされたものであったが、一九七〇年代後半になると「三十年代左翼作家」の強い「愛国心」は、かれらを中国共産党支持へと向かわせたが、最終的にかれらも中共政権の犠牲者となったと解釈されるようになったのである。

この評価の背景には、中国近代文学史の解釈を通じて国民党政権の「正統性」を主張する意図があったものと思われる。そしてこの文学史の解釈は、この時期に台湾社会の負の側面を暴いていた台湾現代作家の「リアリズム精神」を危険視する姿勢から、それを「愛国心」から生まれた文学精神であると高く評価するものになっていくのである。

このような「リアリズム文学」を評価する状況が生まれたことは、国民党政府の対中政策によるものであり、文学領域へのこれまでの統制を放棄した結果ではない。しかし作家の「リアリズム精神」が「愛国心」と結びつけられ評価されたことは、これまでの作家と政治の関係に変化を生じさせることになったのである。つまり一九三〇年の魯迅と梁実秋の論争でかれらが共通して主張していた作家と文学の対等な関係が確保され、かれらの文学の根底に存在していた「リアリズム精神」が発揮できる空間が台湾政治に許容されたということを意味したのである。その帰結点が一九八九年頃に台湾で魯迅の作品が解禁され、読者が魯迅の作品を自由に鑑賞することができるようになったことにある。

本書は、以上のような台湾現代作家と政治の関係を問う文学現象を考察の対象としたものである。言葉を換えれば、一九四九年以降の国民党政府の時代の台湾現代文学には、中国と台湾の政治的対立の存在が観察できるということでもある。

—ご指導いただいた方々への謝辞として

最後に、わたしがこのような研究をすることになった契機についてお話したい。わたしの研究の第一歩は、第四章の問題意識にある。これまでわたしは、一九三〇年代から現代に至る中国共産党の文芸政策と現代作家の関係を研究対象とし、台湾現代文学を研究領域から除外してきた。

しかし台北の古書店で雑誌『自由中国』を発見し、そのなかに書かれていた当時の作家、知識人の一九五〇年代中国大陸で発生している作家批判に係わる的確な分析に驚かされたのである。文化大革命後、名誉を回復した知識人、作家は、一九四九年以降にかれらを粛清に導いた状況をさまざまに回想したが、同時代に『自由中国』知識人たちは、台湾で中国大陸の文学状況を冷静かつ客観的に観察していたのである。この時、わたしはこの人たちが何者なのか、という興味を持った。

こうした興味が、国民党政府と作家の関係という大きなテーマに結びつき、国民党政府の反共政策に結びつく文学界の動向に関心を向けることで本書が書かれたということになる。

これまで台湾現代文学研究と中国現代文学研究は、個々の領域でおこなわれ交わることがなかった。しかしわたしは、中国と台湾のそれぞれに異なる文学現象が一九四九年以降に生み出されていく原因を考察すべきであると考えるのである。それに対する一つの回答が本書のテーマになっている。

わたしのこのような研究に大きな刺激を与えたのは、二〇〇三年の台湾台北での海外研修の機会であった。この一年を通じて、国立台湾師範大学の当時の文学院長であった呉文星教授は、わたしを客員研究員として暖かく迎え入れてくれ、さまざまな研究の機会を与えてくださった。台湾の方々の暖かい心に触れることができたのは、呉教授のお陰であり、台湾研究の面白さを肌で感じることができ台湾という国が身近な存在になった。

勤務先の杏林大学では、中国人民解放軍研究の第一人者である平松茂雄先生が、台湾問題にも積極的に発言されていた。わたしが一編の論文を書き上げる時に、先生はいつも一冊のご著書を刊行されている。このような先生からの刺激は、心地よいものであった。先生の研究姿勢は、研究をすすめるにあたって励みになるものであった。

ここ数年の台湾研究で困難もあった。なによりも資料が見つからないのである。近い国台湾は、研究では遠い国であることを実感したのである。このような時に、一橋大学言語社会研究科博士課程に在籍していた許菁娟さんがさまざまに資料、情報を提供してくださった。許さんの博士論文執筆時に利用した資料を提供してもらえたことは幸運だった。許さんの優れた研究は、すでに『台湾現代文学の研究』（晃洋書房、二〇〇八年）として刊行されている。

わたしの台湾研究がまだ形にならない時に、すでに刊行をすすめてくださったのは、林田愼之助先生である。林田先生のご著書『魯迅のなかの古典』（創文社、一九八一年）は、わたしが博士論文を執筆中にめぐりあった書物であった。わたしは先生の研究に触れた時、わたしの魯迅解釈に確信を得ることができたのである。林田先生のご著書からは、これまでさまざまに貴重なヒントをいただき、また暖かい励ましの言葉をいただいている。いまわたしは、本書を刊行することで先生に宿題を提出した学生の気持ちでいる。

これまでさまざまな先生方からご指導をいただいている。なによりもこの書物の刊行をご報告しなければならない先生は、わたしが慶應義塾大学法学部に在学中であった頃からの指導教授であった石川忠雄先生である。しかし石川先生は、昨年九月に逝去された。通夜の晩、先生の遺影に手を合わせながらわたしは、自分が不肖の弟子でありつづけたことをお詫びし、震えがとまらなかった。わたしの研究は、先生には思いもかけぬ領域でありながら、先生は寛容の心で接してくださったのかと思う。お元気であれば、ちょっとびっくりされた表情で本書の刊行を喜んでくださったと思う。

わたしの研究のもとをたどると一冊の本がある。わたしの本棚にある『毛沢東の焦慮と孤独』（中央公論社、一九六七年）は、いつもわたしが論文を書く時、わたしを見つめている。村松暎先生との出会いは、大学の図書館でのこの書物から始まった。なにげなく手に取った一冊の本の世界に引きずり込まれるような体験をした日のことは、いまも忘れることはない。村松先生も本年二月に逝去された。先生がお元気であれば、「君もすこしは面白いものが書けるようになったね」と言ってくださるかもしれないと思う。しかし今となってはかなわぬことである。

お二人の先生の前では、わたしはいつも学生時代に戻っていた。ご冥福をお祈りしたい。

山田辰雄先生（慶應義塾大学名誉教授）には、さまざまな機会に有用なアドバイスをいただき、佐藤一郎先生（慶應義塾大学名誉教授）にはいつも抜き刷りを読んでいただいている。お礼を申し上げたい。

本書は、林田愼之助先生にご紹介いただいた知泉書館の小山光夫さんにお世話になった。いろいろとご無理を聞いていただけたことに感謝を申し上げたい。

（なお本書は、平成二〇年度杏林大学国際協力研究科出版申請にもとづく出版である。）

二〇〇八年六月

小山三郎

注

第一章　問題の所在

本章の注は、各章の注と重複するので省略した。

第二章　魯迅と梁実秋―かれらの論争に表れた作家と政治の関係

（1）毛沢東、新日本文学会編『現段階に於ける中国文芸の方向』、十月書房、一九四六年、一六―一七、四一、四〇頁。

（2）同右、四一頁。

（3）同右、四〇頁。

（4）一九三三年に瞿秋白は、魯迅が「進化論から階級論に進み、紳士階級の逆子弐臣からプロレタリア階級と労働大衆の真の味方となり、さらにその戦士となった」と評価している。当時瞿秋白が左翼作家連盟の指導的役割を果たしていたことを考えると、かれの見解は、左翼陣営からの公式の魯迅評価と考えられる。何凝（瞿秋白）「魯迅雑感選集の序」『魯迅選集第三巻　随感録　北京通信』（田中清一郎、岡本隆三訳、青木書店、一九五四年、三二頁）。瞿秋白の魯迅評価は、一九三九年になると李何林の見解に発展する。李何林は、梁実秋の文章を「文学と革命の関係を根本から否定し、人間性を提示することでそれを階級性と対峙させ革命を『破壊的手段を用いて偽りの指導者を打倒し、積極的精神を用いて真の指導者を保護する』と解釈し、すべてを天才に帰し、いわゆる大多数の人々とはなんら関係をもたないものであるとしたのである。このようにかれらは文学の階級性に反対しただけでなく、自己の階級性を暴露した」とのべている。李何林編著『近二十年中国文芸思潮論』（生活書店、上海、一九三九年、龍渓書舎影印版、一九七一年、二二一―二二三頁）。

（5） 梁実秋「魯迅与我」中国社会科学院文学研究所魯迅研究室編『魯迅研究学術論著資料匯編』第三巻、中国文聯出版公司、北京、一九八七年、七三二頁。

（6） 同右、七三一―七三三頁。

（7） 同右、七三三頁。

（8） 同右。

（9） 同右、七三四頁。

（10） 『中国近代文学史年表』（小山三郎、同学社、一九九七年）の該当年を参照。

（11） 原書は、一九二九年九月十日刊行となっているが、実際の刊行日は、翌三〇年一月である。刊行日の特定は、陳子善の調査による。『中国現代文学側影』（志文出版社、台北、一九九四年、二〇六―二〇七頁）。

（12） 梁実秋（無署名）「敬告読者」方仁念選編『新月派評論資料選』、華東師範大学出版会、上海、一九九三年、三〇三―三〇四頁。梁実秋のこの原稿は、『新月派評論資料選』および黎照編『魯迅梁実秋論戦実録』（華齢出版社、北京、一九九七年）によると『新月月刊』（二巻六・七期）に掲載されたという。しかし、上海書店影印版の該当書には掲載されておらず、陳子善の「梁実秋著訳年表（一九二〇―一九四九）」にも輯録されていない。梁実秋の回想録「魯迅与我」によると、二巻一期掲載となっているが該当書には掲載されていない。研究書の多くは、『新月月刊』（二巻六・七期）に掲載されたとしていることから、上海書店影印版は版が違うことも考えられる。ここでは『新月月刊』（二巻六・七期）に掲載されたことを前提に議論している。

（13） 同右、三〇四頁。

(14) 梁実秋「文学是有階級性的嗎?」『新月月刊』二巻六・七期合刊（一九二九月九月発行）上海書店影印版、上海、出版日不明、一頁。
(15) 同右、二頁。
(16) 同右、四頁。
(17) 同右、五頁。
(18) 同右。
(19) 同右。
(20) 同右、六頁。
(21) 同右、七頁。
(22) 同右、一三頁。
(23) 同右、一二－一三頁。
(24) 梁実秋「関於魯迅」劉炎生編『雅舍閑翁』、東方出版中心、上海、一九九八年、一六三頁。
(25) 梁実秋「論魯迅先生的『硬訳』」『新月月刊』二巻六・七期合刊、三頁。
(26) 魯迅と梁実秋の翻訳に係わるこの論争は、これまで研究者によってさまざまに議論されている。そのなかで「硬訳」の原因は、魯迅の翻訳がソ連の文芸理論の日本語訳からの重訳であったこと、魯迅の翻訳方法が直訳に近い傾向にあること等に求めている。梁実秋の眼にはこれらの翻訳が数年前の厨川白村の『苦悶的象徴』の翻訳と比較するならば、翻訳の「風格が変化した」と映じていた。梁実秋のこの指摘は、日本語から直接翻訳した厨川白村の「苦悶的象徴」の場合とは異なり、日本人訳者の訳語の問題を含んだ重訳の弊害によるものと考えるものである。またプロレタリア文学理論に関する知識をもたない人々には「この種の著作の訳文は当然難解になる」と指摘されている。鄭学稼『魯迅正傳』、時報出版公司、台北、一九七八年、二三九頁。
(27) 魯迅「『硬訳』と『文学の階級性』」『魯迅全集』六巻、学習研究社、一九八五年、二一一二二頁。
(28) 同右、二四頁。
(29) 同右、二二頁。
(30) 同右。
(31) 同右、二五頁。
(32) 同右、二九－三〇頁。
(33) 同右、三二頁。
(34) 同右、三二－三三頁。
(35) 同右、三八頁。
(36) 同右、三四頁。
(37) 同右、三七頁。
(38) 同右、三五頁。
(39) 同右、三六頁。
(40) 梁実秋「盧梭女子教育」前掲書『魯迅梁実秋論戦実録』、八四－八八頁。
(41) 侯健「梁実秋與新月及其思想與主張」徐光中編『秋之頌』、九歌出版社、台北、一九九八年、一〇三頁。
(42) 馮雪峯、鹿地亘・呉七郎訳『魯迅回想』、ハト書房、一九五三年、七三頁。
(43) 同右、七四頁。
(44) 同右。

(45) 同右、七〇－七一頁。
(46) 林毓生、丸山松幸・陳正醍訳『中国の思想的危機―陳独秀・胡適・魯迅』、研文出版、一九八九年、一七九頁。
(47) 前掲候健論文、八七頁。
(48) 沈衛威『升起与失落：胡適派文人集団引論』、風雲時代出版公司、台北、二〇〇〇年、二六五頁。
(49) 魯迅「『硬訳』と『文学の階級性』」、四三頁。
(50) 梁実秋「回憶抗戦時期」蘇雪林等『抗戦時期文学回憶録』、文訊月刊雑誌社、台北、一九八七年、四二頁。

第三章　国共関係のなかの政治と文学―梁実秋批判について

(1) 梁実秋「文学是有階級性的嗎？」『新月月刊』第二巻六・七期合刊（一九二九年九月発行）、上海書店影印版、上海、出版日不明、一頁。
(2) 同右、五頁。
(3) 魯迅「『硬訳』と『文学の階級性』」（一九三〇年三月）『魯迅全集』第六巻、学習研究社、一八六五年、三二頁。
(4) 同右、三二一－三四頁。
(5) 前掲「文学是有階級性的嗎？」、七頁。
(6) 前掲「『硬訳』と『文学の階級性』」、三四頁。
(7) 同右、三五頁。
(8) 周揚「現階段的文学」（一九三六年六月）新潮出版社『国防文学論戦』（香港影印本）、上海、一九三六年、一七四頁。

(9) 魯迅「現在の我々の文学運動について」(一九三六年七月十日)『魯迅全集』第八巻、学習研究社、一九八四年、六六四―六六五頁。

(10) 魯迅「徐懋庸に答え、あわせて抗日統一戦線の問題について」(一九三六年八月十五日)『魯迅全集』第八巻、五九七頁。

(11) 胡風「人民大衆向文学要求什麼?」(一九三六年六月)『国防文学論戦』、一五四頁。

(12) 周揚「与茅盾先生論国防文学的口号」(一九三六年八月)『国防文学論戦』、三五一頁。

(13) 梁実秋「編者的話」(『中央日報』副刊「平明」[重慶] 一九三八年十二月一日) 蘇光文編選『文学理論史料選』、四川教育出版社、成都、一九八八年、二七五頁。

(14) 同右、二七四頁。

(15) 羅蓀「与抗戦無関」、宋之的「談〝抗戦八股〟」、羅蓀「再論与抗戦無関」、水(張恨水)「老板与厨子―也談〝与抗戦無関〟」、魏猛克「什麼是〝与抗戦無関〟」、張天翼「論〝無関〟抗戦的題材」、老舎「〝文協〟給『中央日報』的公開信」等が直接論争に関連する資料である。

(16) 劉心皇『抗戦時期的文学』、国立編訳館、台北、一九九五年、三四六―三四九頁。

(17) 朱学蘭「抗戦時期文芸界跟梁実秋的〝与抗戦無関〟論的論争」周定国編『国統区抗戦文芸研究論文集』、重慶出版社、重慶、一九八四年、二八四―二八五頁。

(18) 梁実秋「与抗戦無関」(一九三八年十二月六日、重慶『中央日報』) 北京大学、北京師範大学、北京師範学院中文系中国現代文学教研室主編『中国現代文学史参考資料　文学運動史料選 第四冊』、上海教育出版社、上海、一九七九年、二四七頁。

(19) 梁実秋「編者的話」、二七五頁。
(20) 羅蓀「再論与抗戦無関」（一九三八年十二月十一日『国民公報』）『中国現代文学史参考資料　文学運動史料選　第四冊』、二五一頁。
(21) 同右、二五一―二五二頁。
(22) 同右、二五二頁。
(23) 老舎「八方風雨」（『新民報』一九四六年四月十七―二十三日）前掲書『中国現代文学史参考資料　文学運動史料選　第四冊』、二三七頁。
(24) 陳紀瀅「記羅蓀」『三十年代作家記』、成文出版社、台北、一九八〇年、二一九頁。
(25) 陳紹禹、周恩来、博古「答復子健同志的一封公開信」重慶市政協文史資料研究委員会、中共重慶市委党校、紅岩革命紀念館編『抗戦時期国共合作紀実』、重慶出版社、重慶、一九九二年、四四九頁。
(26) 毛沢東「新段階を論ず―中共六期拡大六中全会における政治報告」（一九三八年十月十二―十四日）日本国際問題研究所中国部会『中国共産党史資料集　第九巻』、勁草書房、一九七四年、三五六―三五七頁。
(27) 毛沢東「統一戦線内部における独立・自主の問題」（一九三八年十一月五日）前掲書『中国共産党史資料集　第九巻』、三七〇頁。
(28) 洛甫（張聞天）「共産党の階級的立場と民族的立場の一致性について」（一九三九年三月二十五日）前掲書『中国共産党史資料集　第九巻』、五二八頁。
(29)「中共中央　国民精神総動員運動を展開するため全党同志に告げる書」（一九三九年四月二十六日）前掲書『中国共産党史資料集　第九巻』、五三四頁。
(30) 同右、五三九頁。

（31）同右、五三五頁。

（32）宋之的、「談〝抗戦八股〟」（一九三八年十二月十日『抗戦文芸』三巻二期）前掲書『中国現代文学史参考資料　文学運動史料選 第四冊』、二四九頁。

（33）羅蓀、「抗戦文芸運動鳥瞰」（『文学月報』創刊号、一九四〇年一月十五日）、林志浩、李葆琰編『中国新文芸大系［一九三七－一九四九］評論集』、中華文聯出版公司、北京、一九九八年、三〇頁。

（34）北京大学、南京大学、厦門大学、安徽師範大学、南京師範学院、揚州師範学院、徐州師範学院、延辺大学、安徽大学「中国現代文学史」編写組編写『中国現代文学史』、江蘇人民出版社、一九七九年、三六五頁。

（35）郭沫若「抗戦以来的文芸思潮――紀念〝文協〟成立五周年」（一九四三年三月十一日）前掲書『中国現代文学史参考資料　文学運動史料選　第四冊』、一三三頁。

第四章　『自由中国』知識人の政治と文学

（1）薛化元・李福鐘・潘光哲編『中国現代史』、三民書局、台北、一九九八年、二六五－二六六頁。該当個所は、薛化元氏の執筆による。なお薛氏には、『〈自由中国〉與民主憲政　一九五〇年代台湾思想史的一個考察』（稲郷出版社、台北、一九九六年）がある。薛氏の研究から『自由中国』のもつ時代的意義および国民党政府との軋轢の性格等、多くの示唆を受けた。歴史経過は、李永熾監修、薛化元主編、台湾史料編纂小組『台湾歴史年表終戦篇（一九四五－一九六五）』（業強出版社、台北、一九九三年）を参照。『自由中国』に掲載された論文目録は、『「自由中国」全二十三巻総目録曁索引』（薛化元主編、遠流出版公司、台北、二〇〇〇年）を参照。また『台湾史』（黄秀政・張勝彦・呉文星、五南図書出版印刷公司、台北、二〇〇二年、二六二－二六三頁）は、『自由中国』が言論の自由獲得の重要な媒体となっていた、とのべている。

（2）應鳳凰「『自由中国』『文友通迅』作家群与五十年代台湾文学史」『文学台湾』、二十六期、一九九八年、二三六－二六九頁。
（3）陳紀瀅「蕭軍之死」『自由中国』第五巻八期（一九五一年十月十六日）、自由中国社、台北、二一－二四頁。
（4）陳紀瀅『三十年代作家記』、成文出版社、台北、一九八〇年、三－四頁。
（5）應鳳凰前掲論文、二四五頁。
（6）沈秉文「胡風事件的総透視」『自由中国』第十三巻四期（一九五五年八月十六日）、一八－二一頁。
（7）李僉「我們需要一個文芸政策嗎？」『自由中国』第十一巻八期（一九五四年十月十六日）、一〇－一三頁。
（8）社論「㈡対文化界清潔運動的両項意見」『自由中国』第十一巻四期（一九五四年八月十六日）、四－五頁。
（9）葛泰山「從内幕雜誌停刊説起」『自由中国』第十一巻六期（一九五四年九月十六日）、三二－三三頁。
（10）社論「自清運動要不得！」『自由中国』第十三巻九期（一九五五年十一月五日）、三－四頁。
（11）社論「㈠我們要貫徹『五四』精神」『自由中国』第十二巻九期（一九五五年五月一日）、三頁。
（12）成舍我「『人権保障』与『言論自由』」『自由中国』第十二巻六期（一九五五年三月十六日）、九頁。
（13）李経「文学批評中的『美』」『自由中国』第八巻六期（一九五三年三月十六日）、二七頁。
（14）方思「談文芸批評」『自由中国』第十巻九期（一九五四年五月十七日）、二八頁。
（15）李経「戴五星帽的文学批評—毛沢東文芸思想的初歩分析」『自由中国』第十四巻四期（一九五六年二月十六日）、二三－二四頁。
（16）劉復之「芸術創造与自由」『自由中国』第十四巻九期（一九五六年五月一日）、一四頁。
（17）蒋匀田「意在対外的毛沢東『処理人民内部矛盾』」『自由中国』第十七巻二期（一九五七年七月十六日）、六－七頁。

(18) 厳明「『百家争鳴』与『思想擂台』」『自由中国』第十七巻四期（一九五七年八月十六日）、一四頁。
(19) 鐘正梅「対大陸知識份子『大鳴大放』的分析」『自由中国』第十七巻九期（一九五七年十一月一日）、二五頁。
(20) 厳明「従『鳴、放』到『反右派闘争』」第十七巻十二期（一九五七年十二月十六日）、一七頁。
(21) 殷海光「請勿濫用『学術研究』之名」『自由中国』第十八巻八期（一九五八年四月十六日）、六頁。
(22) 社論「(一) 跟着五四的脚歩前進」『自由中国』第十八巻九期（一九五八年五月一日）、四頁。
(23) 社論「(一) 認清当前形勢・展開自新運動―向大陸作政治進軍！」『自由中国』第十九巻八期（一九五八年十月十六日）、五―六頁。
(24) 社論「(一) 取消一党専政！―従党有、党治、党享走向民有、民治、民享的大道」『自由中国』第二十巻二期（一九五九年一月十六日）、三―四頁。
(25) 金承芸「看両位先哲対於出版自由的意見」『自由中国』第十八巻十二期（一九五八年六月十六日）、一六頁。
(26) 葉時修「論民主文化的培養」『自由中国』第十九巻七期（一九五八年十月一日）、八頁。
(27) 社論「(二) 治安機関無権査扣書刊―従『祖国周刊』被扣説到書報雑誌審査会報之違法」『自由中国』第二十巻六期（一九五九年三月十六日）、四頁。
(28) 社論（殷海光）「(三) 中国文化発展的新取向」『自由中国』第二十一巻二期（一九五九年七月十六日）、七頁。
(29) 社論（殷海光）「『五四』是我們的燈塔！」『自由中国』第二十二巻九期（一九六〇年五月一日）、四頁。
(30) 謝文孫「斲害『五四精神』的幽霊―現代中国社会心理的分析」『自由中国』第二十二巻九期（一九六〇年五月一日）、一三頁。

（31）王厚生「論民主自由運動与反対党」『自由中国』第二十巻十一期（一九五九年六月一日）、一二頁。
（32）注29。
（33）李経「文芸政策的両重涵義」『自由中国』第二十巻十期（一九五九年五月十六日）、一七頁。
（34）李経「感性的自覚」『自由中国』第十八巻十二期（一九五八年六月十六日）、二四－二九頁。
（35）東方既白「在陰黯矛盾中演変的大陸文芸（上）」『自由中国』第二十巻七期（一九五九年四月一日）、一〇頁。「在陰黯矛盾中演変的大陸文芸（中）」第二十巻八期（一九五九年四月十六日）、一四－一七頁。「在陰黯矛盾中演変的大陸文芸（下）」第二十巻九期（一九五九年五月一日）、一六－二二頁。
（36）東方既白「曹操的改造」『自由中国』第二十二巻一期（一九六〇年一月一日）、一八－二二頁。

第五章　柏楊投獄事件に関する考察

本論は、以下の三冊の資料をもとに考察したものであり、注を煩雑にしないために最初に記載しておくことにする。各注に記載されている①②③は、以下の資料を指す。

1　梁上元編著『柏楊和我』、星光出版社、台北、一九七九年。
2　柏楊65編委会『柏楊65』、星光出版社、時報出版公司、学英文化公司、欧語出版社、遠流出版公司、台北、一九八四年。
3　孫観漢編著『柏楊的冤獄』、敦理出版社、高雄、一九八八年。

（１）梁上元ら支援者との連絡は途絶えていたという。①三九頁。ただし、柏楊の子女との通信は、許可されていたようである。柏楊『柏楊在火焼島』、漢芸色研文化事業有限公司、台北、一九八八年、一－六頁。
（２）羅祖光「柏楊与我―相交十七年」（台北『自立晩報』一九七九年二月）、①七五頁。

(3)「台湾的起訴書」(一九七三年四月)、③六一－六六頁。本論で特に断りのない場合、柏楊の罪状は、ここから引用している。
(4)「給台湾省警備司令部軍事法庭的答弁書」(一九七三年四月、香港『人物与思想』七十二期)、③六九－一七二頁。本論で特に断りのない場合、柏楊の答弁は、ここから引用している。
(5)孫観漢「柏楊入獄前後」(一九七一年九月)、③三六頁。
(6)同右、一九頁。
(7)李寧「与柏楊談敏感問題」(一九八二年九月、台北『政治家雑誌』三十七期)、②一六八頁。
(8)孫観漢「序二」(一九七三年八月)、③四頁。
(9)孫観漢「李敖談柏楊的冤獄」(一九七三年四月、香港『南北極』三十七期)、③二五一頁。
(10)柏楊、張良沢訳『醜い中国人』(日本語版)、光文社、一九八八年、六二、七〇頁。
(11)同右、八二頁。
(12)孫観漢「蒋経国　求求你釈放柏楊先生」(一九七二年二月、香港『人物与思想』五十九期)、③一八九頁。
(13)前掲「給台湾省警備司令部軍事法庭的答弁書」、③一三二頁。
(14)注12。
(15)劉述先「関於柏楊案的感想」(一九七一年八月香港『人物与思想』五十三期)、③一九八頁。
(16)寒松「又一個政治犯―柏楊事件」(一九七二年八月、米国『釣魚台快訊』六十三号)、③二一〇頁。
(17)孫観漢「致柏楊最初的両封信」(一九六六年三月、台北『陽明雑誌』三期)、①二二六頁。
(18)前掲「給台湾省警備司令部軍事法庭的答弁書」、③八四頁。
(19)同右、③九〇頁。

(20) 同右、③九二頁。
(21) 同右、③九四頁。
(22) 同右、③一三〇頁。
(23) 同右、③一三四頁。
(24) 同右。
(25) 同右、③一三七頁。
(26) 同右、③一三六頁。
(27) 同右、③一六七頁。
(28) 同右、③一七一頁。
(29) 同右、③一五七頁。
(30) 同右、③一六〇頁。
(31) 注12、③一八五頁。
(32) 「康乃爾大学同学給蔣経国先生的公開信」（日時不明）、③一九二頁。
(33) 同右。
(34) 劉述先前掲、③一九九頁。
(35) 同右、③二〇二頁。
(36) 姚立民「評介向伝統挑戦的柏楊－兼論台北当局製造的柏楊冤獄」（一九七三年九月・十月、香港『七〇年代』）、③二九四頁。
(37) 同右、③二九三頁。

(38) Warren Tozer, Taiwan's "Cultural Renaissance": A Preliminary View, *The China Quarterly*, July-September 1970, pp. 96, 90, 97.

(39) 柏楊、黄文雄『新醜い中国人』、光文社、一九九七年、五五－五六頁。

(40) *The New York Times*. July 3, 1969. ②三－六頁。

(41) 「柏楊出獄後国内第一次見報」（一九七七年七月九日、台北『中国時報』）、②一一－一二頁。

(42) 「柏楊復出的意義」（一九七九年十月六日、台北『自立晩報』）、②二四頁。

(43) 「又見禁書」（一九八二年十二月十八日、台北『自立晩報』）、②二五頁。

(44) 「政府第一次贈柏楊書」（一九八二年十二月二十八日、台北『自立晩報』）、②二七－二八頁。

(45) 雲匡「柏楊答問」（一九七九年十一月四日『南洋商報』）、②一五五頁。

(46) 同右、②一五七頁。

(47) 同右、②一五八頁。

(48) 李寧前掲、②一六二頁。

(49) 同右、②一六七頁。

(50) 同右、②一六九頁。

(51) 同右、②一七三頁。

(52) 同右、②一七五頁。

(53) 同右、②一七九頁。

(54) 齋以正「人権与柏楊」（一九七八年十二月、香港『南北極雑誌』）、①二六〇頁。

(55) 同右。同様の記述は、李震洲「評『活該他喝酪漿』」（一九七八年五月二日、高雄『台湾新聞報』）①三四八頁。
(56) 蕭武「且談：平議柏楊事件」(一九七八年十二月、台北『文壇雑誌』)、②二四九頁。
(57) 陳志専「読『柏楊与我』気憤難乎」(一九七九年十月二十八日、台北『中国報道雑誌』)、②二八七頁。
(58) 趙世洵「『中国人史綱』這部鉅著」(一九七九年七月十六日、香港『春秋雑誌』)、②三九〇頁。
(59) 倪匡「中国人史綱」(一九八二年六月)、②四二七頁。
(60) 林雙不「談『異域』」(一九八三年三月四日、台中『自由日報』)、②四五六頁。
(61) 李瑞騰「郭衣洞『掙扎』中的悲劇意識」(一九七七年十二月、台北『大学雑誌』)、②三八五頁。
(62) 郷土文学論争については、陳正醍「台湾における郷土文学論戦(一九七七－一九七八年)」(『台湾近現代史研究』第三号、一九八一年)から多くの示唆を受けた。
(63) 李拙「二〇世紀台湾文学発展動向」『郷土文学討論集』(尉天驄編、遠流、長橋連合発行部、台北、一九七八年)、一二八頁。
(64) 許菁娟「(第二章)郷土文学論争に関する考察」『台湾現代文学の研究―統戦工作と文学：一九七〇年代後半を中心として』(晃洋書房、二〇〇八年)を参照。
(65) 本社「我們的文化―過去、現在、未来座談会」中華文化復興運動推行委員会『中華文化復興月刊』十巻七期、台北、一九七七年七月十五日、六〇－七四頁。
(66) 何欣「三〇年来的小説」『中華文化復興月刊』十巻九期、一九七七年九月一日、三一－三三頁。

第六章　統戦工作のなかの台湾映画『苦恋』について

(1) 一九八二年制作の中国(上海)映画『城南旧事』については、『中国電影大辞典』(張駿祥、程季華主編、上海辞書出版社、一九九五年、一〇八頁）を参照。一九八二年公開の台湾映画『苦恋』については、『台湾新電影二十年』（台北金馬影展執行委員会、台北、民国九二年、一七五頁）を参照。

（2）統一戦線とは、つぎのように解釈されている。「革命を指導する政党が、革命の敵にうち勝つために、共通の目標をもつほかの階級、政党と連合して闘争すること、革命の指導政党はこの統一戦線を通じて、団結できるいっさいの勢力を結集し、共同して敵にあたるが、その構成は、革命の時期、革命の任務・対象によって異なる。」（愛知大学国際問題研究所編『中国政経用語辞典』、大修館書店、一九九〇年）。この時期、台湾では中共の対外政策をつぎのように分析していた。「共産政権にとって言えば、対外政策はつまりかれらの対外侵略拡張の一種の手段であり、極めて濃厚な謀略性と闘争性をもっている。レーニンが言った。『より強大な敵と戦って打ち勝つには、最大の努力をすることはもちろんだが、同時に是非とも極めて細かに、極めて注意深く、極めて慎重に、そして極めて巧妙に、一方では敵陣営の間の『亀裂』を利用し、どんな小さな『亀裂』をも見逃すことなく、各国ブルジョア階級の間、それぞれの国家のブルジョア階級各集団または各派閥の間の一切の利益の対立を利用するとともに、他方ではあらゆる機会を利用し、それがどんな小さな機会であろうとも利用して、大量の同盟者を獲得していく。（中略）』と。まさにこれら中共外交の特性に対する注釈と言うべきものである。」（馭志「権謀術数に溺れる中共対外政策」『問題と研究』日本語版、一九八二年十二月号、二二一－二二三頁。）ここに当時の国民党政府の中国大陸からの統戦工作への警戒心が語られている。

（3）台湾ニューシネマの作品については、『台湾映画のすべて』（戸張東夫、廖金鳳、陳儒修共著、丸善ブックス一〇六、二〇〇六年）に詳しく解説されている。

（4）白樺は、一九三〇年生まれの人民解放軍従軍作家である。かれは五二年に賀龍将軍のもとで文芸工作を担当し、のちに昆明軍区政治部創作室で本格的に創作を開始している。しかし五八年に作家協会昆明分会の指導者を批判したために「資産階級右派」と断定され、党籍軍籍を剥奪されている。いわゆる「反右派闘争」で右派のレッテルを貼られた作家である。その後、六一年に上海海燕電影制片廠に配属され、六四年に再度入隊し、そして七九年一月党籍を回復し名誉回復している。徐州師範学院〈中国現代作家伝略〉編輯組『中国現代作家伝略』（四川人民出版社、重慶、一九八三年、八〇－八三頁）を参照。

（5）白樺、彭寧「苦恋」『十月』（第三期、総第五期）、北京出版社、北京、一九七九年、一四〇－一七一頁、二四八頁。

（6）反右派闘争の文壇の状況については、『文学現象から見た現代中国』（小山三郎著、晃洋書房、二〇〇〇年）第五章「反右派闘争と現代中国作家の確執について」を参照。

（7）『解放軍報』特約評論員「四項基本原則不容違反─評電影文学劇本〈苦恋〉」沈太慧、陳全栄、楊志傑編『文芸論争集（一九七九－一九八三年）』（原載一九八一年四月二十日『解放軍報』）、黄河文芸出版社、河南省、一二七－一三八頁。

（8）白樺「没有突破就没有文学」（一九七九年十一月「中国作家協会」第三次会員代表大会発言）『白樺的苦恋世界』、采風出版社、台北、一九八二年、一五八－一七一頁。白樺の同様の発言は、「一個必須回答的問題」（上海『文匯増刊』一九八〇年一月号）にもみられる。『白樺的苦恋世界』、一七二－一七九頁。

（9）「文芸的社会功能五人談」『文芸報』（一九九〇年第一期）、文芸報編輯委員会、人民文学出版社、北京、二九－三七頁。

（10）胡永年「以文会友─記黄山筆会」安徽文学編輯部『安徽文学』、一九八〇年十月、八〇－八八頁。

（11）鄧小平「在中国文学芸術工作者第四次代表大会上的祝辞」（一九七九年十月三十日）『鄧小平文選』、人民出版社、北京、一九八三年、一七九－一八六頁。邦訳『鄧小平文選』日本語版、東方書店・北京外文出版社、一九八三年、二七五―二八五頁。

(12) 胡耀邦「在劇本創作座談会上的講話」(一九八〇年二月十二、十三日)中国電影家協会編纂『中国電影年鑑 一九八二』、中国電影出版社、北京、一九八二年、三―五六頁。邦訳『北京周報』、北京周報社、一九八一年四月二十一日、一五―二二頁、第十六号。一九八一年四月二十八日、二四―二八頁、第十七号。一九八一年五月五日、一五―二四頁、第十八号。

(13) 平松茂雄『中国の国防と現代化』、勁草書房、一九八四年、九二―九六頁。また方静は、周揚と劉白羽らの対立が文芸界に存在し、それは政治権力闘争を反映していると指摘している。(「中共的文芸闘争与政治闘争」国防部情報局『匪情研究』第二十五巻第六期、一九八二年六月、三四―四二頁)。

(14)『人民日報』評論員「掌握好文芸批判的武器」(一九八一年八月十八日)邦訳『北京周報』第三十四号、一九八一年八月二十五日、二〇―二二頁。

(15) 唐因、唐達成「論〈苦恋〉的錯誤傾向」(『文芸報』一九八一年第十九期、『人民日報』一九八一年十月七日)『中国電影年鑑 一九八二』、五八―六二頁、邦訳『北京周報』第四十三号、一九八一年十月二十七日、二八―三〇頁。第四十四号、一九八一年十一月三日、二七―三〇頁。

(16) 白樺「関於〈苦恋〉的通信―〈解放軍報〉、〈文芸報〉編輯部」(一九八一年十二月二十三日)『文芸論争集(一九七九―一九八三)』、一五三―一五七頁。邦訳『北京周報』第二号、一九八二年一月十二日、二〇―二三頁。

(17)「胡耀邦 習仲勛 胡喬木勉励電影工作者 堅持両分法更上一層楼」(『人民日報』一九八一年十二月三十日)『中国電影年鑑 一九八二』、三六―三七頁。

(18) 胡喬木「当前思想戦線的若干問題―一九八一年八月八日在中央宣伝部召集的思想戦線問題座談会上的講

話」（『文芸報』一九八二年第五期）『中国電影年鑑　一九八二』、一四－三〇頁。邦訳『北京周報』第二号、一九八二年一月十二日、一五－一九頁。

(19)「人間副刊」が主催した米国での討論会「等待春雨的看天田」（一九七九年七月三日）と香港での討論会「毀滅的呪語」（一九七九年六月十一日）は、このような性格のものであった（鄭直等選註　高上秦主編『中国大陸抗議文学』、時報文化出版公司、台北、一九七九年、三七九－四八四頁）。また劉勝驥は、西側諸国の中国の人権弾圧に対する反応を分析している（『北京之春』、幼獅文化出版、台北、一九八四年、一六九－一八二頁）。

(20) 邦訳は、竹内実訳『北京のひとり者』（朝日新聞社、一九七九年）。

(21) 陳若曦「文芸下馬―中国大陸的新『文芸整風』」『中国時報』（一九八一年五月二十四日）。
余光中は、「陳若曦のこの数年来の作品は、世界を震動させているとは言えないが、海外の中国人や中国に関心をもつ西側の人々に大きな注意をひき起こしている」と語っている。（前掲『中国大陸抗議文学』、四七九頁）。

(22) 許菁娟「（第四章）統戦工作下の『陳若曦評価』に関する考察―一九七七年を中心として」『台湾現代文学の研究―統戦工作と文学：一九七〇年代後半を中心として』（晃洋書房、二〇〇八年）を参照。

(23)『匪情研究』は、国防部情報局の機関誌である。

(24)『匪情月報』は、政治大学国際関係センターの機関誌である。この研究機関は、各国語版『問題と研究』も刊行しているが、ここには『匪情研究』『匪情月報』掲載の論説が掲載されている。ただし中文版と日本語版には掲載論文に違いがある。

(25) 周玉山「追懐玄黙先生」『無声的台湾』、東大図書公司、台北、九一－九三頁、一九九六年。玄黙には、著

書として『中共文化大革命与大陸知識分子』（中共研究雑誌社、民国六二年）、『大陸知識分子民主思潮与活動』（光陸出版社、民国七八年）等がある。

(26) 玄默「鄧・胡体制の文芸政策」『問題と研究』第十一巻第四号、問題と研究出版社、一九八二年一月、三二－四六頁。玄默の論説は、同時期の『問題と研究』には「進行する社会主義モラルの崩壊」（第十一巻第六号、一九八二年三月）、「社会主義リアリズムの浮沈」（第十二巻第一号、一九八二年十月）が収められている。同時期の『匪情研究』には、「現段階中共文芸専制主義的実際与策略」（第二十四巻第八期、一九八一年八月）、「自由化思潮対中共領導権的挑戦—兼論鄧小平恢復了毛沢東模式」（第二十四巻第十期、一九八一年十月）、「中共知識分子政策的干擾因素」（第二十五巻第六期、一九八二年六月）、「中共知識人政策的大転変」（第二十五巻第八期、一九八二年八月）が収められている。

(27) それぞれの作家の海外での動向は、周玉山「大陸作家在海外」（『大陸文芸新探』、東大図書公司、一七九－二〇三頁、一九八四年）に詳しく論じられている。

(28) 台湾映画『苦恋』は、現在DVDとして見ることができる。

(29) 本書第五章および許菁娟「（第三章）柏楊投獄事件に関する考察」前掲書『台湾現代文学の研究—統戦工作と文学：一九七〇年代後半を中心として』を参照。

(30) 許菁娟「（第二章）郷土文学論争に関する考察」前掲書『台湾現代文学の研究—統戦工作と文学：一九七〇年代後半を中心として』を参照。

(31) 例えば、鐘肇は魯迅の解釈した文芸の「社会的効果」「文芸批評」は、中共の政治的解釈とは異質のものであると指摘し、その文学本来の意味を問いかけている（「魯迅与文芸批評」『匪情研究』第二十四巻第十期、一九八一年十月）。また羅家文は、魯迅の文芸観と毛沢東の政治に服務する文芸観の間には矛盾があると指摘している（「中共反対自由化問題之探討」『匪情月報』第二十四巻第五期、一九八一年十一月）。また周玉山氏は、「三十年代文学」と延安文芸講話は相容れない文学理論であると指摘し、毛沢東の魯迅評価の矛盾点を指摘している（前掲『大陸文芸新探』、一九、四九、七七頁）。

(32) 呉豊興『中国大陸的「傷痕文学」』、幼獅文化出版、一九八一年、一一一、一一三頁。

(33) 鄭学稼『魯迅正伝』、時報文化出版公司、一九七八年。

(34) 夏志清『中国現代小説史』、伝記文学出版社、台北、一九七九年。

(35) 例えば、このような見解は、一九八〇年代においても聞一多研究の論考のなかに顕著に見られる。邵玉銘『文学・政治・知識分子』（聯合文学出版社、台北、一九八八年）を参照。

(36) 李牧『疏離的文学』、黎明文化出版、台北、一九九〇年、五二頁、一六九頁。なお黎明文化出版は、国防部に関係する出版社である。

(37) 同右、一八頁。

(38) 同右、三〇四－三〇五頁。

(39) 同右、三〇六頁。

(40) 同右、一〇一頁、一九五－一九六頁。

(41) 趙琦彬「向白樺致敬」『聯合報』第八版、台北、一九八二年九月二十三日。

(42) 愛情と人性論の係わりは、孫瑋「閃爍在大陸文壇的愛情光環」（『匪情研究』第二十五巻第十期、一九八二年十月）、温慧梅「中共文芸作品中的『愛情描写』問題」（『匪情月報』第二十四巻第十一期）などに語られていた。またこの時期、人性論の問題は、一九三〇年に上海で発生した魯迅と梁実秋の論争などのテーマとして語られていた。周玉山「梁実秋先生与魯迅論戦的時代意義」（『文学徘徊』、東大出版公司、一九九一年）を参照。

第七章　政治と台湾現代映画──甦る「三十年代文学」

（1）本書第六章を参照。
（2）本書第四章を参照。
（3）本書第五章を参照。
（4）考察の対象とした新聞記事は、一九八一年四月から八四年十二月までの計八十二日間に掲載された白樺に係わる報道と八七年から九六年に至る計二十六日間の白樺関連記事である。本書末尾に掲載した「関連新聞資料」と新聞記事は、許菁娟氏によって提供されたことを記しておきたい。
（5）映画『苦恋』批判については、『文学現象から見た現代中国』（小山三郎著、晃洋書房、二〇〇〇年）第六章「映画『苦恋』批判について」を参照。
（6）「中影中製可能合作将『苦恋』搬上銀幕」『聯合報』（一九八一年十一月十九日）。
（7）「『苦恋』電影劇本己審定　予定本月底前開拍」『聯合報』（一九八二年三月四日）。
（8）「『苦恋』外景隊返台　中影公司趕拍余戯」『聯合報』（一九八二年五月十二日）。
（9）「哀怨無奈凄清苦恋搬上銀幕　忠於原著遭到香港禁演」『中央日報』（一九八二年十月五日）。
（10）「苦恋在洛杉磯放映」『中央日報』（一九八二年十月十三日）。
（11）「苦恋昨在台中挙行首映典礼」『中央日報』（一九八二年十月十九日）。
（12）「『苦恋』掲露共匪罪悪　白樺作品遭挟撃　顕示匪正加緊鎮圧反対者」『聯合報』（一九八一年四月二十一日）。

(13) 康富信（香港特派員）「従白樺事件看北平政局」『聯合報』（一九八一年四月二十六日）。「共匪不擇手段扼殺民主萌芽」『中央日報』（一九八一年四月二十九日）。
(14) 「『苦恋』掀起了三信危機『白樺』早知道将遭囲剿　文代会上道盡大陸文芸工作者的辛酸」『聯合報』（一九八一年四月二十三日）。
(15) 阮文達「読白樺的『苦恋』」『聯合報』（一九八一年八月二十三日）。
(16) 康富信「中共発起『文芸再清算』攻勢―白樺事件拡大的訊号及其背景」『聯合報』（一九八一年八月十二日）。「白樺及其『苦恋』」『聯合報』（一九八一年四月二十四日）。
(17) 黄天才（駐日特派員）「日本新聞評論界看『白樺事件』与苦恋」『中央日報』（一九八一年十一月十六日）。
(18) 李欧梵「因白樺事件而引起的感想」『聯合報』（一九八一年十二月六日）。劉紹銘「歳暮抒懐―致白樺」『聯合報』（一九八二年一月二十二日）。
(19) 丁望「災厄歳月」「無語問蒼天」「消失的雁陣」「『造神』遊戯的収場」『聯合報』（一九八一年六月十日、十一日、十二日、十三日）。
(20) 黄天才「『苦恋』及其作者白樺」『中央日報』（一九八一年十月二十七日）。
(21) 魯稚子「白樺的『苦恋』評析」『中央日報』（一九八一年十二月十日、十一日、十二日）。
(22) 前掲「『苦恋』将搬上銀幕　中影中製共同製作」『聯合報』（一九八一年十二月二十九日）。
(23) 「白樺的作品『苦恋』已経拍成電影　劇本費二十萬留存原著者」『中央日報』（一九八二年七月六日）。
(24) 人言「苦恋与苦海」『中央日報』（一九八二年十月二十四日）。
(25) 「索忍尼辛観賞『苦恋』既興奮又感動」『中央日報』（一九八二年十月二十五日）。
(26) 「索大師見解精闢対国人多所啓発」『聯合報』（一九八二年十月二十五日）。

(27)「索忍尼辛在台講稿　立委建議列為教材」『聯合報』（一九八二年十月二十五日）。
(28)「索髯観看電影苦恋　讃美劇情感人」『聯合報』（一九八二年十月二十五日）。
(29)尼洛「両個白樺―兼析『苦恋』」『聯合報』（一九八二年十一月一日、二日）。
(30)一九六六年に刊行された『三十年代文芸論叢』（孫如編纂、中央日報社）に収録されている玄默の見解がその一例であろう。
(31)注18。
(32)「苦恋的白樺」『聯合報』（一九九〇年一月九日）。
(33)「両岸作家　互道窘境」『聯合報』（一九八八年十月十三日）。
(34)譚嘉「〈落在磨子裏的種子―白樺自述文学心路〉」『聯合報』（一九八八年九月二十日、二十一日）。
(35)「影評人協会已選出今年中外十大影片　『苦恋』入選国語最佳影片之首」『中央日報』（一九八二年十二月二十六日）。
(36)黄澎孝「従白樺的『苦恋』談中共所謂的『愛国主義』」『聯合報』（一九八四年十二月十六日）。
(37)郷土文学論争を統戦工作の視点から考察した研究として、許菁娟「（第二章）郷土文学に関する考察」『台湾現代文学の研究―統戦工作と文学：一九七〇年代後半を中心として』（晃洋書房、二〇〇八年）がある。
(38)「王童　白樺　黄浦江上促膝談心」『聯合報』（一九九三年十月十六日）。
(39)同右。
(40)趙琦彬「向白樺致敬」『聯合報』（一九八二年九月二十三日）。
(41)「『苦恋』算得上是国片精緻之作」『聯合報』（一九八二年十月十四日）。『聯合報』（一九八二年十月二十五日）。

小山　三郎（こやま・さぶろう）

1952年埼玉県生まれ。慶應義塾大学法学研究科（政治学専攻）博士課程修了。現在，杏林大学国際協力研究科・外国語学部教授。法学博士。
〔業績〕『現代中国の政治と文学』（東方書店，1993年），『中国近代文学史年表』（同学社，1997年），『文学現象から見た現代中国』（晃洋書房，2000年），『毛沢東の秘められた講話　上下』（共訳，岩波書店，1992年93年）他。

〔台湾現代文学の考察〕　ISBN978-4-86285-037-9

2008年7月20日　第1刷印刷
2008年7月25日　第1刷発行

著者　小山三郎
発行者　小山光夫
印刷者　藤原愛子

発行所　〒113-0033 東京都文京区本郷1-13-2
電話03(3814)6161振替00120-6-117170
http://www.chisen.co.jp
株式会社 知泉書館

Printed in Japan　印刷・製本／藤原印刷

人名索引

1　注の人名は省略，○数字は章番号を示す。
2　数字の後の f, ff は，次頁または 2 頁以上に亙るものである。

尉天驄　160⑤
王若望　216⑦
王拓　158⑤, 197⑥
王童　232⑦
王禎和　197⑥
汪精衛　42②, 91③

夏志清　2①, 194⑥
何其芳　121f ④
何欣　161⑤
郭衣洞（柏楊）　154⑤
郭沫若　94③
戈寶権　89③
カーター　134⑤
艾蕪　195⑥
鐘正梅　116ff ④
許菁娟　159⑤
倪明華　135⑤
厳明　116ff ④
玄黙　186ff ⑥
黄春明　158⑤, 169ff ⑥
黄天才　216⑦
黄澎孝　227⑦
孔(夫)子　139⑤
孔羅蓀　84ff ③
胡適之　39ff ②, 145⑤
胡風　81ff ③, 106ff ④, 170⑥
胡耀邦　176ff ⑥
呉晗　122④, 163⑤, 182⑥
呉豊興　193⑥

周玉山　186⑥
蒋介石（蒋中正）　22ff ①, 66②, 98④, 133ff ⑤, 207⑦
蒋経国　27①, 138⑤
蒋匀田　116ff ④
蒋光慈　42②
之本　42②
シェイクスピア　58②
沙汀　195⑥
周揚　82③
朱光潜　74③
蕭乾　74③
蕭軍　66②, 102ff ④
沈衛威　63②
沈従文　74③
沈秉文　107④
章伯鈞　119f ④
人言　118⑦
秦兆陽　175⑥
徐志摩　39②
成仿吾　55②, 78f ③
銭杏邨　11①, 42ff ②, 78f ③
銭穆　145ff ⑤
宋之的　84ff ③
宋子文　63②

曹操　127④
ソルジェニツィン　31①, 198⑥, 213ff⑦
孫観漢　132ff⑤
孫中山　143⑤

陳映真　158ff⑤, 197⑥
陳企霞　115④
陳紀瀅　89③, 103ff④
陳若曦　184ff⑥
陳誠　98④
張天翼　84③
張道藩　104④
張佛泉　116④
鄭学稼　4①, 194⑥
程滄波　85③
丁望　215⑦
丁玲　115④
田漢　102④
杜甫　121④
鄧小平　29①, 163⑤, 169ff⑥, 210⑦
唐因　179⑥
唐達成　175ff⑥
東方既白　126f④
トルストイ　34ff②

尼洛　→李明

巴金　142⑤, 195⑥
柏楊　25①, 129④, 131ff⑤, 207⑦
白樺　29①, 168ff⑥, 204ff⑦
潘光旦　39②
馮雪峰　58ff②
馮乃超　42ff②
傅正　97④
プレハーノフ　49②
方思　109ff④

マヤカフスキー　49②
毛沢東　18ff①, 33ff②, 90③, 107ff④, 178ff⑥, 210⑦

余上沅　39②
楊青矗　161⑤
姚文元　122④

雷震　24①, 97④, 137⑤
羅隆基　43②, 119f④
李欧梵　216ff⑦
李叔同　165⑥
李准　216⑦
李経　109ff④
李僉　109ff④
李白　121④
李牧　195ff⑥
李明　220⑦
梁実秋　6ff①, 33ff②, 71ff③
梁上元　132ff⑤
凌晨光（作中人物）　170⑥
林毓生　60②
林海音　165ff⑥
劉英士　39②
劉心皇　85③
劉少奇　163⑤
劉紹銘　216⑦
劉賓雁　175ff⑥

劉復之　116f ④
ルナチャルスキー　49ff ②
魯迅　3ff ①, 35ff ②, 71ff ③, 121④, 142⑤, 168ff ⑥
魯稚子　217⑦

Warren Tozer　150⑤

事 項 索 引

1　注の事項は省略した。
2　『　』は単行本と定期刊行物，「　」は論文・記事を示す。
3　数字の後のf,ffは，次頁または2頁以上に亙るものである。
4　〇数字は，章番号を示す。

あ　行

『安徽文芸』　175⑥
『異域』　156⑤
『尹県長』　184⑥
映画『苦恋』　29①, 66②, 168ff⑥, 204ff⑦
映画『武訓伝』批判　21①
延安革命根拠地（延安解放区）　34ff②
「延安文芸講話」（「延安文芸座談会での講話」）→「文芸講話」

か　行

戒厳令の廃止　3①
『解放軍報』　172ff⑥
華北慰労視察団　64②
革命文学論争　13①
京劇「海瑞の免官」　66②, 163⑤, 182⑥
郷土文学論争　5①, 148ff⑤, 191⑥, 230⑦
極権政治　99ff④
『倚夢閒話』　142ff⑤
「計画文芸」　111④
「敬告読者」　40f②
業余作家　121④
『魚雁集』　142⑤
「『苦恋』に関する通信――『解放軍報』『文芸報』編集部へ」　180⑥
「『苦恋』の誤った傾向を論ず」　179⑥
警備総司令部　→台湾警備総司令部
「建国以来の党の若干の歴史問題に関する決議」　178⑥
「芸術創造與自由」　117④
「芸術論」　49②
「劇本創作座談会上の講話」　176⑥
現代語訳『資治通鑑』　155⑤
『現代文学』　129④
抗議文学　198⑥
『抗戦文芸』　89③
「抗戦無関係」論争　16f①, 37②, 74ff③
抗日民族統一戦線　13ff①, 58②, 73ff③
「告台湾軍民同胞書」　135⑤
国防部中国電影製片厰　212⑦

国防文学論争　13ff①, 58②, 73ff③
「硬訳与文学的階級性」　40ff②
紅楼夢研究　103④
黄山筆会　179⑥

さ　行

「再論新写実主義」　42②
左翼作家連盟　7①, 42ff②, 71ff③
「三十年代文学」　28ff①, 189ff⑥, 203ff⑦
三民主義（思想）　144f⑤
三民主義文芸　194⑥
社会主義リアリズム　170ff⑥
司法行政部調査局　135⑤
『十月』　209⑦
「習慣与改革」　42②
「傷痕文学」　187ff⑥, 209⑦
「自清運動」　111④
『自立晩報』　151⑤
『自由中国』　22①, 97ff④, 207⑦
『自由中国』知識人　5ff①, 38ff②, 137⑤
『自由評論』　88③
『城南旧事』　165ff⑥
重光文芸出版社　104④
十大国語最佳影片　227⑦
「従内幕雑誌停刊説起」　111④
「従白樺的『苦恋』談中共所謂『愛国主義』」　227⑦
「蕭軍之死」　102④
「醤甕文化」　136ff⑤
『新華日報』　89f③
『新月』（および「新月」派）　8①, 35ff②, 72③
「新月社批評家的任務」　42②
新写実主義　196⑥
「新写実主義」　196⑥
新生活運動　150⑤
「新段階論を論ず」　18①, 90③
「新編歴史劇『海瑞の免官』を評す」　122④
「人性論」（人間性論）　8①, 33ff②, 71ff③, 199⑥
人民公社化運動　121④
『人妖之間』　196⑥
スターリン時代　113④
整風運動　113④
「戦闘文学」　99④
全国故事片電影創作会議　182⑥
全国思想戦線問題座談会　178⑥

た　行

『大公報』副刊　103④
大衆詩運動　121④
『大衆文芸』　42②
「対於左翼作家連盟的意見」　42②
「対文化界清潔運動的両項意見」　111④
台北『政治家』半月刊　152⑤
台湾映画『苦恋』　30①,

165ff ⑥, 203ff ⑦
台湾映画『悲情城市』　200⑥
台湾警備総司令部　26①, 124④, 131ff ⑤
第二次文芸会談　158ff ⑤
大躍進運動　122④
『拓荒者』　42ff ②
谷風出版社『魯迅全集』　3①
「談文芸批評」　109④
中央電影公司　212⑦
『中央日報』　208ff ⑦
『中央日報』副刊「平明」　16f ①, 65②, 74ff ③
中華全国文芸界抗敵協会　16①, 37②, 73ff ③
中華文化復興運動　26①, 133ff ⑤
『中華文化復興月刊』　160⑤
『中華日報』　25①, 135⑤
中韓文学会議　195⑥
中共十一期六中全会　178⑥
『中国現代小説史』　4①, 194⑥
『中国時報』　151ff ⑤
中国自由運動大同盟　42②
「中国新興文学中的幾個具体的問題」　42②
中国作家協会第三次大会　174⑥
中国大陸問題研究センター　133⑤
中国文芸協会理事長　104④
中国民主党　24①, 98④
「長期共存，相互監督」　114④
朝鮮戦争　98④
統一戦線工作（統戦工作）　7①, 166ff ⑥
『投槍集』　122④

な　行

『70年代』　152⑤
『70年代論戦柏楊』　151⑤
『南洋商報』　152⑤
二二八事件　3①, 200⑥
ニューシネマ　167f ⑥
『ニューヨーク・タイムズ』　151⑤

は　行

柏楊投獄事件　5①, 38②, 131ff ⑤
『柏楊選集』第二集「降福集」　152⑤
『柏楊的冤獄』　132⑤
『柏楊65』　132ff ⑤
『柏楊和我』　132ff ⑤
「暴露文学」　192⑥
「反右派闘争」　68②, 103④, 170ff ⑥, 209⑦
「反共」政策　21①
「反共文学」　99④
「非革命的急進革命論者」　42②
「匪情月報」　186⑥
「匪情研究」　186⑥
「百花斉放，百家争鳴」　103ff

④
「風流才子話田漢」　102④
「文化界清潔運動」　111④
文化大革命　21ff①, 133ff⑤
「文化報」事件　66②, 104④
「文学是有階級性的嗎？」
40ff②
「文学批評中的『美』」　109④
「文芸意見書」　106④
「文芸講話」　19ff①, 33ff②,
94③, 106④, 193⑥
「文芸の階級性」　10①, 33ff
②, 71ff③
『文芸報』　175ff⑥
「文芸和経済的基礎」　42②
「文芸与批評」　49②
『文星』　129④
プロレタリア文学　8ff①,
36ff②, 78ff③
「編者の話」　74ff③
『萌芽月刊』　42②
ポーランド　113④

ま〜わ　行

『醜い中国人』　140ff⑤
漫画ポパイ　23①, 135ff⑤
「民族革命戦争の大衆文学」
81③
「『喪家の』『資本家の痩せ犬』」
59②
『問題と研究』　186⑥

「四項基本原則不容違反－評電
影文学劇本〈苦恋〉」　172⑥

「リアリズム精神」　6ff①,
195ff⑥, 204ff⑦
「流氓的変遷」　42②
『聯合報』　208ff⑦
『魯迅正伝』　4①, 194⑥
労農兵文学　197⑥
「論魯迅先生的硬訳」　40ff②

「我們需要一個文芸政策嗎？」

109④

各章関連年表

＊　本年表は，主に以下の文献を参考に作成した。

第２章（1930年）・第３章（1938年）

⑴　小山三郎『中国近代文学史年表』（同学社，1997年）から該当年の項目を簡略化し掲載した。

第４章（1958年-1960年）

⑵　白先勇等『現代文学資料彙編21』現文出版社，台北，1991年。

⑶　李永熾監修，薛化元主編，台湾史料編纂小組『台湾歴史年表終戦篇（1945-1965）』業強出版社，台北，1993年。

⑷　鄭淑敏『光復後台湾地区文壇大事記要（増訂本）』行政院文化建設委員会出版，文訊雑誌社，1995年。

⑸　薛化元『〈自由中国〉与民主憲政　1950年代台湾思想史的一個考察』稲郷出版社，台北，1996年。

⑹　薛化元・李福鐘・潘光哲編著『中国現代史』三民書局，台北，1998年。

⑺　李瑞騰『中華民国作家作品目録1999（全７冊）』行政院文化建設委員会出版，文訊雑誌社，1999年。

⑻　国家図書館参考組『台湾文学作家年表与作品總録』国家図書館，発行人・荘芳栄，2000年。

第５章（1977年）・第６章・第７章（1981年-1982年）

⑼　『台湾現代文学の研究』（許菁娟著，晃洋書房，2008年）付録年表の該当年の提供を受け，若干の項目を加えた。

第2章

1930. 1 . 1	魯迅主編『萌芽月刊』創刊，上海，光華書局，魯迅「流氓的変遷」「新月社批評家的任務」，A・法兌耶夫，魯迅訳「潰滅」連載（〜6期），［のちに左連の機関誌となる，6期『新地月刊』（1930.6）と改称，7期から『文学月報』］。
. 3 (4)	芸術劇社，第一次公演，上海。
.10	『拓荒者』月刊創刊，上海，拓荒者月刊社，主編・蒋光慈。 梁実秋「魯迅與牛」「『普羅文学』一斑」「思想自由」発表，『新月月刊』2巻11期。
1 .	『中学生』創刊，主編・夏丏尊，豊子愷，上海，開明書店。 『現代文芸叢書』刊行，上海，商務印書館，（〜1947. 3　13種）。
2 . 1	魯迅「我和“語絲”的始終」発表，『萌芽月刊』1巻2期。
.10	列寧，馮雪峰（成文英）訳，U. Illich 著「論新興文学」（「党的組織和党的文学」）発表，『拓荒者』1巻2期。 馮乃超「階級社会的芸術」発表，『拓荒者』1巻2期。 梁実秋「造謡的芸術」「文学與大衆」発表，『新月月刊』2巻12期。
.15	中国自由運動大同盟成立，上海，郁達夫，魯迅，田漢，鄭伯奇，彭康，馮雪峰，王学文，沈端先ら51名参加。 『文芸研究』季刊創刊，主編・魯迅，上海，大江書鋪，（1期）。
.16	左連準備会開催，沈端先，魯迅，柔石，陽翰笙，馮雪峰ら12名参加，上海。
.24	沈端先，馮乃超ら魯迅を再訪，左連綱領，成員，組織機構，成立大会上の魯迅の講演等を討論。
3 . 1	（〜. 6）国民党三期三中全会，南京，汪精衛の党籍剥奪。
. 1	『大衆文芸』2巻3期，「新興文学専号」（上），文芸大衆化問題座談会。 魯迅「文芸的大衆化」発表，『大衆文芸』2巻3期。 郭沫若「新興大衆文芸的認識」発表，『大衆文芸』2巻3期。 乃超「大衆化的問題」発表，『大衆文芸』2巻3期。 魯迅「習慣与改革」「非革命的急進革命論者」「“硬訳”与“文学的階級性”」発表，『萌芽月刊』1巻3期（上海新文学運動者底討論会）。 魯迅訳「現代電影与有産階級（日本岩崎昶作）」発表，『萌

	芽月刊』1巻3期。
1930. 3 . 2	中国左翼作家連盟成立，上海，主席団・魯迅，沈端先，銭杏邨，常務委員・馮乃超，銭杏邨，魯迅，田漢，鄭伯奇，洪霊菲，沈端先，魯迅「対於左翼作家連盟的意見」を講演（4 . 1 『萌芽』1巻4期［王黎民記］）。
.14	反蒋第四戦。
.15	『南国月刊』創刊，主編・田漢，上海，現代書局。
.16	『芸術月刊』創刊，芸術社，主編・沈端先，上海，北新書局，（1期）。
.19	上海戯劇運動連合会成立，上海，のちに中国左翼劇団聯盟と改称。
.28	芸術劇社，上海特別市公安局に封鎖される。
.29	『大衆文芸』編集部，第二次文芸大衆化座談会開催。
3 .	茅盾『虹』出版，上海，開明書店。
	李何林編『魯迅論』出版，上海，北新書局。
4 . 1	魯迅「我們要批評家」発表，『萌芽』1巻4期。
. 4	田漢「我們的自己批判」執筆，（『南国月刊』2巻1期掲載）。
. 5	茅盾，日本より帰国，中旬に左連に参加。
.10	左連機関誌『文芸講座』創刊，主編・馮乃超，上海，神州国光社，（1期）。
	胡適「我們走那条路」執筆，（『新月』発表）。
.11	左連機関誌『巴爾底山』旬刊創刊，主編・魯迅，上海，光華書局，（4期より編集・朱鏡我，李一氓，～5 .21）。
.15	『新思潮』5期，中国社会性質問題論戦を展開。
.26	郭沫若『文学革命之回顧』出版，『文学講座』第一冊。
.29	左連，全体盟員大会開催，国内外の情勢を分析，馮乃超，政治報告。
4 .	李平ら，無産階級文芸倶楽部結成，上海。
	老舍，英国から帰国。
	『芸友』半月刊創刊，上海，文華美術図書印刷公司芸友社出版部，（12期）。
	中国工農紅軍第一方面軍政治部編『革命歌曲第一集』出版。
5 . 1	『大衆文芸』2巻4期，「新興文学専号」下，文芸大衆化問題を引き続き討論。
	魯迅「好政府主義」「“喪家的”“資本家的乏走狗”」発表，『萌芽月刊』1巻5期。
. 7	魯迅，馮雪峰に伴われ，李立三と会見。

1930. 5 . 8	魯迅『芸術論』訳本「序」執筆，（7． 上海，光華書局）。
.10	沈端先「到集団芸術的路」発表，『拓荒者』1巻4・5期合刊。
.12	『駱駝草』文学周刊創刊，北平，周作人，兪平伯，馮文炳ら，（～1930.11. 3 26期）。
.20	全国蘇維埃区第一回代表大会開催，上海。 中国社会科学家連盟成立。
.24	中華芸術大学，国民党に封鎖される。
.29	左連，全体盟員大会開催，魯迅出席，（5・30示威参加を決議）。
5 .	左連，工農兵通訊運動委員会成立，主席・胡也頻。 左連，馬克思主義理論研究会工作開始。 張恨水『春明外史』出版，上海，世界書局。 茅盾『蝕』出版，上海，開明書店。 莎士比亜，顧仲彝訳『威尼斯商人』出版，上海，新月書店。
6 . 1	傅彦長，朱応鵬，范争波，王平陵ら，「民族主義文学運動宣言」発表。 魯迅「〈芸術論〉訳序」発表，『新地月刊』1巻6期。
.11	中共中央政治局会議，李立三の指導で，「新的革命高潮与一省或幾省的首先勝利」決議案採択。 南国社，第三次公演，上海，中央大戯院，主事・田漢。
.16	『沙侖月刊』創刊，主編・沈端先，沙侖社，（1期）。
.22	『前鋒周報』創刊，上海，「民族主義文学運動」提唱，編輯・李錦軒，（～1931. 5 .31）。
6 .	『現代文学』月刊創刊，上海，北新書局，趙景深ら。 紅軍一軍団，軍団宣伝隊を設立，「土豪取債」「流氓末路」「階級決戦的勝利」を演出。
7 .	中国左翼文化総同盟成立，上海，周揚，夏衍ら指導。 中国文芸社成立，南京，三民主義文芸を鼓吹。 『展開』半月刊創刊，余慕陶，王独清，王実味ら参加。 『唯物主義与経験批判主義』（列寧）中訳本出版，上海。
8 . 1	中国左翼劇団連盟，中国左翼戯劇家連盟へ改称。
. 2	『萌芽月刊』，『拓荒者』発禁となる。
. 4	左連執行委員会，「無産階級文学運動新的情勢及我們的任務」決議。
.15	左連，社連機関誌『文化闘争』創刊，主編・潘漢年。 『文芸月刊』創刊，南京，無産階級革命文学を批判。

1930. 8 .22	『文化闘争』１巻２期，「中国左翼作家連盟在参加全国蘇維埃区域代表大会代表報告后的決議案」発表。
8 .	瞿秋白，モスクワから上海へ。
9 . 9	反蒋各派，北平で中央党部拡大会議開催。
.10	左連機関誌『世界文化』月刊創刊，世界文化月報社，（1期）。 馮乃超「左連成立的意義和它底任務」発表，『世界文化』創刊号。 Andor Gabor，魯迅訳「無産階級革命文学論」発表，『世界文化』創刊号。
.17	左連，魯迅50歳慶祝会開催，主持・陽翰笙。
.24	中共六期三中全会開催，上海，李立三路線批判。
.30	陳立夫，左連・自由運動大同盟等取り締まる。
9 .	蒋光慈，党籍剥奪される。
10.4(.5)	魯迅・内山完造，版画展覧会開催。
10.	前鋒社編『民族主義文芸論』出版，光明出版部。
11. 6	（～.15）第二次世界革命文学大会開催，ソビエト，蕭三，左連を代表して参加，プロ作家国際連盟に左連加盟する。
.16	郁達夫，左連より除籍される。
11.	中国工農紅軍第一方面軍政治部編『革命歌曲第二集』出版。
12. 4	富田事件。
12.	国民党第一次「囲剿」開始。 国民政府，「国民政府之出版法」44条公布。 張恨水『啼笑因縁』（上下）出版，上海，三友書社。

冬　工農紅軍学校成立，当時の蘇区文化活動の中心となる。

この年，李伯釗，ソ連より帰国，翌年ソ区へ。

胡風，日語補習班入学，東京。

梁実秋「所謂『文芸政策』者」「主興奴」「資本家與芸術品」発表，『新月月刊』３巻３期（刊行日明記なし）。

第３章

1938. 1 . 1	中華全国戯劇界抗敵協会成立，漢口。 『救亡日報』復刊，社長・郭沫若，総編集・夏衍，広州。 『抗到底』半月刊創刊，武漢，華中図書公司，編輯・老向（王向辰），（10期より編輯・何容，～1939.11.20　23期　重慶）。

1938. 1 . 3	武漢文化界行動委員会成立。
.11	中共中央長江局『新華日報』創刊，漢口，社長・潘梓年，(10.25重慶に移り，～1947. 2 .28　3231号)。
.12	毛沢東，艾思奇（抗日軍政大学主任教員）に『魯迅全集』を依頼する。
.16	『七月』２集１期，「抗戦以来的文芸活動動態和展望（座談会記録)」発表。
.22	広田外相，蒋介石に四項の議和条件を提出。
.25	『文匯報』創刊，上海，主筆・徐鋳成，(～1939. 5)。
.26	延安戦歌社，詩朗読問題座談会開催，理事・張道藩，方治，羅剛，史東山，温涛，応雲衛，田漢ら72人，毛沢東，参加。
.29	中華全国電影界抗敵協会成立，武漢，(3 .31 『抗戦電影』創刊)。
.30	冀東自治政府，中華民国臨時政府に合流。
	馮乃超「作家与生活」発表，『新華日報』。
2 . 9	周作人「更生中国文化建設座談会」出席，北京飯店。
.10	延安抗敵劇団，ソ区各地で公演。
	『新中華報』戯劇問題専欄で辺区の大衆戯劇運動，戯劇の旧形式と新内容に関する議論を展開。
.19	武漢文化界抗敵協会成立，理事・段公爽，胡風，陽翰笙，光未然，馮乃超ら25人。
.25	孫強「戯劇到農村去」発表，『新中華報』，当面の戯劇運動は農村を中心とする。
.29	郭沫若，長沙から武漢へ，第三庁設立の条件を陳誠に提出。
2 .	晋察冀辺区文救会「創作問題座談会」開催，聶栄臻，彭真出席，鄧拓，「三民主義，現実主義与文学創作諸問題」報告。
3 . 1	大漠「毛沢東論魯迅」発表，『七月』２集４期。
	胡風「関於創作的二三理解」発表，『七月』２集４期。
.9(10)	茅盾「文芸大衆化問題－２月14日在漢口量才図書館的講演」発表，広州『救亡日報』154，155号。
.15	『弾花』月刊創刊，主編・趙清閣，華中図書公司，武漢，老舎，老向，謝冰瑩ら，(～1941. 8　重慶)。
.16	「向文芸界抗日統一戦線的目標前進」(陳紹禹，博古，奚如，辛人，魏孟克）発表，『七月』２集５期。
.20	広東文学会，文学講座挙行，「現階段的世界文学」「戦時文学的性質」「世界観及創作方法」「内容与形式」「文芸大衆化問題」「現階段詩歌創作諸問題」「報告文学諸問題」「現階段

	的中国文学」を報告。
	『戦地』半月刊創刊，漢口，主編・丁玲，舒群，戦地社，艾思奇，「文芸創作的三要素」発表，馮乃超「文芸統一戦線的基礎」発表，創刊号，（～6．5　6期）。
1938．3．27	中華全国文芸界抗敵協会成立（文協），漢口，［上海，昆明，桂林，広州，香港，延安等に分会］，「文章下郷，文章入伍」のスローガン，理事・郭沫若，茅盾，馮玉祥，丁玲，許地山，巴金，夏衍，老舎，郁達夫，田漢，朱自清，王平陵，胡秋原ら45名。
．28	中華民国維新政府成立，南京。
．31	（～4．1）中国国民党臨時全国代表大会，漢口，「抗戦建国綱領」採択。
4．1	国民政府軍委政治部第三庁成立，武漢，庁長・郭沫若，主任秘書・陽翰笙。
	周揚「抗戦時期的文学」発表，『自由中国』創刊号，孫陵，臧雲遠編，漢口，自由中国社，（一巻三期，1940.11．1　復刊　桂林，のち1945．9　半月刊　上海　11期）。
．10	魯迅芸術学院成立，延安，発起人・毛沢東，周恩来，林伯渠，徐特立，成仿吾，艾思奇，周揚ら，（1940．魯迅芸術文学院と改められる）。
．16	『文芸陣地』半月刊創刊，主編・茅盾，広州，生活書店，張天翼「華威先生」発表，（～1940．4　48期，1941．1 復刊　重慶）。
．29	『七月』座談会，座談記録「現時文芸活動与『七月』」，（6．1『七月』3集3期）。
4．	周恩来，第三庁へ胡風を招請，王明が拒絶。
春	田間，西北戦地服務団と延安へ，街頭詩運動。
5．1	座談記録「宣伝・文学・旧形式的利用」（主事・胡風，『七月』座談会，“旧形式の利用”に関して），『七月』3集1期。
．4	中華全国文芸界抗敵協会（「文協」）会報『抗戦文芸』三日刊創刊，編委会・各方面代表作家33人，武漢，（～1946．5．4　重慶　77期），読書生活出版社。
	陝甘寧辺区文化界救亡協会「我們関於目前文化運動的意見」発表，『解放日報』。
．5	延安馬列学院成立，院長・張聞天。
．10	「抗戦以来文芸的展望」（郭沫若，老舎，張申府，潘梓年，夏衍，呉奚如，郁達夫，臧雲遠，北鴎）発表，『自由中国』

	1巻2号。
	陳伯達「論抗日文化統一陣綫」発表，『自由中国』1巻2号。
	平陵「在抗戦中建立文芸的基礎」発表，『抗戦文芸』1巻3期。
	向林冰「通俗読物編刊社的自我批判」発表，『抗戦文芸』1巻3期。
1938. 5 .11	通俗読書編刊社，旧形式利用問題討論会挙行，旧形式の利用と大衆啓蒙運動，新文学運動の関係を討論。
.12	毛沢東，魯迅芸術学院にて重要講話，抗戦文芸は人民を団結し，人民を教育し，日本帝国主義に打撃を与える武器である。
.14	中共中央書記処，新四軍の行動方針指示，根拠地建設。
	「給周作人的一封公開信」発表，周作人批判，茅盾，郁達夫，老舎，馮乃超，胡風，張天翼，丁玲，夏衍ら18人，『抗戦文芸』1巻4期。
.15	『戯劇新聞』周刊創刊，漢口，中華全国戯劇界抗敵協会，（9期）。
.23	陝甘寧辺区民衆娯楽改進会成立，旧形式の討論会が行われる。
	徐懋庸，毛沢東に手紙を送る，「二つのスローガン」に関する論争を弁明。
.26	毛沢東「持久戦論」講演，延安抗日戦争研究会。
.28	胡風主編『七月』，丁玲を経由して延安に送られる，毛沢東，「座談会記録」を評価。
5 .	合肥，徐州，帰徳，陥落。
6 . 1	蒋介石，最高軍事会議招集，武漢。
	茅盾「大衆化与利用旧形式」発表，『文芸陣地』1巻4号。
. 6	中華全国美術界抗敵協会成立，武昌，主席・張善子，名誉理事・蔡孑民，馮玉祥，張道藩，郭沫若，田漢ら。
.12	中華全国木刻界抗敵協会成立，主席・力群，名誉理事・蔡元培，馮玉祥，田漢，胡風ら。
.15	『魯迅全集』20巻出版，上海，復社，編輯・魯迅先生紀念委員会。
.20	郭沫若「抗戦与文化問題」発表，『自由中国』1巻3号。
	潘梓年「目前文化運動的基本概念」発表，『自由中国』1巻3号。
.21	蓬子「文芸的“功利性”与抗戦文芸的大衆化」発表，『抗戦

	文芸』１巻８期。
1938．6．25	劉白羽「対於文芸工作的一個建議」発表，『抗戦文芸』１巻10期。
6．	開封，陥落。
7．1	第五戦区戦時文化工作団成立，団長・臧克家，副団長・于黒丁。
．2	国民政府，「中国国民党抗戦建国綱領」公布。
．4	陝甘寧辺区民衆劇団成立，毛沢東，「昇官図」「二進宮」「五典坡」を鑑賞。
．7	鄒韜奮ら『全民抗戦』創刊，漢口。 延安電影団成立。
．10	『文芸后防』創刊，編輯・劉盛亜，周文，王白野，成都，戦時出版社，（～1938．9．19）。
．13	『文化崗位』創刊，抗敵文協昆明分会，昆明，（～1940．2）。
．16	茅盾「論加強批評工作」発表，『抗戦文芸』２巻１期。
．17	「陝甘寧辺区民衆娯楽改進会征求各地歌謡」発表，『新華日報』。
．21	国民党五中全会，「戦時図書雑誌原稿審査弁法」「修正抗戦期間図書雑誌審査標準」可決。
．23	日本，中国へ四項の停戦条件提出。
7．	上海劇芸社成立，責任者・于伶，『夜上海』『明末遺恨』『李秀成之死』『上海屋檐下』上演。
8．4	行政機関，重慶へ移動。
．5	『新華日報』社論「文化界動員保衛大武漢！」発表，全ての文化人，新聞雑誌を動員して大規模な宣伝を提起，国民政府の民主抑圧に抗議。
．10	『西綫文芸』月刊創刊，編輯・西綫社，山西民族革命出版社，魏伯，胡采，力群，青苗，雷加ら。
．13	胡風「民族戦争中的国際主義」発表，『抗戦文芸』２巻４期。
．16	『戦歌』月刊創刊，抗敵文協昆明分会，昆明，主編・雷石楡，羅鉄鷹，（～1941．1）。
．20	国民党中央，図書雑誌審査委員会組織を決定，通達。
．31	沙汀夫婦，何其芳，卞之琳，延安に到着。
8．	胡風『密雲期風習小紀』出版，漢口，海燕書店。 毛沢東ら著『魯迅新論』出版，新文出版社。
9．1	李南卓「再広現実主義」発表，『文芸陣地』１巻10号。
．5	『新中華報』「魯芸特刊」号，沙可夫「抗戦文芸雑談二則」

	掲載，国防文学論争を語る。
1938. 9 .29	(～11. 6）毛沢東「中国共産党在民族戦争中的地位」を報告（10.10)，中原局，南方局設置，中共中央六期六中全会。
9 .	「中電」，南京から重慶へ，(1939. 2　沈西苓，孫瑜，趙丹，白楊ら加入)。
10. 1	茅盾「暴露与諷刺」発表，『文芸陣地』 1巻12号。
	『延安与八路軍』撮影開始，袁牧之ら，(1940. 3　袁牧之，ソ連へ，制作)，同時期に呉印咸『白求恩大夫』撮影。
10.上旬	周恩来，武漢で座談会を招集，文芸をもって抗日救国を指示。
.10	王任叔『申報』副刊「自由談」主編（復刊)，上海。
.16	『文芸突撃』半月刊創刊，延安，延安辺区文化界救亡協会，編集・柯仲平，劉白羽ら，柯仲平，「持久戦的文芸工作」発表，(～1939. 6 .15　6 期)。
	『文芸新潮』月刊創刊，上海，主編・宇文節，林之材「文芸大衆化問題」発表，(21期)。
.19	魯迅逝去二周年記念会挙行，武漢，主席・郭沫若。
	辺区文化界救亡協会，魯迅逝去二周年記念会挙行。
	蕭軍「魯迅先生給与中国新興文学工作者的“路”」発表，『文芸后防』 9 期。
.21	広州陥落，作家，香港，桂林へ。
.27	胡風，老舎より復旦大学教員の要請，12月復旦大学へ。
.28	(～11. 6）国民参政会第一期第二次大会開幕，重慶。
.31	「文協」，通俗文芸講習会を開催，何容，老向，蕭伯青，老舎ら。
10.	重慶で詩歌座談会挙行，老舎，方殷，袁勃ら出席。
	潘梓年「戦時図書雑誌原稿審査問題」発表，『群衆』 2巻10期。
11. 1	周揚「十月革命与中国知識界」発表，『文芸突撃』 1巻2期。
. 2	汪精衛，「上海協定」を承認。
. 3	冼星海，延安訪問。
. 7	日本，華北開発会社，華中振興会社設立。
.14	馮雪峰「関於“芸術大衆化”－答大風社」執筆。
.16	何其芳「従成都到延安」発表，『文芸陣地』 2巻3期。
	向林冰「関於“旧形式運用”的一封信」発表，『文芸陣地』 2巻3期。
.20	汪精衛「日華協議記録」「日華協議諒解事項」「日華秘密協

	議記録」に署名。
1938.11.24	中蘇文化協会中蘇文芸研究会成立，弋宝権，羅果夫，余上沅，宋之的，史東山，謝雅江，盛家倫，安娥，魏猛克，豊中鉄ら。
.25	「文協」，詩歌座談会を開催，詩歌が如何に抗戦に服務するか，が討論された，出席者・老舎，姚蓬子，方殷，庵民，高長虹，鮮魚羊，李華飛ら。
11.	映画「茶花女」，日本で上映。
12. 1	『中央日報』副刊「平明」創刊，重慶，主編・梁実秋（～1939. 4 . 1），梁実秋「編者的話」発表，徐芳，陳祖東，江濱，胡耐安，滕固ら。
	丁玲「略改良平劇」発表，『文芸陣地』 2巻4期。
. 5	羅蓀「“与抗戦無関”」発表，重慶『大公報』。
. 6	梁実秋「与抗戦無関論」発表，『中央日報』副刊「平明」。
.10	毎周論壇：宋之的「談“抗戦八股”」，姚蓬子「什麼是“抗戦八股”」，魏猛克「什麼是“与抗戦無関”」，姚蓬子「一切都“与抗戦有関”」，胡紹軒「戯劇芸術与宣伝」発表，『抗戦文芸』 3巻2期。
	須旅「通俗文芸的二三問題」発表，『抗戦文芸』 3巻2期。
.11	羅蓀「再論“与抗戦無関”」発表，『国民公報』。
.14	「文協」，通俗読書編刊社，通俗文芸座談会を開催。
	水「老板与厨子－也談“与抗戦無関”」発表，『新民報』。
.15	詩歌座談会開催，胡風，猛克，黄芝岡，程錚，沙雷，庵民ら。
	穆木天「把握住我們的目標而有効地運用我們的武器」発表，『文化崗位』 1巻5期。
.19	梓年「文芸的通俗化問題」発表，『新華日報』。
.24	成仿吾「紀念魯迅」発表，『解放』周刊1巻55期。
.28	郁達夫，シンガポールへ，翌年1月『星洲日報』副刊，『星洲日報星期刊・文芸』主編。
12.	「文協」を代表して老舎が『中央日報』に抗議声明を起草，文芸は抗戦に「無関係か」の議論，この所信は，張道藩の干渉により出されず（中国大陸の文学史の見解）。

この年，『十日文萃』創刊，広州，救亡日報社，1巻4期（12.10）から桂林へ，［社長兼発行人・郭沫若，（～1939. 5 .10　1940. 7 . 7　復刊）］。

1958. 1 .20	『南北笛』復刊（周刊），『商工日報』嘉義，（～5 . 4)。
.25	文字学会，「漢字ラテン化反対声明」発表。
1 .	覃子豪『詩的解剖』出版，藍星詩社。
2 . 5	王藍『藍与黒』出版，紅藍出版社。
.10	『藍星詩頁』創刊，主編・夏菁，（～1965. 6 .10），台北。
3 . 1	台北市図書総館開館。
. 9	中国撮影学会成立。
3 .	柏楊『生死谷』出版，復興出版社，台北。
	蕭傳文『陋巷人家』出版，正中書局，台北。
4 . 1	胡適，中央研究院院長就任。
.10	『詩園地』双月刊創刊，主編・亜丁，（～ 9 .10），59. 9 .10復刊，61. 3 .10第二次復刊，高雄。
.16	殷海光「請勿濫用『学術研究』之名」『自由中国』第18巻 8 期。
.20	台北市通訊事業協会，出版法修正案討議。
.21	中米文化委員会成立，ワシントン。
4 .	梁実秋『談徐志摩』出版，遠東図書公司，台北。
5 . 1	社論「(一）跟着五四的脚歩前進」『自由中国』第18巻 9 期。
	社論「(二）出版法修正案仍以撤回爲妥」『自由中国』第18巻 9 期。
	『民主潮』社論「評出版法修正案」発表。
. 4	中国文芸協会成立八周年記念大会，胡適「中国文芸復興運動」講演。
. 5	『海訊日報』創刊，発行人・阮成章，左営。
.27	胡適，『自由中国』雑誌社にて，新聞の自由を語る。
5 .	呉濁流『風雨窗前』出版，文献書局，苗栗。
	羅門『曙光』出版，藍星詩社。
6 . 1	社論「(二）為学術教育工作者請命」『自由中国』第18巻11期。
.16	金承芸「看両位先哲対於出版自由的意見」『自由中国』第18巻12期。
	鼎山「一九五八年度普列茲文芸奨金」『自由中国』第18巻12期。
	李経「感性的自覚」『自由中国』第18巻12期。
	姜穆『捨夢』出版，戦闘文芸社，雲林。

1958. 6 .24	劉非烈死去，37歳。
7 .16	薩孟武「由出版法談到委任命令及自由裁量」『自由中国』第19巻2期。
8 .29	『藍星周刊』停刊，（1954. 6 .17創刊　全211期）。
9 .	琦君『百合羹』出版，開明書店，台北。
10. 1	葉時修「論民主文化的培養」『自由中国』第19巻7期。
.10	幼獅文化出版事業公司成立，10.31幼獅書店，68. 5 幼獅編譯中心成立。
.16	社論「(一) 認清当前形勢・展開自新運動」『自由中国』第19巻8期。
.25	『東方文芸』半月刊創刊，発行人・王泉峰，基隆。
11.	王平陵『遊奔自由』出版，中央文物供応社，台北。
	胡秋原『言論自由在中国歴史上』出版，民主潮社，台北。
	夏濟安編『短篇小説集』出版，文学雑誌社。
12. 1	『風城文芸』創刊，発行人・楊樑材，新竹。
	胡秋原「世界人権宣言之渊源及其意義」『自由中国』第19巻11期。
.10	『藍星詩頁』創刊，（～1965. 6 .10　全63期）。
12.	白萩『蛾之死』出版，藍星詩社，台北。
	柏楊『蒼穹下的兒女』出版，復興出版社，台北。

この年，林語堂『匿名』出版，中央日報社，台北。

1959. 1 . 1	亜洲詩壇成立，台北。
.16	社論「(一) 取消一党専政！－從党有，党治，党享走向民有，民治，民享的大道」『自由中国』第20巻2期。
	周策縦「給亡命者及其他」『自由中国』第20巻2期。
.17	教育廳，台語での放送禁止。
2 . 2	『中国日報』停刊，台中。
.22	自由太平洋協会中国分会成立。
	『詩播種』詩刊創刊，『泰東新報』，主編・李春生，秦嶽。
3 .16	社論「(二) 治安機関無権査扣書刊－從『祖国周刊』被扣説到書報雑誌審査会報之違法」『自由中国』第20巻6期。
	胡適「容忍与自由」『自由中国』第20巻6期。
	梁実秋「談話的芸術」『自由中国』第20巻6期。
4 . 1	東方既白「在陰黯矛盾中演変的大陸文芸（上）」『自由中国』第20巻7期。
.12	中国孔学会成立。

1959. 4 .13	蒋夢麟，人口問題を語る。
.14	鐘理和「蒼蝿」発表，『聯合副刊』。
.15	周夢蝶『孤獨國』出版，藍星詩社，台北。
.16	省糧食局統計，台湾人口増加率世界一。
	東方既白「在陰黯矛盾中演変的大陸文芸（中）」『自由中国』第20巻 8 期。
4 .	彭歌『尋父記』出版，明華書局。
5 . 1	東方既白「在陰黯矛盾中演変的大陸文芸（下）」『自由中国』第20巻 9 期。
	社論「(一) 展開啓蒙運動」『自由中国』第20巻 9 期。
. 4	『筆匯』月刊革新号創刊，発行人・任卓宣，（～1961.11　全24期），主編・尉天驄。
.16	李経「文芸政策的両重涵義」『自由中国』第20巻10期。
6 . 1	王厚生「論民主自由運動与反対党」『自由中国』第20巻11期。
6 .	鹿橋『未央歌』出版，人生出版社，香港。
	呉濁流『孤帆』出版，黄河出版社，高雄。
7 . 1	蘇雪林「新詩壇象徴派創始者李金髪」発表，『自由青年』。
.16	社論（殷海光）「(三) 中国文化発展的新取向」『自由中国』第21巻 2 期。
.19	陳紀瀅，羅家倫ら，国際筆会第30期年会参加，西ドイツ。
8 . 3	台北・東京間開航。
.10	著作権法施行細則修正公布。
.16	中国人口学会設立。
9 . 2	『公論報』休刊。
.16	小野秀雄，郭恒鈺訳「自由社会基於出版自由」『自由中国』第21巻 6 期。
.24	瘂弦『瘂弦詩抄』出版，国際図書公司，香港。
10.16	社論（傅正）「(三) 従『自由人』被扣説到『自由人』停刊」『自由中国』第21巻 8 期。
.25	『亜洲文学』創刊，発行人・陳永康，台中。
11. 1	『世界画刊』創刊，発行人・張自英，台北。
.15	中華民国珠算学会成立。
12. 5	胡適講，楊欣泉記「容忍与自由－『自由中国』十週年紀念会上講詞」『自由中国』第21巻11期。
.16	胡虚一「介紹一本値得当代青年一読的書」『自由中国』第21巻12期。
12.	『文叢』創刊，文叢雑誌社，嘉義。

	林海音『曉雲』出版，紅藍出版社，台北。
	胡秋原『少作収残集上巻』出版自印，台北。
	夏濟安『名家創作集』出版，文学雑誌社。

この年，司馬中原『春雷』出版，青白出版社。
聶華苓『翡翠猫』出版，明華書局，台北。

1960. 1 . 1	「詩的問題研究専号」『文星』27期。
	『作品』創刊，発行人・呉竹銘，主編・章君穀，（～1963.12 全48期）。
	東方既白「曹操的改造」『自由中国』第22巻1期。
.24	『文芸週刊』創刊，発行人／総編輯・孫陵，全5期。
2 .12	国民党中常，「中山奨学金」設置決議。
.25	「詩論専輯」『創世紀』14期。
3 . 1	香港『聯合評論』「海外民主反共人士反対修憲連任的宣言及対国事的12点改革主張」転載，『民主潮』。
. 5	『現代文学』双月刊創刊，発行人・白先勇。
.11	国民大会，動員戡亂時期臨時條款修正案（総統連任次数無制限）通過。
.12	国民党中央臨時全会，蒋介石・陳誠を総統・副総統候補人に選出。
.18	李萬居，呉三連，雷震ら選挙問題座談会組織。
.21	蒋介石，総統当選。
.29	教育電台，正式放送開始。
	鐘肇政「魯冰花」連載（-6 .15），『聯合報』副刊。
4 .10	中華民国孔孟学会成立。
	『台湾青年』創刊，東京。
.20	『台湾地方自治與選挙的検討』出版，『自由中国』社。
.25	東西横貫公路完成。
5 . 1	社論（殷海光）「『五四』是我們的燈塔！」『自由中国』第22巻9期。
	謝文孫「斲害『五四精神』的幽霊－現代中国社会心理的分析」『自由中国』第22巻9期。
. 4	「中国文芸協会」成立十週年記念大会開催，主持・張道藩，陳紀瀅，台北市実践堂。
. 5	「湯瑪斯・呉爾夫専号」，『現代文学』2期。
	戦地文庫成立，中国文芸協会。
.18	中国民主社会党中央総部，地方選挙検討会開催，呉三連・

	高玉樹ら40余名。
1960. 5 .29	49年度詩人節慶祝大会開催，中国詩人聯誼会，台北市文芸之家，上官予編『十年詩選』出版。
.30	柏楊「倚夢閒話」専欄，『自立晩報』。
5 .	楊牧『水之湄』出版，藍星詩社，台北。
6 . 1	夏時間実施。
	前行政委員長・兪鴻鈞死去。
6 .	蒋夢麟『西潮』出版，中華日報社，台北。
	司徒衛『書評續集』出版，幼獅書店。
7 . 1	国民大会憲政研討委員会成立。
	文芸教育委員会成立。
	英文『中国日報』発行。
	葉時修「反対党不能組織起來嗎？」『自由中国』第23巻 1 期。
.16	社論（殷海光）「（二）我們要有説真話的自由」『自由中国』第23巻 2 期。
	社論「（三）創瓣新報的限制該解除了吧！－今天連違法的根拠也没有了」『自由中国』第23巻 2 期。
	殷海光「我対於在野党的基本建議」『自由中国』第23巻 2 期。
7 .	文芸教育委員会成立，台湾省政府教育庁。
	林海音『城南旧事』出版，光啓出版社，台中。
8 . 4	鐘理和死去，45歳，1976年『鐘理和全集』 8 巻。
.16	雷震「駁斥党報官報的謬論和誣衊－所謂『政党的承認』和『共匪支持新党』」『自由中国』第23巻 4 期。
.22	国防部「戡乱時期台湾地区出入境弁法」公布。
8 .	『文学雜誌』停刊，全48期，（1956. 9 .20創刊）。
	余光中『萬聖節』出版，藍星詩社。
9 . 1	「詩特輯」『筆匯』月刊 2 巻 2 期。
	鐘理和「雨」連載，『聯合報副刊』。
. 4	雷震逮捕される，『自由中国』雑誌社社長。
.12	台湾省新聞処，『公論報』「海外人士対雷震案的看法」を出版法，戒厳時期新聞紙雑誌管理瓣法に違反とする。
	雷震，李萬居，高玉樹，中国民主党準備委員会声明発表。
.20	『自由中国』半月刊停刊（全23巻 5 期）。
.22	台湾省雑誌事業協会，『自由中国』を国策に違反とし，会籍停止処分。
10. 8	台湾警備総司令部軍法処高等軍事法庭判決，雷震「叛乱煽動罪」拘禁10年，公権剥奪 7 年。

1960.10.10	『中国詩友』月刊創刊，主編・黎明，1964.10.10停刊（全９期）。
.16	雷震案重要文献掲載，『民主潮』。
.22	胡適帰国，雷震案を語る。
.24	詩歌朗誦隊成立，中国文芸協会・中国詩人聯誼会。
	望天「捫心看雷案」発表，『公論報』。
.25	省政府新聞処（.24）『公論報』雷震関連記事に警告。
10.	余光中『鍾乳石』出版，中外書報社，台北。
	鐘理和『雨』出版，文星書店，台北。
11.10	「労倫斯専号」『現代文学』第５期。
11.	辛鬱『軍曹手記』出版，藍星詩社，台北。
12. 1	政府，『中央日報』月額12万5000元補助。
. 5	「批評特輯」『筆匯』２巻５期。
.25	『文芸生活』創刊，中国文芸協会編輯，不定期刊行。

この年，聶華苓『失去的金鈴子』出版，明華書局，台北。
緑蒂『藍星』出版自印，台北。

第５章

1977. 1 . 1	（-78. 1 . 6 ）陳若曦長篇小説「帰」，台湾『聯合報』，香港『明報月刊』で同時連載開始。
.20	カーター，米大統領に就任。
3 . 1	『仙人掌』創刊，社長・許長仁，発行人・林秉欽，主編・王建壮。
3 .	『小説新潮』創刊，社長・許長仁，発行人・周浩正。「七等生小説研究専輯」掲載（-1978. 5　全５期）。
4 . 1	柏楊出獄，中国大陸問題研究センター研究員に招聘される。
. 3	第８回呉濁流文学奨発表，陳千武ら受賞。
.15	（中国大陸）『毛沢東選集』第５巻刊行。
4 .	「郷土文化往何処去」特集掲載，『仙人掌』第１巻第２期。
	王拓「是『現実主義』文学，不是『郷土文学』」発表。尉天驄「什麼人唱什麼歌」発表。
5 . 1	『詩潮』創刊，主編・高準。
5 .	「五四運動専輯」掲載，『文芸月刊』第95期。
	「当前的社会与当前的文学」特集掲載，『中国論壇』第４巻第３期。許南村（陳映真），「三十年来台湾的社会和文学」発表。李拙（王拓）「二十世紀台湾文学発展的動向」発表。

	七等生『七等生小説全集』（全10冊）出版，遠行出版社。
	陳少廷『台湾新文学運動簡史』出版，聯経文化事業公司。
	葉石涛「台湾郷土文学史導論」発表，『夏潮』第2巻第5期。
	林梵「楊逵画像」発表，『仙人掌』第1巻第3期。
1977. 6 .11	陳若曦「丁雲」発表，『中国時報』。
6 .	「七等生作品研究専輯」掲載，『台湾文芸』革新号第2期。
	欧陽子編『現代文学小説選集』（全2冊）出版，爾雅出版社。
	懶雲（頼和）「善訟的人的故事」掲載，『夏潮』第2巻第6期。
7 . 1	『現代文学』復刊，発行人兼社長・白先勇，遠景出版社。
. 9	柏楊，『中国時報』で「柏楊専欄」の執筆を開始。
.16	（-.21　中国大陸）中共10期3中全会開催，北京。
7 .	陳映真「文学来自社会反映社会」発表，『仙人掌』第1巻第5期。
8 . 4	（-. 8　中国大陸）教育工作座談会開催，北京。
.12	中華民国青渓新文芸協会，「郷土文学座談会」開催，尹雪曼，魏子雲，尼洛，侯健，尉天驄ら参加。
	（-.18　中国大陸）中共11全大会開催，北京。
.15	『中国論壇』雑誌社，「郷土文学座談会」開催。
.16	台湾キリスト長老教会，「人権宣言」発表，米中関係の正常化に向けての「台湾人民の自決」と「新しい独立国家の創立」を主張。
.17	（-.19）彭歌「不談人性・何有文学」発表，『聯合報』，王拓ら郷土文学論者を批判。
.20	余光中「狼来了」発表，『聯合報』，郷土文学を労農兵文学と批判，郷土文学論争を引き起こす。
.22	（-.26）バンス米国務長官，中国を訪問。
.29	（-.31）中国国民党中央委員会文化工作会，「第二次全国文芸会談」開催，主持・丁懋時。これより以降，郷土文学に対する批判が大量出現する。
8 .	「当前台湾文学問題専訪」特集掲載，『夏潮』第3巻第2期。
	柏楊，投獄以前の小説集『秘密』『莎羅冷』『曠野』『掙扎』『怒航』再版，星光出版社。
	鐘肇政編『呉濁流文学奨作品集』（全2冊）出版，鴻儒堂書店。
	鐘肇政編『台湾文学奨作品集』出版，鴻儒堂書店。
	王国璠ら著『三百年来台湾作家与作品』出版，台湾時報社。

1977. 9 .10	(–.12) 王拓「擁抱健康的大地」発表，『聯合報』，郷土文学を擁護。
.16	第2回聯合報小説奨発表，小野ら受賞。
.23	陳若曦「春遅」発表，『聯合報』。
9 .	王拓『望君早帰』『街巷鼓声』出版，遠景出版社。
	胡秋原「談『人性』与『郷土』之類」発表，『中華雑誌』第170期。
	張恆豪編『火獄的自焚』出版，遠行出版社。
	張良澤編『呉濁流作品集』（全6冊）出版，遠行出版社。
10.	「鄭清文作品研究」特集掲載，『台湾文芸』革新号第3期。
	尉天驄「建立文学中的健康精神」発表，『中国論壇』第5巻第2期，郷土文学を擁護。
	陳映真「建立民族文学的風格」発表，『中華雑誌』第171期，郷土文学を擁護。
11.11	第12回中山文芸奨発表，陳若曦ら受賞。
.19	「中壢事件」発生。
.23	財団法人呉三連文芸基金会成立，呉三連文芸奨設立。
11.	「訪胡秋原先生談民族主義」掲載，『夏潮』第3巻第5期。
	柏楊，投獄以前の小説集『異域』再版，星光出版社。
	彭品光編『当前文学問題総批判』出版，中華民国青溪新文芸協会。
12.10	(中国大陸) 中共中央，胡耀邦を中央組織部長に任命。失脚幹部の審査をおこなう。
12.	侯立朝『吾愛吾土－評郷土文学論争』出版，博学出版社。
	陳鼓応『這様的詩人余光中』出版，大漢出版社。
	柏楊，獄中著作『中国帝王皇后親王公主世系録』『中国歴史年表』出版，星光出版社。
	陳若曦『文革雑憶』出版，洪範書店。

第6章・第7章（中国大陸での「苦恋」批判事件の動向を併記）

1981. 1 . 7	(中国大陸) 胡耀邦「在劇本創作座談会上的講話」(1980年2月12，13日) 発表，『文芸報』1期。
	(中国大陸)「関於朦朧詩的争論」発表，『人民日報』。
.11	姜貴追悼会（1980.12.17死去　73歳），台中市文化中心。
.27	詩人古丁死去，桃園，56歳。
.29	(中国大陸) 中共中央，「関於当前報刊新聞広播宣伝方針的

	決定」公布。
1981. 1 .	柏楊，投獄以前の雑文集『不学有術集』再版，星光出版社。 柏楊，投獄以前の小説集『打翻鉛字架』再版，遠流出版公司。 柏楊，海外への渡航が許可され，シンガポール，マレーシア，香港を訪問。
2 . 4	（中国大陸）評論員「文芸要為建設精神文明作出貢献」発表，『人民日報』。
.11	第 1 回世界華文文学研討会開催，白先勇ら参加，シンガポール。
.20	（中国大陸）中共中央・国務院，非合法刊行物・非合法組織に関する厳重な取り締まりを指示。
2 .	柏楊，投獄以前の雑文集『笨鳥先飛集』再版，星光出版社。
3 .17	（中国大陸）衛建林「作家的社会責任和作品的社会効果」発表，『紅旗』 6 期。
.12	鄭愁予，劉紹銘，荘因，楊牧，鄭清茂，李欧梵，王靖宇ら 7 人の米国在住の華人作家・学者が中国を訪問， 3 週間滞在。
3 .	柏楊，投獄以前の雑文集『跳井救人集』再版，星光出版社。
4 .10	「作家自選集」（100種類）刊行，黎明文化事業公司。
.18	（中国大陸）文化部，1980年優秀影片受賞大会開催，「巴山夜雨」「天雲山伝奇」等。
.20	（中国大陸）『解放軍報』，特約評論員「四項基本原則不容違反－評電影文学劇本〈苦恋〉」掲載。白樺の『苦恋』批判開始。
.29	彭歌（本名姚朋）『中央日報』社社長に就任。
4 .	柏楊，投獄以前の雑文集『勃然大怒集』再版，星光出版社。
5 .24	（中国大陸）評論員「開展文芸評論，繁栄文芸創作」発表，『光明日報』。
.29	（中国大陸）宋慶齢死去，90歳，北京。
5 .	第12回呉濁流文学奨発表，陳若曦ら受賞。 鍾肇政編『台湾文芸小説選』出版，台湾文芸出版社。 柏楊，投獄以前の小説集『凶手』及び雑文集『孤掌也鳴集』再版，星光出版社。
6 . 1	『深耕』創刊。
.27	（－.29　中国大陸）中共11期 6 中全会開催，北京。「関於建国以来党的若干歴史問題的決議」採択。

1981.7.3	「陳文成事件」発生。
.13	司馬桑敦死去，64歳，米国。
.17	（中国大陸）鄧小平談話。党が思想及び文芸戦線に関して「散漫・軟弱」状態であることを指摘，「資本主義的自由化の社会風潮」に釘をさす。
.25	（中国大陸）白樺「春天対我如此厚愛」発表，『新観察』第14期。
7.	「台湾文学的方向」特集掲載，『台湾文芸』革新号第20期。
	柏楊，投獄以前の雑文集『水火相容集』再版，星光出版社。
	柏楊，世界詩人大会の招聘で渡米。
	（中国大陸）巴金『探索集』出版，人民文学出版社。
8.3	（-.8）（中国大陸）中央宣伝部，全国思想戦線問題座談会開催，北京。
.8	（中国大陸）胡喬木「当前思想戦線的若干問題－1981年8月8日在中央宣伝部召集的思想戦線問題座談会的講話」発表，（『文芸報』1982年5期に掲載）。
	（中国大陸）社論「克服渙散軟弱状態是当前思想戦線的重要任務」発表，『人民日報』。
9.1	（中国大陸）本刊評論員「文芸評論必須加強」発表，『紅旗』17期。
	（中国大陸）新華社報道，文化部，中国文聯，文芸工作者座談会開催，北京，「苦恋」批判。
.16	第6回聯合報小説奨発表，黄凡ら受賞。
.25	（中国大陸）魯迅誕生百周年記念大会開催，北京。
.30	中国全国人民代表大会常務委員長・葉剣英，台湾統一に関する9項目の方針提起。
9.	『聯副三十年文学大系』（全28冊）出版開始，聯合報社。
	陳若曦『城裡城外』『生活随筆』出版，時報文化公司。
	『当代文学叢書』出版，主編・兪允平，世界文物出版社。
10.2	第4回時報文学奨発表，東年ら受賞。
.7	蔣経国，中国の9項目の提案を拒否。
	（中国大陸）唐因，唐達成「論〈苦恋〉的錯誤傾向」発表，『文芸報』19期。
10.	張良澤編『呉新栄全集』（全8冊）出版，遠景出版社。
	柏楊，投獄以前の雑文集『猛撞醤缸集』再版，星光出版社。
11.2	（-.3）第1回中韓作家会議開催，台北。
.9	第4回呉三連文芸奨発表，李喬受賞。

1981.11.11	行政院文化建設委員会成立，主任委員・陳奇禄。 第16回中山文芸奨発表，林信来ら受賞。
.20	葉公超死去，78歳，青渓新文芸学会主催，台北。
.26	（中国大陸）「関於文芸創作如何表現愛情問題的討論」発表，『光明日報』。
11.	中国国民党中央委員会文化工作会主任周応龍の主導のもとで中央電影公司と中国電影製片廠の合同製作による白樺の脚本「苦恋」の映画化が決定。 柏楊，投獄以前の雑文集『玉手伏虎集』再版，星光出版社。
12.12	（-.13）中国国民党中央委員会文化工作会，第３回全国文芸会談開催，857名参加，陽明山中山楼。
.18	（-.27）（中国大陸）全国故事片電影創作会議開催，北京，「苦恋」問題に結論。
.23	（中国大陸）白樺「関於〈苦恋〉的通信－致〈解放軍報〉，〈文芸報〉編輯部」発表，『解放軍報』。『苦恋』批判の口火を切った『解放軍報』の批判のすべての論点を受け入れ，自己批判。
.27	（中国大陸）胡耀邦，全国故事片電影創作会議に出席。『苦恋』問題は完全に終了したと結論。
12.	李喬『寒夜三部曲第二部　荒村』出版，遠景出版社。

1982. 1 .15	『文学界』創刊，発行人・陳坤崙，高雄。
.18	中日韓現代詩人会議開催，台北国軍英雄館。 中韓詩人座談会開催，台北自由之家。
1 .	柏楊『皇后之死』（第３集）出版，星光出版社。 柏楊『柏楊詩抄』出版，四季出版公司。
2 .21	中華民国青渓新文芸学会・『青年戦士報』，「大陸反共文学透視」座談会開催，文復会。
2 .	柏楊，タイを訪問。
3 .10	陳若曦，『台湾時報』の招聘で台湾に帰国。16日に美麗島事件で投獄された作家王拓，楊青矗に面会。
.25	国家文芸基金会・中華民国青渓新文芸学会，「文芸発展的路向」座談会開催。
4 . 1	徐復観死去，80歳，台北。
. 4	第13回呉濁流文学奨発表，東方白ら受賞。
.15	行政院文化建設委員会・『中央日報』，「従傷痕文学看大陸文芸思潮」座談会開催。

1982. 4 .	柏楊，マレーシアを訪問。
5 .	柏楊『金三角・辺区・荒城』出版，時報出版公司。
6 .10	行政院文化建設委員会・国家文芸基金会・『中央日報』，「三民主義的文学観与詩創作的時代性」座談会開催，中央日報社。
	（中国大陸　-.16）暨南大学，「全国台湾香港文学学術討論会」開催，広州。
6 .	陳若曦，中国を訪問。
	柏楊主編『新加坡共和国華文文学選集』（全5冊）出版，時報出版公司。
7 .24	廖承志，蔣経国に書簡。早期の和平統一，祖国回帰を呼びかける。
.31	洪醒夫事故死，34歳。
7 .	陳映真『華盛頓大楼』出版，遠景出版社。
	柏楊，スペインでおこなわれている世界詩人大会に参加，さらにドイツ，イタリア，バチカン，サンマリノを訪問。
8 .17	米中，「八一七連合公報」公表。
.28	楊逵，アイオワ大学国際創作プログラムに参加するために渡米。
9 .16	第7回聯合報小説奨発表，蘇偉貞ら受賞。
.18	魯迅の孫周令飛，桃園中正国際空港で台湾定住を申請。
10. 2	第5回時報文学奨発表，廖輝英ら受賞。
.10	台湾映画『苦恋』，米国で公開。香港では，中国政府の反対により上映が禁止された。
.16	（-.26）ソルジェニツィン，呉三連文芸基金会の招聘で台湾を訪問。
.19	台湾映画『苦恋』，金馬奨最優秀作品賞の候補作に選ばれる。
.24	ソルジェニツィン，中国国民党中央委員会文化工作会主任周応龍の招待で台湾映画『苦恋』を観賞。
11.11	第17回中山文芸奨発表，洛夫ら受賞。
.27	第5回呉三連文芸奨発表，林清玄受賞。
11.	柏楊主編『1980年中華民国文学年鑑』出版，時報出版公司。
12.	陳映真「万商帝君」発表，『現代文学』復刊第19期。

第7章関連新聞資料

1981年4月21日	〈「苦戀」揭露共匪罪惡，白樺作品遭抨擊，顯示匪正加緊鎮壓反對者〉《聯合報》第1版。
22日	〈中共清算作家白樺，「三信危機」益嚴重，趙丹王若望陳登科同時遭開刀，顯示正展開整肅文藝界大風暴〉《聯合報》第2版。
23日	〈「苦戀」掀起了三信危機，「白樺」早知道將遭圍剿，文代會上道盡大陸文藝工作者的辛酸〉《聯合報》第3版。 〈「北京大學」大字報抗議圍剿白樺，兩名地下刊物編輯被捕，可能被控「反革命」罪名〉《聯合報》第3版。
24日	〈白樺及其苦戀〉《中央日報》第2版。 〈匪報圍剿白樺升高，露出全面鎮壓面目，指他完全否定共產主義〉《中央日報》第2版。 〈匪報圍剿白樺，指他批評毛酋〉《聯合報》第3版。
25日	〈圍剿白樺，匪幫內鬨，黨酋軍頭意見分歧，引發新的緊張關係〉《聯合報》第3版。
26日	康富信〈從白樺事件看北平政局〉《聯合報》第3版。
26-27日	白樺著．鄭義選註〈苦戀〉《聯合報》第8版。
29日	〈「北大」學生又貼大字報，支持白樺創作，強調白樺對共產制度已提出懷疑〉《中央日報》第2版。 〈共匪不擇手段，扼殺民主萌芽，美時代雜誌報導「苦戀」等案〉《中央日報》第2版。
5月5日	〈北大出現小字報，認為白樺受冤屈，中共招認青年遍存信心危機，港一組織要求釋放不滿份子〉《聯合報》第3版。
8日	〈大陸三名作家又遭匪報批評，匪軍報再度對白樺抨擊〉《聯合報》第2版。
21日	〈中共軍方批判白樺的「苦戀」，真正矛頭指向胡耀邦，預測匪黨「十一屆六中全會」，鄧小平可能出任「國家主席」〉《聯合報》第2版。
28日	〈白樺與「苦戀」遭匪擴大清算〉《聯合報》第3版。
6月9日	白樺〈「聽櫓居」盛衰記〉《聯合報》第8版。
10日	丁望〈災厄歲月－分析白樺的代表作「苦戀」之一〉《聯

	合報》第 8 版。
1981年 6 月11日	丁望〈無語問蒼天－分析白樺的代表作「苦戀」之二〉《聯合報》第 8 版。
12日	丁望〈消失的雁陣－分析白樺的代表作「苦戀」之三〉《聯合報》第 8 版。
13日	丁望〈「造神」遊戲的收場－分析白樺的代表作「苦戀」之四〉《聯合報》第 8 版。
8 月12日	康富信〈中共發起「文藝再清算」攻勢－白樺事件擴大的訊號及其背景〉《聯合報》第 3 版。
	〈大陸上文藝作家將遭匪點名清算，上海北平氣氛很緊張，前大公報陳姓老共幹被捕〉《聯合報》第 3 版。
23日	阮文達〈讀白樺的「苦戀」〉《聯合報》第 8 版。
10月27日	白樺〈苦戀〉《中央日報》第10版。（連載至11月28日）
	黃天才〈「苦戀」及其作者白樺〉《中央日報》第10版。
11月 1 日	〈白樺又一劇本再遭中共指名抨擊〉《聯合報》第 1 版。
15日	〈白樺受匪壓力，再度自我批判〉《聯合報》第 2 版。
16日	〈白樺事件掀起清算運動，大陸知識分子被迫自我批評〉《中央日報》第 2 版。
	黃天才〈日本新聞評論界看「白樺事件」與苦戀〉《中央日報》第 2 版。
	〈中共害怕情報外洩，變相禁止中外聯姻，白樺自我批判，人人都感自危，大陸知識份子，紛紛被迫坦白〉《聯合報》第 2 版。
19日	〈中影中製可能合作，將「苦戀」搬上銀幕〉《聯合報》第 9 版。
25日	〈中共繼續鞭笞苦戀，文藝鬥爭節節升高，白樺及「十月」雜誌都被逼認錯〉《中央日報》 2 版。
	〈白樺寫「苦戀」，被迫自我批判〉《聯合報》第 1 版。
12月 6 日	李歐梵〈因白樺事件而引起的感想〉《聯合報》第 8 版。
	鄭義〈大陸文藝清算風暴〉《聯合報》第 8 版。
10-12日	魯稚子〈白樺的「苦戀」評析〉《中央日報》第10版。
20日	〈中共文藝清算重點由白樺轉到葉文福，將續擴大攻擊抗議文學〉《聯合報》第 2 版。
24日	〈巴金接替茅盾，出掌匪偽作協，馮牧因同情白樺失勢〉《聯合報》第 2 版。
29日	〈「苦戀」將搬上銀幕，中影中製共同製作〉《聯合報》第12版。

1982年 1 月 9 日	葉洪生〈把生命放在征途上－「白樺事件」結束了嗎？〉《聯合報》第 8 版。
19日	〈大陸文藝界無言的抗議，不願批判白樺作品，中共思想總管胡喬木發出哀鳴〉《聯合報》第 1 版。
22日	劉紹銘〈歲暮抒懷－致白樺〉《聯合報》第 8 版。
2 月 3 日	〈中影加強對外合作，將與世紀聯手製片，「苦戀」劇本已完成會審〉《聯合報》第 9 版。
21日	葉洪生〈白樺的「苦戀」世界〉《聯合報》第 8 版。
3 月 4 日	〈「苦戀」電影劇本已審定，預定本月底前開拍，香港小姐余綺霞可能擔任女主角〉《聯合報》第 9 版。
4 月24日	〈主演「苦戀」力求傳神逼真，慕思成拜訪畫家學畫，徐中菲觀察產婦分娩〉《聯合報》第 9 版。
26日	〈葦蕩和雁行，「苦戀」外景隊在韓國拍戲〉《聯合報》第 9 版。
5 月12日	〈「苦戀」外景隊返台，中影公司　拍餘戲〉《聯合報》第 9 版。
15日	〈慕思成為「苦戀」受煎熬〉《聯合報》第 9 版。
7 月 3 日	重提〈我讀「白樺的苦戀世界」〉《中央日報》第10版。
6 日	〈白樺的作品「苦戀」已經拍成電影，劇本費二十萬留存原著者〉《中央日報》第 9 版。
	〈「苦戀」劇本費二十萬，中影昨提交新聞局，轉存電影基金會將來交給白樺〉《聯合報》第 9 版。
7 日	〈國劇舞台邁上銀幕，徐中菲演出「苦戀」〉《中央日報》第 9 版。
26日	〈「苦戀」外景已拍完，將參加金馬獎角逐，社會寫實片數量已減少〉《聯合報》第 9 版。
9 月23日	趙琦彬〈向白樺致敬〉《聯合報》第 8 版。
10月 5 日	〈哀怨無奈淒清，苦戀搬上銀幕，忠於原著遭到香港禁演〉《中央日報》第 9 版。
	〈「苦戀」香港禁映〉《聯合報》第 3 版。
6 日	〈香港禁映苦戀，駭怕得罪中共，三一公司打算力爭，昨聘律師將提上訴〉《聯合報》第 3 版。
11日	涂靜怡〈我看「苦戀」〉《中央日報》第10版。
	聞見思〈「苦戀」的問號〉《中央日報》第11版。
12日	〈拍攝「苦戀」密切搭配，王童慕思成情誼深，彼此欣賞對方才華幹勁〉《中央日報》第 9 版。
13日	〈苦戀在洛杉磯放映〉《中央日報》第 9 版。

第 7 章関連新聞資料

1982年10月14日	〈「苦戀」算得上是國片精緻之作〉《聯合報》第 9 版。
17日	〈人性尊嚴的提昇,「苦戀」工作人員的話〉《中央日報》第10版:
	監製人. 明驥〈「苦戀」的震撼〉
	導演. 王童〈我在苦戀〉
	編劇. 趙琦彬〈向「昂揚的大樹」致敬〉
	攝影. 林鴻鐘〈拍攝「苦戀」有感〉
	中製廠長. 華敏行〈為十億中國人製片〉
19日	《中央日報》第 9 版:
	〈金馬獎入圍劇情片評介〉
	〈苦戀昨在台中舉行首映典禮〉
	〈索大師婉謝飲宴, 有興趣觀賞苦戀〉《聯合報》第 3 版。
22日	魯稚子〈評介「苦戀」〉《中央日報》第 9 版。
24日	人言〈苦戀與苦海〉《中央日報》第12版。
25日	《中央日報》第 2 版:
	〈索忍尼辛觀賞「苦戀」, 既興奮又感動, 希望我們多拍這類反共影片, 揭露中國大陸人民苦難實況〉
	〈索忍尼辛卓見, 周應龍表推崇, 昨接待索氏並晤談〉
	《聯合報》第 2 版:
	〈索大師見解精闢, 對國人多所啓發, 民意代表地方首長呼籲同胞, 牢記智者諍言強化反共鬥志〉
	〈索翁觀看電影苦戀, 讃美劇情感人, 欣賞故宮文物, 驚訝雕琢之美〉
	〈索忍尼辛在台講稿, 立委建議列為教材〉
27日	惠天〈「苦戀」的眼淚〉《中央日報》第12版。
30日	樸月〈我看苦戀〉《中央日報》第12版。
11月 1 - 2 日	尼洛〈兩個白樺 - 兼析「苦戀」〉《聯合報》第 8 版。
12月 8 日	〈美國公共電視台將播出苦戀專集, 探討「中國之春」運動〉《聯合報》第 2 版。
26日	〈影評人協會已選出今年中外十大影片,「苦戀」入選國語最佳影片之首〉《中央日報》第 9 版。
1983年 1 月20日	〈吳榮根參觀中影文化城, 並觀賞電影「苦戀」〉《中央日報》第 9 版。
	〈吳榮根前往文化城, 觀賞苦戀題名留念〉《聯合報》第 7 版。
5 月 5 日	〈吳王金矛越王劍, 影射暴君毛澤東, 白樺作品北平上演, 毛酋好色, 觀眾竊笑〉《聯合報》第 3 版。

1983年11月6日	〈中共又大整文藝界，周揚白樺再受抨擊〉《聯合報》第1版。
1984年1月23日	〈狄娜投共被捕，白樺再添傷痕，　星走私　底，身陷大陸，苦戀作家吃苦，被控汚染〉《聯合報》第5版。
12月16日	澎孝〈從白樺的「苦戀」談中共所謂的「愛國主義」〉《中央日報》第5版。
1987年5月4日	《聯合報》第1版： 〈大陸校園民主思潮，中共決定長期壓制〉 〈中共又掀起批判白樺，顯示將向文藝界開刀〉
1988年1月18日	〈遠方有個女兒國，白樺將出版新作〉《聯合報》第5版。
5月19日	〈大陸長期政治變遷，白樺指穩定性不足〉《聯合報》第9版。
9月20-21日	譚嘉訪問整理〈落在磨子裏的種子－白樺自述文學心路〉《聯合報》第21版。
10月5日	〈大陸民智落後兩千年，白樺認極待改善教育提升素質〉《聯合報》第9版。
13日	〈兩岸作家互道窘境〉《聯合報》第5版。
11月5日	〈白樺看三個中國人社會，推崇台灣政治改革，悲觀大陸問題叢生，樂見香港維持繁榮〉《聯合報》第9版。
12月18日	白樺〈美國印象〉《聯合報》第21版。
22日	〈大陸名舞蹈家周潔，畫家：程十發，文學家：白樺，影后：劉曉慶，藝文四傑願連袂跨海來台〉《聯合報》第12版。
1989年1月27日	〈組反對黨留美學生熱中，白樺建議先搞隔洋開砲〉《聯合報》第9版。
2月13日	〈馬列主義瀕臨絕滅！白樺：精神理想已經死亡，方勵之：中共領導人利用它掌權，王若望：愈快掃除愈好〉《聯合報》第9版。
4月18日	〈皇天后土苦戀，中影決爭取香港開禁〉《聯合報》第20版。
27日	〈「皇天后土」及「苦戀」在港爭取上映〉《中央日報》第13版。
5月24日	丁望〈透視第二次天安門事件〉《聯合報》第27版。
1990年1月9日	《聯合報》第3版： 〈白樺逃到台灣！？自福建搭漁船逃離大陸，情治單位通知加強查緝保護安全〉 〈苦戀的白樺，艱困中掙扎成長，任要職直言不諱〉

1990年２月23日	〈白樺：肯定學生民運反對暴力，大陸文藝界可能爆發文藝論戰，甚至討論意識型態問題〉《聯合報》第10版。
５月８日	《聯合報》第10版： 〈國民黨人與五四運動專書揭示歷史情況，五四與國民黨有密切關係〉 〈逃過迫害和批判仍遭排斥，白樺：一無所懼繼續寫〉 〈中共又抨擊美國之音〉
1991年５月15日	「聯副與九位大陸作家相逢在廣州」《聯合報》第25版：白樺〈寂寞與熱鬧〉
17日	「聯副與九位大陸作家相逢在廣州系列②　廣州夜談」《聯合報》第25版： 瘂弦．王維真訪問整理〈４　訪劉心武－談大陸的「專業作家」〉 瘂弦．侯吉諒訪問整理〈５　訪白樺－從傷痕文學談起〉
1992年７月14日	〈白樺下月訪問日本〉《聯合報》第10版。
17日	《聯合報》第10版： 〈異議作家白樺：建議思想自由化列入14大議程〉 〈王若望下月赴美講學〉
28日	〈白樺小　出版法文譯本〉《聯合報》第24版。
1993年10月16日	「上海電影節落幕之後」《聯合報》第22版： 〈①大陸文化開放又邁進一步，美中不足影片仍受電檢限制〉 〈②當「苦戀」台灣導演遇上大陸作家－王童白樺神交11年，　浦江上促膝談心〉 〈③王童：「無言的山丘」到此結束，籌備「紅柿子」祖母的故事〉 〈④柯俊雄要替王童爭取獎金〉 〈⑤各國影人看得獎結果，大島渚：沒有再好的選擇！皮爾李思昂：這是公正的！〉
1994年５月24日	〈「苦戀」作者原擬九日啓程，白樺訪台北京迄未批准〉《聯合報》第10版。
1996年６月29日	〈「苦戀」作者白樺失蹤，日媒體指已被捕，曾積極支持八九民運，妻子稱不知其失蹤是否與政治或寫作有關〉《中國時報》第９版。 〈國共兩黨都曾得罪，下放勞改司空見慣，「黑秀才」白樺不改自由文風〉《中國時報》第９版。